XIAOXIN!
WEIZHI SHENGWU
CHUMO

青色羽翼

……著

不知
生物出没

黄河出版传媒集团
阳光出版社

图书在版编目（CIP）数据

小心！未知生物出没 / 青色羽翼著. -- 银川：阳
光出版社, 2024. 12. -- ISBN 978-7-5525-7521-7

Ⅰ. I247.5

中国国家版本馆CIP数据核字第2024PL3575号

小心！未知生物出没　　　　　　　　　青色羽翼　著

责任编辑　李媛媛
特约编辑　姬曼琪　喵尾一夏
封面设计　小　乔
责任印制　岳建宁

黄河出版传媒集团　阳　光　出　版　社　出版发行

出 版 人　薛文斌
地　　址　宁夏银川市北京东路139号出版大厦（750001）
网　　址　http://www.ygchbs.com
网上书店　http://shop129132959.taobao.com
电子信箱　yangguangchubanshe@163.com
邮购电话　0951-5047283
经　　销　全国新华书店
印刷装订　上海中华印刷有限公司
印刷委托书号　（宁）0031058

开　　本　889 mm×1240 mm　1/32
印　　张　9
字　　数　210千字
版　　次　2024年12月第1版
印　　次　2024年12月第1次印刷
书　　号　ISBN 978-7-5525-7521-7
定　　价　45.80元

目 录

沈建国

＊　＊＊档案等级Open

姓名： 沈建国　　　　**绰号：** 沈老师

学历： 研究生　　　　**年龄：** 26 岁

生日： 10 月 1 日　　**星座：** 天秤座

血型： B 型　　　　　**身高：** 178CM

优点： 坚定的科学唯物主义者

缺点： 过于坚定的科学唯物主义者

爱好： 教书育"人"

喜欢的食物： 什么都喜欢

讨厌的食物： 贵的

喜欢的动物： 狗

喜欢的书籍： 《教育心理学》

这就是我，沈建国，一个善解人意的老师，将来我还会成为更加优秀的人！

宁天策

* **档案等级Open

姓名：宁天策　　　　**绰号：**小宁

学历：中职（特殊类）　**年龄：**22 岁

生日：9 月 9 日　　**星座：**处女座

血型：AB 型　　　　**身高：**181CM

优点：认真、负责、善良

缺点：略冲动

爱好：打坐

喜欢的食物：五谷杂粮

讨厌的食物：甜食

喜欢的动物：活的

喜欢的书籍：《西游记》

原来心有正气，意志坚定，一片赤子诚心，亦可以战胜世间阴暗。

原来心有正气，意志坚定，

一片赤子诚心，

亦可战胜世间黑暗。

龙小灵

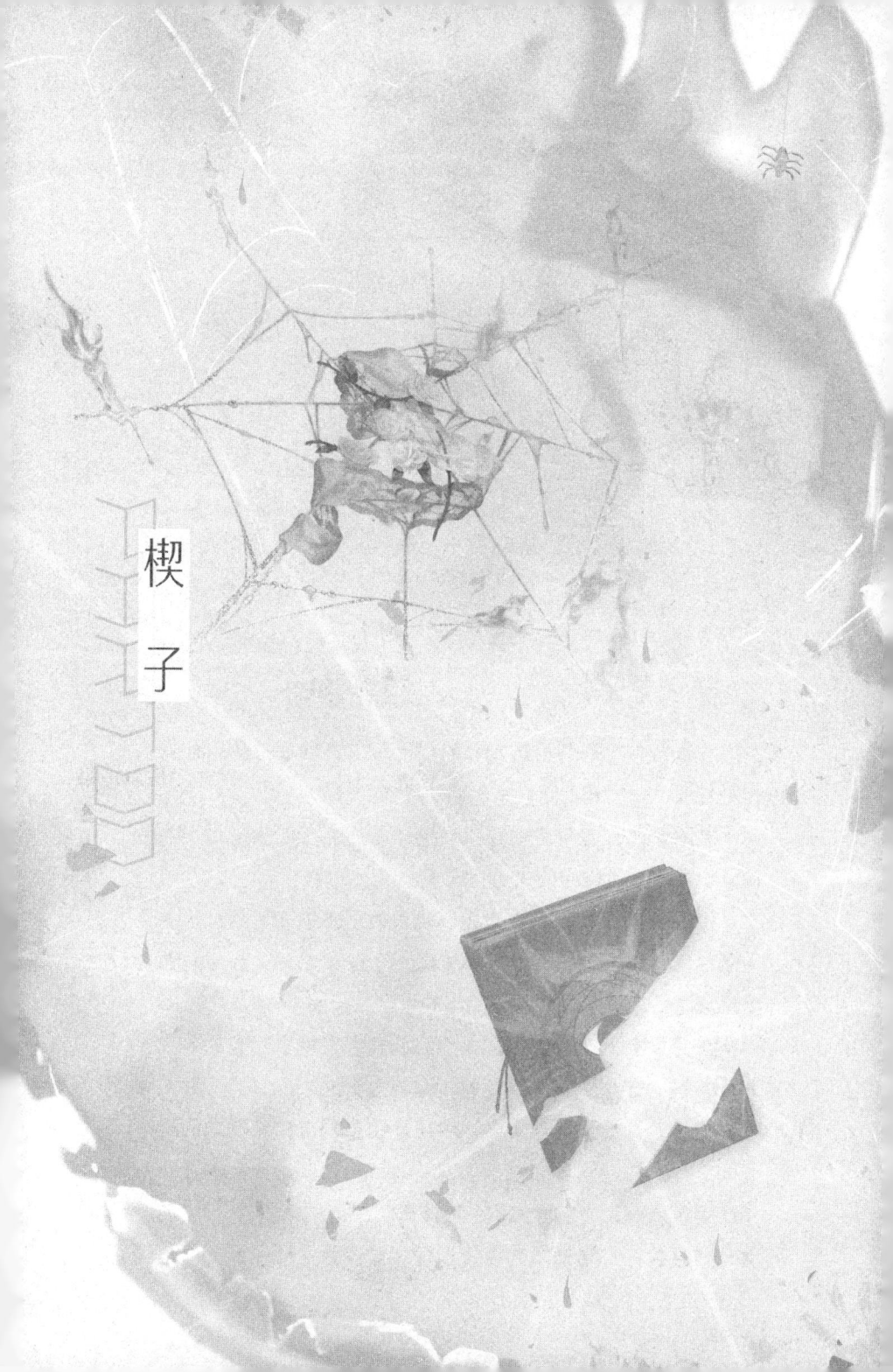

楔子

　　"报告！"一身笔挺制服的宁天策向星网紧急救援处总部秘书长敬了一个礼。

　　星网紧急救援处成立于星历 187 年，主要任务是对那些精神意识被困在星网中的人进行救援。

　　经过一代代艰苦卓绝的探索，人类正式进入星际时代。除主星球以外，人类还探索发掘了数十个宜居星球。为了加强各个星球之间的联系，能跨越光年的星网应运而生。

　　在探索宇宙的过程中，人类的精神力发挥了巨大的作用。而接入星网，靠的就是精神力，精神力有 S、A、B、C、D、E 六个等级。无论是在现实生活中还是在星网上，精神力的等级不同，受到的待遇便会截然不同。而精神力低于 E 级的人，因无法接入星网，会被称为"三等公民"。

　　同时，针对精神力的应用课程逐渐成为主流课程，而与精神力无关的其他理论知识则被视为无用之物，逐渐被淘汰。

随着时间流逝，星网逐渐成为星际时代的人们日常生活中不可或缺的存在，被称为"人类的第二家园"。

也因科技的高速发展，新的灾难——电子风暴，成为对人类危害很大的灾难之一。

电子风暴是由恒星释放的不均匀高速电子流形成的，会破坏电子设备，甚至破坏行星的磁场，对星网影响极大。情况严重的话，会导致人的精神体被困在星网内，稍有不慎，现实中的他们就会变成植物人。但星网已经深入人类的日常生活，人们不可能因为一些小概率的意外事件而不去使用它。

为了保障人类的安全，监测和预警太空中的电子风暴，拯救精神体被困在星网中的人类，星网紧急救援处就这样成立了。

经过数百年的探索，如今星网紧急救援处已经形成了一套高效的救援体系。

在监控到电子风暴后，星网紧急救援处的主脑会即刻启动力场，将受影响的数据流困住，并引导至已经准备好的服务空间站。以星网数据流的特殊性，必然会在其中自行衍化，形成独特的虚拟世界。

同时，主脑会确认此段数据流里是否有被困的人类精神体。

如若有，星网紧急救援处便会派出经过专门的特殊训练，且意志坚定的救援队队员，让他们进入全息舱中，以精神力侵入这个由数据流形成的虚拟世界，从而拯救那些精神体被困在星网中的人类。

在数据流无害化后，它们最终的归宿一般是游戏公司，也有一部分特殊的数据流会用作星网紧急救援处的训练场地。

宁天策是星网紧急救援处王牌队伍的队长。他刚结束一次救援任务，就被通知立刻去星网紧急救援处总部报到，据传新的救援任务非常紧急。

星网紧急救援处总部秘书长表情极为严肃，他嘱咐道："这次的任务非常艰巨，我们已经折损了几队队员，目前他们昏迷不醒，只有一名队员还在不断地向外界传递信息，苦苦支撑。"

宁天策看过困在这段数据流中的队员资料后，表情变得十分凝重："这些队员都是精英中的精英，救援经验丰富，怎会被困在其中？"

秘书长叹道："这次电子风暴影响的是 13 号和 16 号星球，受影响的数据流涵盖的范围较广。被困其中的人们，不知为何负面情绪被放大了千百倍，形成了极为罕见的集体潜意识群。

"在集体潜意识群的影响下，他们忘记了自己的身份，完全沉浸其中，并将救援者放在与他们不死不休的对立面。这段数据流的衍化速度非常快，已经形成了逻辑规则完整的虚拟世界。进入其中的救援队队员接连失去了联系，不仅无法被紧急唤醒，甚至还被影响了认知，认为自己就是身处现实世界。

"主脑当机立断对他们的身体采取了最高的保护措施，避免他们在虚拟世界中受到的精神伤害影响到现实。经过探讨，我们派了第二小队进入救援，但很快，他们同样也失去了联系。后来张队长主动请缨，可也被困在了这个虚拟世界中。四个小时前，有队员牺牲了。主脑和专家组分析，精神力场不能完全阻断虚拟世界对现实的影响。而贸然由外部暴力打破虚拟世界的规则，极有可能使这段数据开始自毁，被困在数据流世界里的人们，也就没有获救的可能了。"

"忘记自己的身份、负面情绪被放大千百倍、敌视救援者、救援者都被影响了认知……他们的集体潜意识群已经被污染了。污染的程度怎么样？确定污染的源头了吗？"宁天策一听就明白了，这是最糟糕的状况。

"目前专家组确认，这段数据流的精神污染传染性非常高，并且扩散极快。有几个疑似传染源的物质，但目前还无法知悉详细信息。现在，污染程度已达20%，并日趋上涨。主脑和专家组共同的推断是，精神力场不一定能完全阻断传染，所以必须尽快摧毁这段数据流。

"宁队长，你有过与集体潜意识群污染事件相关的救援经验，并且救援成功率100%。我想听听你的看法，你认为该如何展开救援？"秘书长说。

宁天策略一思索，回答道："前期的调查资料在哪里？专家组分析报告呢？我认为，前面进入救援的队伍的判断是对的。我们必须伪装，要被集体潜意识群认可，甚至深入污染源，才能有针对性地实施唤醒救援。我需要全部的、详细的调查资料！"

"已经准备好了。"秘书长手腕上的光脑碰了一下宁天策手腕上的光脑，"授权已经开放给你了。"

秘书长顿了顿，严肃地说："宁队长，接下来就交给你了。"

"是。"宁天策抬手敬了个礼。

虚拟世界的时间流逝并未跟现实同步，而是产生了历史，目前时间的进度为星际一千多年前。疑似污染源的物质最早可追溯到的虚拟历史，是在公元前。并且，其他的疑似污染源物质都藏在虚拟世界的时间罅隙里，基本上不可能被解决。

被困的人放大的负面情绪，大多与自身的不幸经历相关。此外，我们观测到，虚拟世界中的他们，精神力等级都比原来高出不少。根据侧写分析，原本评价为A级精神力的人，现在精神力已达到S级水平……

可以推测出，他们都被污染了。

被污染后的他们自称"异体"。

虚拟世界产生历史后，很快衍化出了有自我意识的 NPC。这些 NPC 与常人差别很大，却与异体相似，且通常与异体为伍，因而可统称他们为"异体"。异体高度敌视人类，但 NPC 的危险性更高，被困人类变异成的异体多数只吓唬人，不会伤人；而 NPC 不仅会主动伤人，还具备精神污染传染性。

前面进入虚拟世界救援的队员，对虚拟世界也产生了影响。目前他们被困在虚拟的历史里，救援方案还在进一步制定……

如今，张队长将被困群众集中了起来，以隔开他们与 NPC，避免他们被 NPC 深度污染和同化。同时，因为她的这一举措，她也获得了一些力量——能向外界传达虚拟世界的信息。

人的精神体进入星网中受电子信息风暴影响的目标虚拟世界后，会获取符合该虚拟世界衍化逻辑的新身份，必须按照新的身份行事……

进入虚拟世界后，救援队员的记忆可能会受到影响……但可以植入"接渡异体"的强制性口令，从而约束救援队员的行动，让他们不至于偏离目标任务太多……

世界背景分析、人物性格分析、可切入点分析……

室内，众人彻夜未眠，一份份分析报告终于被整理出来，被传送到相关人员的光脑上。很快，专家组给出一份被主脑认可的方案，并且传到了宁天策手上。

宁天策已将所有被困者的资料记忆完毕，正准备打开专家组传过来的方案，忽然，他发现了一个特别的人。

　　"他是怎么回事？"宁天策将那人的资料发给专家组的人，问道。

　　"他也是本次受电子风暴影响而被困星网内的人——一名正在星网上查看招聘信息的毕业生。"对方说，"他的状况很奇怪，精神力虽然只有 E 级，但似乎并未被集体潜意识群污染，只是受了轻微的影响，继续在虚拟世界里找工作。我方救援队员无法接近他。我们分析，他极有可能是本次救援的突破口，但也有极大的可能，他会成为本次灾难的遇难者。因此，经过慎重的考量，我们认为应先将其他人救出来，将集体潜意识群的影响力降到最低后，再去唤醒他。"

　　宁天策看着屏幕上的全息投影，目光落到一侧。

　　那一栏写着——姓名：沈建国。

第一章 应聘

星网——虚拟世界

我叫沈建国，二十六岁，今年研究生毕业，正在找工作。

过去几年，我经常在个人主页上分享一些与自己专业有关的资料和一些主观的看法，当然，没什么人看。现在学业结束，我进入了找工作的尴尬期。很多前辈都说过，这是一段十分艰难的时期，所以从今天开始，我会在个人主页上记录自己这段时期的经历，希望能够为即将毕业且面临找工作困境的同学提供一点点微不足道的帮助。

我读的是教育专业，就业前景不及一些热门专业。本科毕业前夕，我也试着找过工作，投过不少简历，但大都石沉大海。一般只有大企业会招教育专业的人才，当时我得到的回复是，他们的最低门槛是研究生学历。

于是，我下定决心考研，加倍充实自己，让自己变得更优秀，符合用人单位的要求。

　　研究生毕业的上半年，我参加过公务员、事业单位等考试，可惜，我准备得不够充分，在行政能力测验上丢了太多的分，连笔试都没通过。"行测"考试注重数字运算能力、缜密的逻辑分析能力、图形推理能力以及做题的速度和答卷时间的规划，我在这些方面的能力有所欠缺。错过了今年的机会，在明年再参加这类考试之前，我一定会针对这些方面好好复习，攻克自己的薄弱区。

　　整整一个月，我都在人才市场转悠，到处找招聘信息投简历。

　　一些小公司觉得我研究生的学历太高，他们需要一些扎实肯干的本科或者专科毕业生。尽管我举双手表示自己年轻力壮、刻苦耐劳，他们依旧以我的基本工资要求过高为由拒绝了我。

　　至于偶尔有几个来招聘教育专业人才的大公司，我倒是进过面试，可惜我在面试上的表现不佳，用人单位认为我不够成熟，婉拒了我。

　　说实话，我是有些失落的，考研本是为了让自己获得更多就业的选择和机会，如今却面临着这样一个高不成低不就的现状，实在令人沮丧。

　　加之我已经毕业，过几天我就必须从学校宿舍搬出去，生活压力更大了。

　　似乎要到山穷水尽的地步，我愁啊，每天早晨打扫卫生都能扫出我愁得掉落的一堆细碎短发。面对这一现状，我更忧虑了。我相识的不少师兄和前辈年过三十岁便都渐渐脱发，向地中海发型发展。我今年二十六岁，离三十岁也不算远了，似乎……我的发型也离地中海发型不远了。

　　如果再无法找到工作，我可能很快就得将个人主页上那个有着浓密圆寸发型的头像改为地中海发型的头像了。

皇天不负有心人，在我到处寻找便宜的出租单间时，之前投过简历的一家培训机构回复了我。

这是一家业务范围很广的培训机构，有考研班、自考夜校班、公务员考试班，也有高考突击班、四六级英语班，等等。它并不出名，我甚至没有听说过这个叫作"午夜港"的培训机构。

三天前的午夜十二点，我在刷新招聘网站时突然看到一则"底薪五千元，有奖金，包住宿交通，专业不限，性别不限，年龄不限，学历不限"的招聘信息。这家公司看起来十分不专业，甚至没有联系电话，只留了一个邮箱地址，但开出的条件真的很优渥，尤其是包住宿这一点，直接戳中了我的心。

我抱着广撒网的心态投了简历，第二天便将其抛之脑后，没想到最终向我伸来橄榄枝的竟然是它。

看到确认录用我的邮件时，我欣喜若狂，但最初的喜悦过后，我又觉得这件事实在诡异。

没有任何要求的招聘信息，连面试都没有只看了简历便确定录用，看起来像是某些传销组织或骗子用的手段。

邮件中留了一个五位数的电话号码，我决定先打个电话探一探究竟。

我拨打了"94444"这串电话号码，很快便有人接听，对面传来一个机械女声："对不起，跨国公司有时差，请午夜十二点后再拨打。"

我仔细想了想，觉得还是不能错过这么一个好机会——万一是真的呢？于是到了午夜十二点，我又一次拨通了号码。

这一次有人接听了，接电话的是位女士，语速很慢，声音听起来有些冷淡："喂——刺啦……刺啦……"

信号很差呀，还总是有杂音。

我清了清嗓子，用自己练出来的播音腔说道："您好，我是前几天投过简历的沈建国，今天收到了贵公司的回复。十分感谢你们能给我这个机会，但是，我有个疑问，贵公司不需要面试就确定要录用我吗？您连我的面都没见过，就知道我是你们需要的人了？"

"刺啦……沈建国……年轻……私生活干净……在学校没有与人结怨……是个……好刺啦……我们调查过……"

信号太差了，什么叫是个"好刺啦"，她是想说我是个好学生吧？

听到这里，我稍稍放心了些。他们竟然已经对我做过背景调查，代表这是个认真负责的公司。毕竟听说传销组织和骗子，他们只要能招到人，根本不会考虑其他的问题。

"很高兴您对我的评价这么高，那……请问我要去哪里办入职手续？您回复我的邮件上并没有留地址。"我扫了一眼电脑上打开的邮件页面，暗暗摇了摇头，这封邮件的背景实在是太丑了。

邮件背景是暗红色的，回复的字体不知加了什么特效，盯久了竟然让人产生字在流动的感觉。这邮件一打开，我就觉得我的电脑要受伤流血，触目惊心。

想到这儿，我打算关掉邮件页面。

我点了点右上角的叉，电脑却卡了，我并没有顺利关闭它。

这台笔记本电脑是我刚上大学那年买的，安装的系统还是市面上已经淘汰的 Windows XP 系统，配置也相当低，运行内存也小得可怜，开机时间仅能够打败全国 1% 的电脑，三天两头宕机，不抠电池是绝对不会关机的。

这会儿，我也没时间去处理它，便将电脑合上，继续与对方聊天。

"刺啦……现在去彼岸小区……4 号楼 4 单元 404。刺啦……刺啦……嘟嘟嘟……"

嗯？电话就这样挂断了？我又试着拨打过去，得到了"您所拨打的电话不在服务区"的提示。

难道她真的在国外，所以信号才那么不好？这会儿联系不上是上飞机了？

我百思不得其解，回想着她方才提到的地址，犹豫着要不要去。

现在可是大半夜，我这个时间去小区办理入职，会不会被人当成精神病人？可不去的话，明天我就要搬出宿舍了，而且我还没地方可以落脚……

贫穷使我下定决心去试一试，但去之前，我打算先在网上查一查这个小区的信息。

我打开电脑，那封邮件还没有关掉，实在是令人不舒服。我去抠电池关机，结果电池好像长在了电脑上一样，怎么都拿不下来。

我像对待旧电视一样粗暴地敲了敲电脑，卡住的电池终于被抠下来，电脑顺利重启。

彼岸小区 4 号楼 4 单元 404 室，这个地址在网上还真能查到，本地论坛上有人说这间房非常危险。大多数人对于"4"这个数字一直抱有一定的敬畏之心，因而有些酒店、单位会跳过404 这个房间号。碰巧这个小区的 404 房间，也一直没有卖出去，最后一再降价才找到了买主。

只是，这位买主买下房子后，不到半年就出了场车祸。

他的家属将车祸原因归咎于这套房子，并低价将房子转让给了另一户人家。不想，这户人家住了不到一个星期，女主人就被查出了重病。

为了给她治病，房子又被卖出去了。

然后事情就越传越离奇，什么这间房子的每个户主结局都很惨，就连开发商也遭遇了歹人。总而言之，现在接手这间房子的人是谁不清楚，只是房子上常年贴着出租出售的信息，却没人理会。

我作为一个坚定的唯物主义者，一个教育专业毕业的研究生，这等都市怪谈对我而言就是无稽之谈，只是我突然明白用人单位为什么会租下这间房。

原因很简单——它便宜。

这下我不犹豫了，当即背起包赶往彼岸小区。虽说时间是半夜，但万一到了地方真的有人接待，给我办理入职手续呢？

我刚走出宿舍楼，电话又响了。

来电显示"94444"，大概对方是到了有信号的地方。

我接起来，对方说道："不用……走着去……刺啦……有校车……刺啦……"

"有校车？太好了！"我激动地说，"难怪招聘信息上还提到了包通勤，我正愁大晚上我们这儿没有夜班公交车呢！"

毕竟我这样的穷学生是舍不得坐出租车的，我一开始的打算，是骑共享单车过去。

只是共享单车的停放点离我现在的位置还有点远。

"嗯，你在……校门口……等……刺啦……刺啦……尾号……444……嘟嘟嘟……"

信号又断了，我还没来得及问这位女士该如何称呼呢。她真是位善良体贴的女士，居然特意给我安排了校车接送。

今天雾特别大，能见度很低，站定在校门口，我有点担心校车司机的安全，这么晚了还要劳烦他来接我一趟。

等了不到五分钟，雾中出现了两个惨白惨白的光点，不一会儿，一辆红色的公交车缓慢地停在我面前，车牌尾号是"444"，前面几个字母抑或是数字被污渍挡住了，看不清。

车门缓缓打开，我走上车，校车上一个乘客都没有。司机头上戴着一顶黑色的帽子，黑暗中看不清他的脸，我有点怀疑是我的近视度数又长了。车上都是空座位，我挑了个就近的要坐下，司机突然说："不能坐。"

我疑惑地看向他。

"椅子刚刷过漆，嘿嘿嘿。"司机慢吞吞地笑着说。

我看向椅子，可不是，红漆似乎还有点黏糊糊的，的确不能坐。

我只好抓住扶手，准备一路站着去彼岸小区。

明明是燥热的夏天，车上却有些阴冷，我的后颈总是凉飕飕的，仿佛有人站在我身后吹我的脖子。

"师傅，能把空调开小点吗？"我不好意思地问道。

司机大哥头也没回，冷冷地说了一句："请乘客们安分一点，不要随便调戏人。"

我挺无奈的，车上就我一个人，刚刚还对司机大哥说了话，难道他是在说我调戏他吗？我认为这是对我人格的侮辱。

我，沈建国，国庆节出生，生在红旗下，长在春风里，从小到大都是"三好学生""优秀团员""优秀学生干部"，他可以质疑我刚进入社会的能力，但绝对不能质疑我的人品！

我很想据理力争，可司机大哥说完这句话后我便感觉没那么凉了，应该是他帮我调高了空调的温度。

我的心顿时软下来。

司机大哥这么晚还要专门来学校接我，肯定是憋着一肚子气的。将心比心，我为了一份工作，需要大半夜地去一个有都市怪谈的小区，因此心情不是特别好。司机大哥可能此前正在家中睡觉，结果被人叫起来接人，脾气差一点也是可以理解的。

不过是些口角，没必要计较那么多。

"谢谢师傅。"我笑着对司机大哥道。

可惜司机大哥依旧不是很友善，他回头看了我一眼。黑暗中我瞧不清他的脸，只看到一双眼睛反着光，眼神锐利。

"呵。"他冷笑一下，"希望明天我还能看见你。"

他应该是在祝我能够被正式录用，真是一位面冷心善的司机大哥，可惜脾气不太好，给人一种不好相处的感觉。不过，只要多深入了解一下就会明白他是一个很好的人。

"谢谢！"我热情地回应道。

司机大哥开车很稳，尽管雾很大，他还是一路无任何颠簸地将车开到了目的地。下车时，我问他："师傅，我明天可能还会回校搬行李……"

话还没说完，车门便被司机冷酷地关上了。校车飞快地开走，连尾气都没留下。

我知道自己做得不对，还没确定工作，就想着求司机大哥帮我搬行李。公司的公车、公司的人，没有义务帮我做这些，搬家就要找搬家公司。可是我目前实在拮据。唉，明天租个小三轮车吧，能便宜一些。

为了给人留下好印象，我穿的是专门为了面试准备的正装——衬衫、领带、西装、黑皮鞋。走到4号楼楼下，我紧张地重新调整好领带，确认自己仪表没有问题，才迈步走进电梯。

电梯的灯光忽明忽暗，着实有些吓人。看来那些都市怪谈，应该还有彼岸小区物业的添砖加瓦。之前贴吧上的帖子还写了这里的物业管理松懈，服务不到位，看来是真的。

我暗暗给自己打气——沈建国，要坚强！刚刚走上工作岗位的草根学生都要经历一段艰辛的日子。公司管住宿、管通勤，已经是相当好的待遇了，我怎么能对住宿环境挑三拣四呢？电梯看着有点问题又怎么样？四楼又不高，下次我走楼梯！

这电梯肯定有一段时间没保养了，速度相当慢，明明才四层楼，却好像花了上十层楼的时间。我一路提心吊胆，生怕电梯突然卡在某一层不动。

好在并没有发生这样的事情，我顺利抵达四楼。

404 室亮着灯，门也没关。

我敲了敲门，礼貌地问道："请问有人吗？我是来应征教师的沈建国，一位女士让我现在来这里办理入职手续。"

"是张校长让你来的吧？"一个身穿夹克、戴着贝雷帽的小个子走出来，"请进吧。"

我跟着他走进 404 室，一边走，一边观察着这间极有可能是我未来宿舍的房间。

房间里灯光有些昏暗，这样的环境不利于备课，等我发了工资之后就给宿舍换个灯泡。

窗帘过厚，本来房间的阴面就不容易接触阳光，这么厚的窗帘会让人感到压抑，需要换个纱质的窗帘。

房间倒是挺整洁，面积不小，有三室一厅，客厅正中央摆着一张办公桌和两把椅子。小个子坐在里侧的椅子上，示意我坐在他对面。

他不到一米六，我注意到他一直踮着脚走路，似乎想通过这种方式让自己显得高一些。

唉，我也懂。我小时候营养不良，高中一年级还只有一米五，又瘦又小，比女生还矮，经常被同学嘲笑，还很自卑。后来我参加比赛得到了奖学金，改善了饮食水平，多喝牛奶多吃肉，高中三年就蹿了二十多厘米，现在身高一米七八，没有长到一米八很遗憾，但一米七八的身高目前也算是中上的水平了，我很满意。

　　"沈建国是吧？"小个子的脸色不太好，在灯光下看起来惨白无血色，应该是熬夜导致的，"张校长说让你在主卧睡一晚，明早还活着就可以上班了。"

　　"张校长就是联系电话是'94444'的那位女士吗？她是我们培训机构的负责人吗？另外，我只是在这里住一晚怎么会有事？难道你也相信网络上的谣传？"我无所畏惧地笑着说道。

　　小个子抬头看我，我见他额角有伤，不由得关心道："你的额头怎么了？"

　　"哦，撞到了。"小个子一脸木然地道。

　　"你已经知道我的名字了，请问我怎么称呼你？"我知道他有可能是自己未来的同事，于是向他伸出手，友好地问道。

　　他并没有与我握手，双手始终放在桌面下。他对我笑笑："我姓'ju'。"

　　"是家具的具，还是居住的居？你的姓氏很特别呀。"我有些尴尬地收回手，没想到这就受到了并不友好的对待。

　　我听学长们说过，职场上一些不够成熟的老人会欺负新人，这些人主要是担心新人抢了自己的工作。不过这样的人，大都是因为本身实力不足，不够自信，认为新人会对自己造成威胁才作出这么幼稚的事情。

　　我告诉自己不要生气，要微笑待人。

　　小个子一直盯着我，缓慢地摇头："都不是。"

　　"那是哪个字？"

　　"是电锯的锯。"

　　我微微皱眉，百家姓里有这么个姓氏吗？

　　"难道你是少数民族？"我疑惑地问。我们学校也有少数民族的同学，他们的姓氏有些很稀奇，是百家姓中没有的。

　　他又摇头，脖子歪了歪，随即他慢慢地站起身："我呀，个子长得矮，很小的时候就被高个子的男生欺负。他们说我这么矮肯定不是个爷们，还逼着我让他们验明正身。他们还会把一整袋奶粉灌进我嘴里，说多吃奶粉长个子。我被呛得差点断气，求他们给我一口水喝，他们只会笑，却不给我水喝。"

我心里难受，有些明白他为什么对我态度不好了。高个子的男生是他的心理阴影，他不是针对我一个人，而是对这一类人都很反感。

但是我相信，通过以后的接触，他一定会明白我是个什么样的人，我也会努力用自己的经历帮助他走出这个困境。我站起身，越过桌子，一把拽起他的手，然后双手握住他的右手，用自己最真切的声音说："这不是你的错，是他们的错！不论是什么年纪什么理由，欺负人就是错的！"

"我知道。"锯先生的脸很僵硬，微笑有些假，"当然不是我的错，都是他们的错。不就是个子高、大长腿吗？没关系，都没了就好了！"

"……"

望着他喜悦的表情，我一时无语。我不是学心理学的，在这方面没经验，不知道该怎么劝导有这种偏激想法的他。

"一条大长腿、两条大长腿、三条大长腿、四条大长腿……好多、好长啊！我严格按照自己的身高测量，让他们每个人都同我一样高。"锯先生一脸陶醉，似乎沉浸在美好的回忆中。

这不对啊，我松开他的手，偷偷将手放进衣兜里，准备打电话报警。

"锯先生，您有没有想过去看看心理医生？"我摸到手机了！我将手机飞快解锁，摸索着按键，只是我没设置，就这么盲打，我不确定我按的到底是不是报警电话。

锯先生还在说："你个子不算特别高，但腿真的很长，我喜欢你的腿，能给我吗？"

"当然不可以！"我严词拒绝，站起身慢慢向后退。

锯先生也站起身，他一直藏在桌子下面的左手抬起，我这才发现，他的手上拎着一把电锯。

"那我只能硬来了，放心，不疼的。"他慢慢走向我。

我不敢回头，眼睛一眨不眨地盯着他，防止他突然攻击。他向前，我不断后退，直到后背靠上墙壁，冰冷的感觉让我想起这里离门不远，我便靠着墙向门的方向蹭。

锯先生似乎不着急伤害我，他踮着脚，舔舔嘴唇，看着我摸到门把手用力开门。

门把手没有被拧动，这扇门不知何时被他反锁了！

"你出不去的。"他打开电锯的开关，"嗡嗡"的噪声划破宁静的黑夜，"乖，等你将腿给我，我就放你走。"

"给你我就走不了了！"逃避是解决不了问题的，我向他奋力一扑，抓住他的手腕，打算抢夺电锯。

这位号称自己姓锯的先生力气意外的小，我一把便按住了他的手臂，让他无法举起电锯。

"你！"他一脸惊讶地瞪着我，似乎想问我为什么有如此大的力气。

那当然是因为我勤于锻炼，经常参加课外活动，体育课选修跆拳道，会点三脚猫的功夫，对付一般人没问题。

锯先生拼命挣扎。

电锯终究是危险武器，我在夺下电锯时，手背不慎被划伤。

幸好只是皮外伤，我也没在意，直接去按开关。

电锯似乎有些不太灵敏，按第一下时没有把它关闭，我又用力去按第二下。在手背上的血滴下来时，我顺利把它关闭了，

"嗡嗡"声停了下来。

我一脚将电锯踢得很远。解除危险武器后，我立刻去对付锯先生。如果他真如他所说的那样做了那些事，那就必须报警让法律来惩罚他了。

不想，我一回头就见锯先生翻着白眼躺在地上，舌头吐在外面。

我连忙跑过去用力按他的人中，可他的脸色更差了，呼吸都微弱了。

"你怎么了？"尽管他刚才试图攻击我，我还是本着人道主义的精神以德报怨，如果他真的出事，我搞不好得卷进防卫过当的案子中……

"血……血……"他双腿在地上不断乱蹬，看起来情况十分不好，似乎要吐白沫了。

"血？"我看看自己被划伤的手背，举着伤口在他眼前晃了晃，"你说这个？"

"血……血……"锯先生一脸痛苦。

我心中升起一个猜测，便脱下西装和衬衫，心疼地用新买的白衬衫包住伤口止血。

不再见血后，锯先生果然好了很多。他扶着墙慢慢爬起来，一脸警惕地看着我，余光瞟向电锯。

我以为他想伺机再次拿起电锯攻击我，谁知他看了一眼电锯就再次瘫倒了，翻着白眼说："血……血……"

这下我更加确信了，从包里拿出纸巾，擦掉了电锯上属于我的血。

经历这么一场大战，我也没什么力气了。

我拽过椅子，端正地坐在上面，对锯先生说："我想我们需要好好谈谈，我是否会报警取决于我们谈话后的结果。"

锯先生一脸阴沉地望着我。

我向他挥了挥自己受伤的右手。

看到衬衫上浸出的血，他面露惊恐地别开脸。

此时，我终于肯定了自己的猜测，问道："锯先生，你是不是晕血？"

似乎是被说中了，他立刻扭头瞪我。

"你看到我流血后，握住电锯的力道便减轻不少，我才能抢过电锯。"我就事论事地分析，"在这之后，你又表现出相当不适的样子。"

锯先生用力捶起自己的胸口，剧烈地咳嗽。我想帮他拍拍后背顺气，但他见我靠近，立刻发出一声惨叫："啊！你不要过来！"

我没办法，只能退回到门边，安静地等他冷静下来。

"真的不用我叫救护车吗？你反应这么强烈，很危险的。"

而且，锯先生的脸色相当不好，嘴唇发紫，特别像哮喘发作的样子。

"不用！"他很生气地瞪我，口中重复着，"你是不是从没有交过女朋友？还有你是什么时辰出生的？"

他的问题很奇怪。

人的三观是在不断学习和累积中树立的，想法也不是一时的争论就能够改变的，我实在不想就这个问题与他争辩，便只回答后面的问题："我是中午十二点左右出生的。"

"这个时辰……"锯先生又开始用力砸胸口，他好像不太爱惜自己的身体，砸的力道特别大，声音"砰砰砰"的，听得我难受。

"不要再敲了！"我制止了他，"你诚实地回答我的问题，我会根据你的答案决定是否报警。"

"我晕血。"他畏惧地看着我包着衬衫的手，"你离我远点。"

我将右手背到身后，又问道："既然你晕血，又怎么会做这种事呢？这并不合理。"

"合理？"他翻了个白眼。

锯先生如此不配合，我只能猜测道："你是不是将幻想当成了真实发生的事？"

我并不希望锯先生犯罪。

他个子不高，又十分不自信，虽说人不可貌相，但他晕血的症状如此严重，我自然倾向于锯先生是因过去的创伤患上了精神疾病。刚刚他作出的一系列攻击行为，是因我的身高引发他的心理阴影，导致他突发疾病。那些耸人听闻的言语也是他的胡言乱语，他过去并未真的犯下罪行。

若真相如此，只要我不追究锯先生刚刚对我的攻击，再劝他积极地治疗，他一定能够治愈，也不会再对社会造成危害。

我连续问了几个问题，锯先生一直不肯正面回答。

没办法，我只能掏出手机报警。锯先生如果是无辜的，警方会还他一个公道的。

但这里的信号并不好，我连续试了几次电话都拨不出去。我想出去找信号，但留锯先生一个人在这里并不妥当，万一他再发病，然后拿着电锯跑出去呢？

就在我一筹莫展时，电话响了起来，来电显示是"94444"。这个时候，手机倒突然有信号了……

我接起电话，先开口："喂，请问您是张校长吗？"

"是……我……刺啦……"

张校长的声音还是这么缓慢，信号杂音依旧这么多。

"我有些事想跟您谈，关于 404 房间接待人员的问题，他自称锯先生，没有告诉我他的真实名字。请问您对他的心理状况有了解吗？"

"知……道……刺啦……"

"他今天试图用电锯攻击我，现已被我制伏。他这样非常危险，我认为有必要向校方反应一下。另外他自述的经历很奇怪，话语前后漏洞很多。我觉得他的精神疾病已经很严重了，需要接受系统的治疗。"

"他……现实生活里……没……犯过……罪……刺啦……"

怎么这个培训机构的人说的话都有点奇怪呢？现实生活？难道我们现在没活在现实里？

我有些气愤地说："张校长，我认为你的精神极有可能也出问题了，我建议你带着锯先生一起去医院，生病不可怕，讳疾忌医才可怕！"

说这话时，我也顾不得电话那头可能是我未来的上司了。员工有病，领导疑似有病，公司没有一点人文关怀，这种公司不加入也罢。

"刺啦……明白了……明天……我会派……专业人士……来……刺啦，你今晚……先住……账号……给你……精神赔偿……刺啦……"

张校长的电话又断了。我被折腾得无力生气，不过对方能想到赔偿，让我对这个培训学校的厌恶感减去了几分。将银行账号和开户名以短信的形式给张校长发过去后，我扭头去看锯先生。

他靠墙闭着眼睛，一脸很累的样子，似乎睡着了。

我看了一下三个卧室，每个卧室都有床。想了想，我将锯先生抱起来，送他上床休息。锯先生被惊醒，睁眼看到我，一脸惊恐，挣扎着要逃。我十分无奈。为什么被吓到的是他？

"哪个是你的房间？"我没好气地问道。

他指了指最北面的房间。

我将他放在床上，叹气道："既然张校长说你没有犯过罪，那我就相信你。明天学校会请专业人员来帮助你，你不要讳疾忌医，到时候我会陪你的。"

锯先生仍是一脸惊恐。

见他实在太怕我，我也只好离开，离开前对他说："我就在隔壁房间睡觉，有事喊我。不要想着逃跑，我睡觉警醒着呢。"

为防止他再度发病，我将他绑好，还将他丢在客厅的电锯拎起来，放在主卧的床边。他要是敢来拿，我一定能够感觉到。

我躺在床上，脑子里又浮现出锯先生说的曾经被欺负的经历，心里不是滋味。只是我个人的力量十分弱小，也只能帮助他早日走出过去的阴影罢了。

经过刚才的事，我的身体十分沉重，这一夜太折腾了。我闭上眼睛，渐渐睡过去。再睁开眼时，天已经大亮。我擦擦嘴边的口水，伸手去摸电锯，竟然摸了个空！

该不会是我睡得太死，电锯被锯先生拿走了吧？

我一个鲤鱼打挺，从床上跳起来冲到客厅，只见一个剑眉星目的年轻人，手中拿着一柄亮闪闪的、刻满奇异符号的长剑，站在客厅中间。

我有种置身电视剧中的感觉，疑惑问道："您是？"

他上下打量我一番，鼻子里喷出一声"哼"道："你倒是心大。"

第一章 就职

听他的口气，我便知道了这人大概是张校长请来的专业人士。但我以为的专业人士是专业的医护人员，怎么看这位的穿着仙气飘飘的，不然，他可能是一位汉服爱好者？

我去了锯先生的房间，发现锯先生也不见了。

"不用找了，我已经将他送走了。"年轻人抱臂看着我，"这房间你也敢睡一晚，胆子够大的。赶紧走吧，你再在这房子里待下去，怎么死的都不知道。"

说罢，他嗖的一下就走了，来去如风，连个名字都没留下。

我愣了片刻，有些不明白他所说的"送走了"与"怎么死的都不知道"是指什么。我并没有看见锯先生，难道这个年轻人的意思是他已经将锯先生送去治疗了？

要真是这样，我倒是可以放心了。但那年轻人的衣着打扮和行为举止，怎么看怎么不对劲。我心中不安，拿出手机想联系张校长，询问一下这位专业人士究竟是做什么工作的。

　　刚解锁手机，我就看到有两条新短信，是昨夜我睡着后发过来的。一条是银行的转账信息，张女士转给我一万五千元；另一条则是"94444"给我发来的短信："一万块是补偿的费用，五千是给你预支的第一个月工资，方便你布置新居。锯先生已有妥善安置，你不必再担心。404号房另有两位同事，其中一位会搬进锯先生的房间，他们白天有其他工作，晚上才会入住，不会打扰到你。我们机构的课时全部安排在晚上，今晚我会将课表发给你，白天的时间你可以自由支配。

　　我还没说要入职你们这所培训学校呢，但看看刚打过来的热乎的一万五千元钱……

　　我决定与张校长联系一下，好好谈谈这方面的问题。只要确认张校长没有生病，她也能保证锯先生真的没有犯罪并得到妥善的治疗，另外两位同事也没有精神方面的问题，在就业形势如此严峻的情况下，我也不是非得拒绝这么一个工作机会。

　　不想，张校长的电话还是打不通，依然不在服务区。她难道是在国外的某个深山里吗？为什么信号这么差？

　　我在屋子里转了两圈，觉得银行卡中多出来的钱十分烫手。现在用人单位已经展现出足够的诚意了，我要是拒绝，是不是有些不近人情？

　　这时，学校宿舍管理员打来电话，问我什么时候搬出宿舍，有新的研究生想搬进来。

　　我又看了看银行的转账短信，一咬牙，心一横，告诉他我已经找到新工作，这就回去搬。

　　我不能因为个别员工的问题而错过这份工作，加油，沈建国！

　　现在有钱了，我回到学校后立刻将行李打包装箱，打了搬家公司的电话，让他们来帮我搬家。

将行李搬到彼岸小区后，我又跑去超市买了一些必需品，换好床单，打扫了一下房间，并将厚重的窗帘换成了纱帘。

其他两位同事的房间我没敢乱动，于是我又开始打扫公共区域。

屋子里的灰尘很重，也不知之前的同事是怎么忍受自己住在这么脏的房间里的。

屋子里的家具挺全的，有洗衣机、冰箱和热水器，只是厨房里的锅碗瓢盆都生锈了，不能用了。我将来是打算自己开伙的，毕竟这样能够节省一点，于是我买了新的厨具。

旧的厨具我也没扔，而是用强力去污剂刷了刷。

厨房的水龙头也不知多久没人用了，打开水龙头，流出的水很浑浊，满是铁锈，放了一会儿水才变清澈，卫生间的水龙头也是一样。

收拾好一切后，已经是下午六点。我也没时间做饭了，随便叫了点外卖吃，吃过将垃圾一并扔掉，回房冲了个澡。

说到冲澡，真是多亏我机智，及时想起卫生间和厨房的水刚打开时的情景，便提前放了一会儿水，否则我就要淋一身铁锈了。

洗过澡，疲惫感也涌了上来，我躺在床上，在余晖中沉沉睡去。

再睁眼时，天已经黑透，我打开手机一看时间，夜里十一点五十九，都这么晚了，我却没收到任何短信，也没有未接电话。张校长不是说晚上要给我发课表吗？

她连工资都预支给我了，我总不能消极怠工。我再次主动给张校长打电话，这回终于打通了。

"张校长，要不我们加个微信吧，您的信号一直不太好，我的微信号就是手机号。"我开门见山地道。重要的事情一定要先说，万一信号又断了，那我就没机会说了。

"刺啦……好的……刺啦……"

张校长是不是年纪大了，说话速度怎么越来越慢了？

我们加上微信后，我立刻发去信息：校长，锯先生怎么样了？

张校长：住院了。

她还发过来一张锯先生穿着病号服的照片，看环境好像还不错，他胸前的名牌上写的不是中文，而是一排拼音"Xiao Tongxue"。

看来锯先生不是真的姓"ju"，而是姓肖，那他为什么要说自己姓"ju"？而且，肖同学？这名字未免也太随意了。

不过，对方竟然真的去了医院，医院的环境还不错的样子，我悬着的一颗心终于落地。

我：肖同学确实没有伤过其他人吧？

当然，我也不能叫对方为"锯先生"了。

张校长：没有。

一如既往，张校长的回答十分简洁。

我相信她的话，我个人也是倾向于锯先生没有伤过人的，毕竟他晕血症还挺严重的。

希望他能在专业的治疗下早日走出过去的阴影，积极向上地面对接下来的人生。

我发信息过去：张校长，请把课表和课本发给我，同时，希望您能给我一点时间备课。

张校长：明天晚上十二点，仁爱中学三年级四班教室，随便讲点什么就好。

我沉默了。

工作时间大大出乎我的意料，虽说是跨国公司，但又不需要与国外的总部联系，为什么要把课时安排在晚上？不过，仁爱中学这所学校我记得很清楚。三年前，这所学校发生了一起事故，学生们纷纷转学，没多久，这所原本升学率还挺高的民办学校就倒闭封校了。估计是培训学校租了这个学校的校舍，用于上课。

以上两点抛开不谈，最后一句"随便讲点什么就好"是什么意思？你们办一所培训学校，连老师要讲什么课都不安排吗？

我刚想就此与张校长理论，就收到了她发来的两条消息。

张校长：我睡了。

张校长：晚安。

紧接着，就见她一条条地撤回消息，仿佛不希望我截图一般，从第一条"住院了"到"我睡了"全部撤回，只留下最后一句"晚安"。

我们刚才的聊天时间难道还没超过两分钟吗？为什么她连最开始的消息都可以撤回？

我再打电话过去，果然，她的手机不在服务区了。

我被她随意的行事风格惊到了，望着墙壁发呆。这时，卫生间传来马桶冲水的声音，想来是同事回来了。

要不问问同事吧？听一下前辈们的建议。在这所培训学校工作了一段时间，需要讲什么课，面对的是怎样的学生，他们应该很清楚。

我走出去，可其余两个房间的门都紧闭着，我一时不知该敲哪一间的房门。

大半夜打扰人似乎不太好，我犹豫了一会儿，心想，要不还是明天早晨再问吧？已经十二点了，我也该睡了。

我正打算上个卫生间后睡觉，谁知打开马桶盖，就见一堆长头发在马桶中漂着。

一瞬间，我全身血液逆流。我立刻离开卫生间，站在客厅中间大声说："谁这么不道德，居然把假发扔进马桶里？马桶会堵的不知道吗？有没有公德心？！"

真是气死我了！

我在客厅里吼了一会儿，两个卧室的房门始终紧闭着。

我能有什么办法？只好"噔噔噔"跑下楼，去小区门口的24小时营业超市买了通马桶的皮搋子、胶皮手套和剪刀。

回到房间，马桶里还漂着头发，而且可能因为浮在水上，显得发量极多。我将皮搋子放到一边，试着冲了一下水，厚厚的假发根本冲不下去，马桶里的水倒是满了。

是时候用我新买的"抽气式马桶疏通器"了！

我把皮搋子对准马桶口，一通狂暴凶猛的按压，水下去了一些，头发还漂荡着。我只好按照说明书不断加水，按压，冲了半个多小时，头发一会儿被抽下去，一会儿浮起来，却始终没能解决马桶堵塞的问题。

没办法，我只能使出终极手段了。

我戴上胶皮手套，拿出剪刀，将浮在上面的头发捞上来剪断。皮搋子通管道的原理是使空气被强行推入管道，造成真空状态，再利用压力使下水管道中的堵塞物松动或分散。头发本身就是纠缠着的，皮搋子这点压力恐怕不够。待我将头发剪成一段一段的，应该就可以把它们冲下去了。

说起来，这假发质量真的不错，应该是用真的头发制成的，这种假发比起用化纤材料做的要昂贵得多，也不知是哪个同事如此奢靡，这么贵的东西都能扔掉。

将头发全部剪断后，我再次用皮搋子疯狂按压，只听"咕咚"

一声，纠缠的头发终于被疏散了。我再次按下冲水按钮，这回马桶顺利地疏通了。

为了防止发丝再次逆流漂上来，我又多冲了几次水才放心。

忙完这一切已经凌晨一点多了。我满头大汗，认真清洗了手套、皮撅子、剪刀和自己，将所有东西摆放好后才离开卫生间。

一出来，我吓了一跳，一位戴着黑框眼镜、穿着中山装的男人站在客厅中间，正静静地看着我。

我有点尴尬，指了指卫生间，道："不好意思，吵醒你了吧？马桶堵了，我通一通。"

他深深地凝视着我，并不开口说话。我只能继续找话题："不知道是谁将假发扔进马桶里了，我怕影响别人使用，就自己试着疏通了。我叫沈建国，今天刚刚搬进来，以后我们就是舍友了，请问你怎么称呼？"

我热情地向他伸出手。

然而，他的双手始终插在裤袋里并未拿出来。

视线扫过我的手，他用沙哑的声音回答道："刘思顺，在这里住了几年。"

我想起自己刚刚通过马桶，就算洗干净了别人可能也会介意，便不好意思地收回手说："刘老师，打扰到你了，实在抱歉。"

刘思顺气质文绉绉的，表情看起来也很平静，假发应该不是他的。

"没关系，我睡得晚。"

"你也是培训学校的老师吗？"我问道。

"算是吧。"

"哦，我之前听张校长说，404还有两位室友，一般晚上才回来，想必你就是其中之一吧？以后我们同住一个屋檐下，请多关照。"

"嗯。"刘思顺后退两步，似乎不太想靠近我。

我有些受伤，难道我疏通马桶后身上染上臭味了吗？希望只是如此，否则刚来就被同事排斥，就算我再刚强心里也会难受。

"另外一位同事呢？希望没有打扰到他。"我没话找话。

"她刚刚被你冲下去……哦，不对，她的假发刚刚被你冲走了，我想，她应该不会搬进来了。"刘思顺回答道。

"为什么？是我做错了什么吗？假发……不是她想丢掉的吗？"我还没有计较她乱丢东西堵塞马桶的事呢。

"不是，她本来打算搬到老锯的房间，不过屋子里有你……不是，因为这里有男士不方便，她就决定搬出去。"

老锯？看来大家都知道肖同学的事，并因此给他取了这个外号。

"原来另外一位同事是女士，那确实有些不便，可她不住公司分配的宿舍，经济上会不会有压力？"我有点担心，毕竟我明白贫穷的滋味。

"没事，她住哪儿都不花钱，只是住一段时间就会被人赶走，偶尔还会挨打。"

"被打？"我心中相当不安，"她是被人欺负了吗？这怎么可以？需不需要我帮忙报警？"

一直面无表情的刘老师突然笑了一下，他慢慢靠近我，我俩的脸都快贴上了也不停下来。我没有与陌生人脸贴脸打招呼的爱好，只好后退，而他不断紧逼，最终，我贴在墙壁上一动不动。刘老师将左手从兜里拿出来，抵住了墙壁。

"你过你的阳关道，我们走我们的独木桥。张校长聘用你做老师，我们不会对你做什么，可有一点你记住了，别多管闲事。"

这……我是被威胁了吗？为什么我只是关心一下没见过面的同事，就要被威胁？

我也是遍览柯南、金田一、福尔摩斯故事集的人，这时，我将之前的对话飞快地在脑海中回溯一遍。排除一切不可能，剩下的答案再怎么不可思议，也是真相！

"难道你也曾欺负过那位女同事？她之所以将假发扔在马桶里，是对你无声的报复？"

我在心中迅速勾勒出一个饱受虐待的瘦弱女性，她在张校长那里拿到了404的钥匙后，半夜开了房门，愤怒地将假发扔在马桶中后转身便走，离开了这个曾经伤害过她的地方。

刘思顺的表情僵住了。

我一把挥开他抵着墙壁的手，毫不畏惧地直视他略带幽蓝的眼眸："我是一名刚刚进入社会的新人，我知道在工作岗位上可能会遇到很多行业潜规则，为此，我已经做好了心理准备。只要不违背法律，不越过道德底线，我能够压下情绪默默接受，虚心学习。如果你所说的是真的，那你们的所作所为已经越过法律和道德两条线了。这种情况，我绝对不能坐视不理，请将那位女同事的联系方式告诉我。她自己不敢报警，但我会为她讨回公道的！"

工作可以再找，但做人的原则不能丢。

犯罪行为可能就在我眼皮底下发生，我不可能视而不见。

大概是被我的气势震慑住了，刘思顺倒退了一步。我紧跟上去，将方才他不断逼近我的动作做了一遍，这一次，换刘思顺靠在墙壁上。

我用力捶了一下墙壁，大声问道："说，你有没有欺负过那位女同事？"

"没……没有。"刘思顺的胳膊不自然地抖了一下，腿也似乎有些发软，站不稳，他失去了方才的气焰。

"那她免费住其他人家会被赶走，偶尔会挨打是为什么？"

"她……她经常半夜偷偷进入陌生人家里住，被人发现了就会被打出来。"刘思顺腿软地蹲下去，用手抱着头道，"你……你伤口裂开了，别……别靠近我。"

半夜偷住陌生人家里后被打出来？她是小偷，还是非法入侵？我这些同事都是什么人？聘用他们的这所培训学校又是怎么一回事？

我一把将刘思顺拎起来："你同她联系，让她搬过来住，不要再做违法的事情！我以人格保证，只要她以后遵纪守法，我绝不会让其他人再伤害她！"

"我……我这就联系，你不要碰我啊！"刘思顺尖叫道。

他真是个外强中干的纸老虎，刚才还那么威风，我才用拳头砸了下墙，他便害怕了。

我退开两步，刘思顺立刻掏出手机，趁他转过身打电话我赶紧甩了甩手。我今天没时间去医院，只是草草地包扎一下伤口，刚刚那一下直接导致伤口又裂开，还挺疼的。

"喂，你快回来吧。"刘思顺对着电话道，"不行，你必须回来，否则我就……"

我不方便听别人打电话，于是，我回房间找到药箱重新包扎了一下伤口。

等再出来，我就见一个留着短发、穿着白衣的女人全身湿淋淋地站在客厅中，一脸阴沉地看着我。

刘思顺效率还挺高的嘛，这个同事这么快就回来了。也对，她刚扔了假发到马桶里才走的，应该没走远。

"你好，我叫沈建国，是刚入职的老师，请问你叫什么名字？做什么工作的？"我友好地对她说道。

"李媛媛……厕所……保洁。"李媛媛拉长调子说道。

她可能有些近视，看人的视线直勾勾的，都不会转眼珠。

"你身上怎么了，被人欺负了吗？"我看着她湿淋淋的衣服，有些不忍心。

一个女生在外面打拼，不容易。

她似乎是想点头，但看了看我，又缓缓摇头："没有……我去下水道……游泳了……"

这说的都是什么乱七八糟的？

但李媛媛不想说，我只好不再细问了。

每个人都有自己的烦恼，我可没有排挤她，只要她能保证自己不会再偷偷跑去别人家里，我也不会多事。

只是，她那好似被狗啃了一样的发型实在太难看了！

这会儿不好多问，等以后熟悉了，我一定要问问她是在哪家理发店剪的头发，我一定会绕路走！

"你刚搬进来，行李呢？"

"不需要……"李媛媛又慢慢摇头。

我从房间里拿出一条新毛巾和一套新的洗漱用具，都是今天买的，包装还没撕。

"这个给你，去洗个热水澡吧，大半夜的，别着凉了。你放心，我不会对你做什么的，你就安心在这儿住着吧。"

为了给李媛媛一个喘息的空间，我拎起刘思顺进了我的卧室。

"你……你要做什么？"刘思顺缩在墙角，惊恐地问道。

"放心吧，我对男人也没有兴趣，再说了，你长得非常一般！"我解释道，"我只是想让李媛媛安心一点，顺便我想向前辈请教一下，明天我就要上课了，我需要讲些什么？"

　　我原本是想向同事咨询一下明天教什么课才出房间的。这家学校上到校长，下至厕所保洁都不靠谱，聘用我也没签合同，还趁我睡着的时候打来第一个月的工资。

　　这当然对我有利，没有合同，代表我随时都能离开，没有任何限制。

　　但是，既然我已经拿了预支工资，即使这个公司再不正规，我也不能敷衍了事。

　　这是做人的原则。

　　"请问我明天要教的学生大概是一个怎样的群体？是在职教育、考研、公务员笔试班还是其他？"我虚心地向刘思顺请教。

　　刘思顺愣了愣，好一会儿才推推眼镜道："都不是。"

　　"嗯？那你们平时上课都讲什么？"

　　"就讲讲做……做人的道理。"刘思顺道，"你真的随便讲就好。"

　　"这样的培训学校还能招到学生？"我实在忍不住，该不会真的是个不法组织吧？可谁家不法组织会这么经营，这能骗到什么钱？

　　"这里的学生不多，毕竟现在的人都比较幸福。"刘思顺叹口气，一脸惆怅地说道，"我还记得以前，到处都是同伴，一点也不寂寞。慢慢地，同伴越来越少了。"

　　我完全听不懂。

　　"敢问刘老师是从事什么职业的？"我不由得问。

　　"哦，鄙人喜好写些奇谈诡事，赚取润笔补贴家用，也在学校就职，教教白话文。"

　　"哦，语文老师，兼职写作。"我点点头。难怪了，写小说的嘛，自然有一些奇思妙想，还有一些叨叨的抱怨。网络上常常有一些热度很高的讨论，创作者创作很多限制之类的，刘老师想来也深受困扰吧。

"不过是教人识字说话而已，称不上语文老师的。"刘思顺道，"沈老师不知，现在的……人啊，一代不及一代。想吾等当年是何等风光，可现在的新……新人，有些连话都说不利索，真是令人心痛。我在培训机构所能做的，也不过是教教他们说话。就好比李媛媛，她刚来的时候连声音都发不出，张校长才安排她与我住在一起，多多学习的。她现在好些了，只是说话有些缓慢。"

听到这里，我有些明白这所培训机构的学生是什么样的了。

这里聚集的大概是一些社会边缘人士，因为这样或那样的问题出现心理疾病的、与人交流有问题的学生。对这些人来说，最重要的是学习融入社会的技巧与心理上的疏导，一些应考的科目反倒不是那么重要了。

也难怪张校长说我随便讲些什么就行，她能够录用我，大概是看中了我学习的是教育专业，希望我能够帮助这些学生树立正确的世界观吧。

能够想到成立这样一所培训学校，张校长真是个心地善良的人，而刘老师能够耐心教学生们与普通人交流，想必也是个善良的人，我之前实在是错怪了他。

刘老师之前威胁我不要管他们的事情，应该也是担心我不知轻重，无意间伤害到这些敏感的人吧。

我充满歉意地握住刘思顺的手，真诚地道："之前是我误会你了，刘老师是个爱护学生、道德高尚的老师，是我学习的榜样。这是我的第一份工作，能够遇到刘老师这样的老师，是我的幸运。"

刘思顺哆嗦着说道："有……有话好好说，别……别动手动脚的！"

我松开刘老师，向他鞠了一躬，大声道："我为我之前的无礼举动道歉，对不起！"

刘老师听到我中气十足的声音又哆嗦了一下。

可能是在我的卧室与他单独相处给了他压力，这会儿，李媛媛也该洗完澡了，我打开房门说："这么晚了，刘老师赶快休息吧，早睡早起身体好。"

刘思顺见我开了房门，飞快地逃离我的房间，速度快得我几乎看不清他的腿在动。

这让我有点受伤，大家是同事，以后还是室友，因为我一时冲动造成了误会，伤害了刘老师敏感脆弱的心，实在是我不对，改天我得找机会跟他握手言和。

刘思顺从我的房间冲出去后便进了自己的房间，紧闭房门，似乎不想让我进去。

我也打算睡觉去，却听厕所传来"哗啦哗啦"的水声，不像在冲澡。

门虚掩着，没有开灯。

我打开客厅的灯，借着昏暗的灯光一看，见李媛媛正蹲在马桶旁，认真地看着马桶，脑袋都快钻进去了。

唉，特殊人群真是各有各的癖好，难怪张校长会安排李媛媛做厕所保洁。

我推开卫生间门，考虑到男女有别，我没有进去，而是站在门前说道："这么晚了，你也早点睡吧。"

李媛媛看见我站在门边，捂着头发，向离我最远的墙边蹭了两步。

她似乎没听懂我在说什么，眼珠僵硬地转了转，又看向卫生间角落的……皮撬子。

"回房睡觉去吧。"我尽可能温柔地劝道。

"我想……在这里睡……"李媛媛将头贴在马桶水箱上，静静地闭上眼睛。

我无法理解她对卫生间的执着，但她真的在这里睡，我晚上就没办法起夜了，也会十分尴尬。

"你是喜欢卫生间，还是喜欢马桶？"我试着与她交流。

李媛媛歪头想了一下，指指马桶："这个。"

"那这样，我明天上街给你买个干净的马桶，放在你的房间，让你每天睡觉之前都能看到好吗？"

李媛媛的反应速度有些慢，十多秒后她才僵硬地点点头，站起身盯着我道："说好了。"

"嗯，说定了，我送你的。"我说话算话。

"不许反悔，否则……"她看看我粗壮的胳膊，又摇摇头道，"没有否则。"

说罢，她起身像飘着一般离开卫生间，走进锯先生之前住过的卧室，关上房门。

她可算是走了。我擦了把汗，非常尴尬地上了个卫生间，洗过手回房睡觉了。

一觉睡到天明，我拉开窗帘晒了晒太阳，又伸了个懒腰，做了一套健身操后去洗漱。

刘老师与李媛媛的房门开着，两人已经走了。我睡觉太死，也没听到他们什么时候走的，下次一定要起来同他们打个招呼。

透过房门，我看到两人的房间都是一张单人床和一张桌子的布置，床单、被罩均是白色的，两个房间几乎布置得一模一样。区别只有刘老师桌子上放着一本书，而李媛媛的床上扔着一顶乱糟糟的短短的假发。

倒是挺符合两人性格的。

答应李媛媛的事情不能食言，我出门吃过早饭便去了卫浴商店，挑了个与404室卫生间里一模一样的马桶，并特意要求店家出具发票。

万一善良的张校长知道这件事后能给我报销呢？我充满期待地想着。

我还买了两盏灯，一盏放在客厅，一盏装在我的房间中。

一听说我要去彼岸小区4号楼4单元404室，装灯的师傅都不肯去。他们还劝我："年轻人，你不能因为房租便宜就住那间房啊，那里不太平！我亲戚租住在403，听他说，404卫生间的水箱半夜一直在响，还总会传来奇奇怪怪的声音，特别吓人！"

404只是住了一些性格古怪的租客而已，却闹出了都市传说，人云亦云，大概便是如此吧。

我不好对装灯的师傅说什么，见他实在不愿意去，便问了安装方法，打算自己回去装。

他听我这么说挺不好意思的，还给我打了点折，我也就不怪他不帮我装灯了。

扛着马桶回家后，我将它放进李媛媛的房间中。我人生第一次送女孩子礼物，居然送的是个马桶，想想就觉得好笑。

对照说明书和师傅教我的步骤，我顺利地将灯装好。忙完这一切已经是下午，我该想想晚上给学生们讲什么课了。

其实之前我已经有了思路，张校长既然希望我能够帮助学生们树立正确的世界观，那自然是从思想道德修养讲起比较好。

我从书箱中翻出《大学生思想道德修养》课本，这是由教育部监制，最适合即将走入社会的学生的课本，能够帮助学生建立最基本的三观，当然，也是最适合培训学校的学生的书。

我准备了一个下午，结合特殊人群心理学的介绍，将授课内容做了适当的修改。

晚上八点时，我睡了一觉，十一点三十分醒来。走下楼不多时，车牌尾号是"444"的校车停在了小区门前。

我一上车便呆住了，车上出现了一个涂成绿色的座位，还贴了一张字条，上面写着"沈建国老师专座，其他乘客勿坐"，搞得像公交车上照顾弱势群体的专座一样。

这……我不知道该说什么好，车上根本没有别的乘客，只有我一个，为什么还要弄出这个专座？而且，其他座位是红色的，只有我这个座位绿油油的，真的很尴尬啊。

司机师傅见我站着不动，说道："坐，专门为你准备的。"

我能说什么？人家一片好心，我就享受一次特别待遇，坐下吧。

这一次，校车上没有那么冷了，整体温度很舒适。

司机大哥不说话，昏暗的环境中我靠着座椅沉沉睡去。睡梦中，我隐约觉得周围冷风一阵阵的，迷糊睁眼时，冷风又仿佛打着旋儿地远离了。也不知司机大哥这空调是怎么调的，吹出的风都这么别致。

一路晃晃悠悠睡到仁爱中学，司机大哥停下车，对我说道："下车吧，课时一般为两个小时，凌晨两点我来接你，最多等你到凌晨五点，五点你要是不出来……"

司机大哥回头深深地看我一眼，黑夜中，他的眼睛闪闪发亮。

我连忙说道："大哥不用等我到五点，大半夜的让你跑这么一趟太辛苦了。超过五分钟我要是还不出来，您就赶快回家休息。我自己骑共享单车回去。夏天晚上凉爽，还能锻炼身体。"

司机大哥没理会我的话，固执地说道："我等到五点，希望你能出来。"

他真是敬业又善良的好同事，作为职业新人，我要向司机大哥学习，做个认真负责的老师。

我刚下车，司机大哥便像上次一样迅速将校车开走，连个尾气都不留给我，真是个干脆利落的人。

我抬起头，观察自己的工作地点。仁爱中学已经封校三年了，从门外看显得十分荒凉。大门上布满灰尘与蜘蛛网，显然已经很久没人来过了。

望着上锁的大门，我有些发愁。我要怎么进入学校呢？张校长既然租下了学校的教室，难道就不能雇个人管理一下大门吗？

眼看上课时间要到了，我掏出手机，给张校长发了条消息：**仁爱中学大门锁着，请问要如何进去？**

张校长大概也是在暗中关注着我这位新员工，立刻回复了信息：**东侧，小门。**

紧接着，她又发来一条信息：**学生们很调皮，可能会恶作剧吓唬你，你要多留心，只要不怕，就不会有事。**

这我当然不会怕，恶作剧而已，学生时期，男生们也经常会搞恶作剧吓唬人的。

我背上书包快速跑到东侧，果然看见虚掩着的一扇小门。上面的油漆似乎是刚刷的，还没干，我从包里掏出面巾纸，用纸垫着将门推开，防止油漆蹭到手上。

三年级四班的教室很好找，整所学校只有那间教室亮着灯，我一抬头便能看见。

想到学生们已经在教室等我了，我有些着急，快跑两步跑到楼下，教学楼的智能大门自动为我打开。

大厅和楼道都没有开灯，我试着找了一下开关，没找到，不过倒是感受到了教学楼内还挺干净。三年级四班在四楼，时间紧迫，我不再找开关了，掏出手机打开手电筒，照亮了第一级楼梯，这才往上爬。

每一层我都是先照亮整个楼梯，确定脚下的路才开始爬。爬到三楼拐角时，角落里好像有个什么东西，手电筒光不够亮，我看不清楚。

我上楼后走向那个拐角，见到一条红色的裙子。

哦，不对，是一个穿着红色裙子的女生。

她的头发又黑又长，还披散着垂在前面，将脸挡住了，裙子太长，在黑暗中，乍一眼只能看到醒目的红色裙子，这才让我误以为只有裙子挂在墙角。

废校、深夜、漆黑的楼道、墙角边的红裙子，别说，这些元素还怪吓人的，胆小的人可能会被吓哭吧。

我走到女生面前问道："同学，你是三年级四班的学生吗？"

女生还是用长发挡着脸，幽幽地说道："是。"

要不是我经历过昨天的事，可能又要觉得她是个怪人了。

想到肖同学和李媛媛，我觉得这所学校的学生们实在是不容易，也没强迫女生将头发拨开："我是来上课的老师，叫沈建国，你叫我沈老师就好。你怎么不进教室？一个人在这里不害怕吗？"

女生摇摇头，黑色的长发如瀑布一般晃动。

看到她发质极好的秀发，我心中不由得生出一丝羡慕。头发这么厚，一定没有秃顶的困扰吧？我摸摸自己的脑门，最近几天睡得很晚，明天是周末，希望张校长能够将课程安排在白天，让我调整一下作息，挽救一下我如今日渐后移的发际线。

"不害怕也该上课了。"

她没有说话，而是对我伸出手。与她长长的黑发不同，这只手十分白，在黑夜中仿佛能发光一般的白。

"你是怕看不清吗？"我想了想，递出我的包，说，"你牵着这个，走路看着点脚下，小心一些。"

她跟在我身后，爬到最后一级阶梯时突然幽幽地说："老师，你上楼时数过阶梯数吗？"

"我赶着上课，哪有时间数这个？"

我想继续走，但女生不动了。她力气还挺大，我拽了一下包，竟然拽不动，只能停在最后一级台阶上。

"老师，我数过的。"她固执地说道，"所有楼梯都是十二级台阶，如果你数到第十三级，那就是遇到不寻常的东西了。"

"一般顶楼举架都会高一点吧？楼梯多一级蛮正常的，不过，这个数字对强迫症挺不友好的，我大学有个舍友，就对多出一级的楼梯深恶痛绝。"

听她说话，我有些明白她为什么站在三楼半不动了。她大概是个比较严重的强迫症患者，前面的楼梯都是十二级台阶，到了最后一处变成十三级台阶，她觉得难受，不想爬了，还用怪谈传说来吓唬我。

这世界上只有人想象出的故事最可怕。

只是，她不喜欢爬第十三级台阶，我又不能硬带她上去，可是教室里的学生们还等着呢。

"同学，你要是不想爬，如果你信任我，我可以背你走最后一级台阶的。"我提出了一个建议。

"呵呵。"她笑了一下，大概还是不信任我，毕竟男女有别，她又是个漂亮女生，我的建议像是要占她便宜一样。

她在我身后又说道："老师，你回头看我的眼睛。"

我自然地回头，一转身便见黑发中露出一只血红色的眼睛。

我凑近仔细一看，点点头道："你的美瞳很漂亮，颜色和衣服很配。"

果然，强迫症患者身上的穿着也是一定要搭配完美的。我低头看看她的鞋，是一双红色的皮鞋，便顺着夸下去："鞋也很漂亮。不过我们还是赶快上楼吧，同学们都等着呢，耽误今天的课就不好了。我知道对你来说爬十三级台阶很难受，要不我们退回到第一级台阶，从第二级开始数起，这样不就是十二级台阶了吗？"我再次提出可行的建议。

很多有强迫症的人明白自己的想法不对，但就是觉得不舒服。这个时候如果给他们一个能够说服自己的理由，就能好很多。

"……"她沉默数秒后问道，"老师，你不怕我吗？"

这话就有意思了。一般，学生面对老师，感到害怕的人难道不应该是学生吗？

不过，我突然想到她一直用长发挡着脸，是不是脸上有什么缺陷，所以才觉得我会怕她？

可能性很大。

"不怕。"我认真地说，"你什么样子我都不怕。"

"那我要是这样呢？"她猛地抬起头，不知道哪儿来的一阵风吹开她秀美的长发，露出一张满是红色疤痕的脸。

她张开嘴，舌头伸出老长。

她装得还挺像，要不是有张校长事先提醒，我真的差点相信她不是人了。

我抓住那条舌头，触感真实，但是干干的。要是真的是舌头的话，咋没一点口水呢？我还有点好奇："你这是从哪儿买的道具？还挺逼真的。"

说完我用力一扯，将假舌头扯了下来。女生发出一声尖叫，就向后倒。我连忙搋她一把，防止她摔下楼。

这一搋她直接撞在我胸口上，她脸上的"颜料"蹭到了我新买的白衬衫上。

第一天上课，为了给学生留下好印象我重新买了一件衬衫，西装革履地赶到学校，却在进入教室前的最后一刻又弄脏了衣服。

想到衬衫的价格，我的心很痛。

这算不算"工伤"？张校长能不能把衬衫和马桶的费用一起帮我报销了？

"对不起，我不是故意搋你的，是怕你摔倒。"我连忙松开她，并从包里拿出面巾纸，递给她道，"好好擦擦脸吧，这么漂亮的女孩子，故意打扮成这样对皮肤不好。你不会是喜欢玩 cosplay(角色扮演) 吧？"

"我不是玩 cosplay。"她静静地抬头，将带疤痕的狰狞脸庞露出给我看，"我以前很漂亮的，但后来我出了事，就变得很丑很丑，到处都是伤疤。"

"好好好。"我敷衍地点头，并拿起面巾纸为她擦脸。

用干的面巾纸擦一遍，我又掏出湿巾，再擦一次，这下，女生的真实容貌终于露出来了，果然是个大眼睛、白皮肤、高鼻梁、瓜子脸的漂亮女生，看着像是二十来岁的模样。

她安安静静地看着我为她擦脸，红色的美瞳下透着一丝感动。

"你很像以前那个在我出事后，认真教我装扮的化妆师，让我能漂漂亮亮的，我当时很感谢他。"女生的声音变得平静起来。

就是她现在说话还有些含糊，我不敢再刺激她，只能顺着她的话问："你出了什么事？"

"我怀了孩子。"她摸了摸小腹，"他不仅不认，还打我，把孩子硬生生打掉了。我还在念书，大家都知道我流产，我没办法做人了。"

　　难怪她会进入张校长的学校，还会在半夜吓唬新来的男老师，应该是对男人怀有敌意吧。

　　我有点怜惜这可怜的女生，还是花朵一般的年纪，却没能学会保护自己、爱惜自己，又遇到一个不会珍惜自己的人，才搞得她受这么多伤。

　　我伸出手，见她没有反抗便揉揉她的长发："这个世界上没有什么过不去的坎，当你以为天塌下来的时候，其实才是新生活的开始。"

　　我正想再说点暖心的话时，突然一道金光划过，一柄亮闪闪的仿佛带着光效的剑不知从何处出现，笔直地飞来。

　　我连忙将女生拉到身后，剑戳到了我后立刻弹回。一个穿着汉服的年轻人从阴影中走出来，指着我身后的女生说："你这异体，休要出来害人！"

　　我抓住年轻人的剑，认出他是前几天带走肖同学的专业人士，不由得问道："你是走错片场了吗？"

第三章　宁天策

女生躲在我身后，抓着我衣服的手微微发抖，显然是被吓着了。

　　年轻人的力气也确实有些大，我刚挡了一下那把剑，被剑戳到的位置还挺疼的。

　　"你让开。"年轻人用剑指着我们道，"莫要被迷惑，能够显形的异体危害都极大，就算不曾刻意伤害人，但你只要站在这里就会被污染，身体会越来越差。"

　　"你误会了。"我护着她，不让年轻人吓到她，"刚才她是跟我闹着玩呢，是不是？"

　　最后一句话我是对背后的女生说的，她立刻回答道："是啊，我刚才是吓唬新来的老师呢。"

　　我借此机会教育她："以后不要轻易骗人，开玩笑也不行，狼来了的故事想必你也听过，骗的次数多了就不会有人相信你了。”

　　“沈老师，对不起，我错了。”女生的声音变得越来越小，应该是受到了教训，我很满意。

　　“你是瞎吗？”年轻人冷声道，“自己回头看看，你背后是个什么东西！”

　　我回头一瞧，多好看的女生啊，因为知道错了所以满脸愧疚，是个乖学生。

　　“她蓬头垢面，满面疤痕，舌头又长，正常人怎么会是这副模样？”

　　“哦，原来是这样。”我明白了，“你看错了，刚才她是为了吓唬我才装成那副样子的，误会，都是误会。”

　　女生在我身后拼命点头，手指紧紧拽着我的西装不放。

　　“那个……同学，我知道你很害怕，放心吧，老师一定会解释清楚。但是，你能不能不要这么用力？老师的衣服可能……没有那么‘坚强’。”下一秒，我听到身后传来“刺啦”一声，心中默默为自己唯一的西装外套默哀。

　　先是衬衫，再是外套，我这一趟损失太大了！

　　“你已被异体迷惑双眼，不与你多说，待我让你看清楚她的真面目你就明白了！”年轻人手腕微一用力，一抖，那柄剑似银蛇般射出。

　　回想起前几天见面时他稳健的脚步，我不觉得自己可以正面对抗他，便一下子扑过去，抱住他的腰不放，对女生喊道：“你快跑，等他冷静下来我会帮你好好解释的！”

　　红裙子女生的声音里带着一丝感动：“沈老师，我叫穆怀彤，以后我会好好地上你的课的。”

　　她走路没声音，我也不知道她是不是真的跑了，只能死死地抱住年轻人。

年轻人力气真大，只听得"刺啦""刺啦"的声音不断响起，我的西装外套化成了碎片，残破地挂在我身上。

又过了一会儿，年轻人力道小了下来，用力推我一把："起来！异体都被你放跑了，还要与我缠斗多久？"

我估摸着时间足够穆怀彤跑到学校外了，便从年轻人身上爬起来。起身的过程中，衣服碎片纷飞，我捡起摔在地上的手机，在手电筒的光芒下捡起外套碎片——总不能将垃圾留在楼道里吧。

方才那条被我扯掉的舌头，我找了半天也没看到，大概是被穆怀彤带走了，真是个注意环保的好学生，下次上课，我要表扬她。

手电筒的幽光下，年轻人冷冷地瞪着我，目光如刀子，冷飕飕的。

他没说话，瞪我一会儿便抬腿上楼，直奔三年级四班而去。我想起还在教室里等着我的学生，一拍大腿，连忙跟着年轻人跑到三年级四班的教室。

教室门虚掩着，灯光已经熄灭，学生都走了。

微信提示音响起，我打开一看，是张校长：*今天遇到突发状况，课程取消，改日再上课，工资照发，算你全勤。*

张校长真是个热心肠的好人，我心中感动，回复道：*校长，你之前找的那位专业人士一来就要对学生动手，他的性格是不是有点偏激？*

我特别想说，我在阻止他伤害学生时被撕坏了衣服，算不算"工伤"？能不能报销？可惜脸皮薄，没好意思开口。

张校长：*不用管他。*

我：*可我觉得他可能有病啊，竟然把学生的恶作剧当真，还要打人。校长，肖同学交给他真的没问题吗？我有点担心。*

张校长没有立刻回复。

倒是年轻人看到空无一人的教室，哼了一声："跑得倒是挺快。"

说完，他又看向我，警告道："你下次把眼睛擦亮点，别再被欺骗了！"

他力气比我大，人又凶，可我从来不是欺善怕恶的人，反而是吃软不吃硬的人。

"你的想法不对，思想问题很严重！"我反瞪回去，用眼神增加说服力，"再说了，做人不能偏激，不能凭一时揣测就定人罪名，也不要一言不合就举剑，你这是犯法的，知道吗？"

看到我如此强硬，他泄了气，道："我跟你这糊涂蛋说这些有什么用？"

他摇摇头，背着那柄亮闪闪的剑转身便走，背影十分潇洒，像电视剧中的大侠。

可生活不是小说、电视剧，不能活在臆想中，他这副模样走在大街上会被当成精神病人……也有可能被当成景点的演员。

他走路速度很快，我快跑几步才跟上，在下楼梯之前抓住他："你慢点走，下楼时最容易扭伤脚，天还这么黑，很危险的。"

我将手机递给他："喏，手电筒。"

"不用。"他推开我的手机，"我夜可视物。"

什么人夜可视物啊？

我连忙一手抓着他的衣角，一手高高举着手机，为两人照明。

他脚步顿了一下，回头看我，眼神没有那么锐利了。

我友善一笑："我叫沈建国，二十六岁，你叫什么名字？多大年纪了？"

说真的，我有点怀疑他也是我们学校的学生。

"宁天策，二十二岁，我们组织的人以消除异体、守护群众为己任，专门拯救你这种瞎了眼睛的人。"

"这么巧，我刚好是专门引导你这种思想走向歧途的大好青年走上正确道路的。"

此时我们走到一楼大厅，两人并肩而行。听了我的话，他转过身直视我，我毫不畏惧，与他四目相对。

他个子比我高点，我得仰头才能与他对视。

"呵。"他又是一声冷笑，"无知者无罪，且饶你这一次。"

"但是我不能就这么饶了你。"我好脾气地对他说，"要不咱俩加个微信，以后我好给你上课。当然，如果你有信心说服我，也可以给我发一些消除异体的视频。"

为了拯救这个年轻人，我也是费尽心思了。

"也好。"宁天策道，"若是你哪天遇到危险了，危急时刻也可以联系我。"

我们互相加了好友后，走出教学楼，小宁便直奔大门跑去。我想告诉他东侧有小门可以出去，可一到平地他速度就变得特别快，两三步便跑到墙角下，直接跳上了足有两米高的围墙。

我远远看着，不由得佩服地鼓掌——他这利落的动作，当年上学时逃了多少学才会这么熟练啊？

小宁年纪轻轻的，思想却这么偏激，想想就令人心痛。

我一定要引导他走上正路，让他成为一名积极向上，对社会有益的青年。

立誓时，挂在我身上的衣服碎片又掉了一块，我尴尬地捡起来，在无人的夜色中有些脸红。

实在太狼狈了。

现在才凌晨一点钟，还没到约定时间，校车当然不会等在门前。我没有司机大哥的联系方式，只好给张校长发了信息，麻烦她转告司机大哥不要来接我了，我自己回去。

一路上没有找到共享单车，我足足走了两公里才在一间派出所门前找到一辆。

我走过去扫码时被轮值的民警看到，他用手电筒晃了我一下便立刻走过来，上下打量我一番道："你是打架了还是被打劫了？"

我西装外套全碎了，衬衫胸口上点点的红，看起来是挺惨的，也不怪警察叔叔质问。

"没事。"我摇摇头道，"是一个女生和一个男生把我弄成这样的，都是误会。"

他看看我，皱眉道："看你身上，出血量倒是不多，你伤了别人？"

"这不是血，是颜料蹭我身上了。"我叹气道，"那个女孩子吓唬我，还把我身上抹成这个样子。至于衣服……唉，我还心疼呢。"

民警见我不像说谎的样子，便道："这样吧，你留个联系方式，要是这附近真查出什么事情，可能还会联系你。"

我留下联系方式，解锁共享单车，在夜色中骑了十公里才回到彼岸小区。

404室十分安静，两个室友的房门紧闭着。我推开卫生间的门，见李媛媛不在里面，这才放心地换衣服洗澡。

洗过澡，我躺在床上，只觉得一身疲惫。

这一天可真累，大概这就是每个辛苦赚钱的人的烦恼吧。

半夜骑行十公里还是有点累的，我一觉睡到上午十点多，打开手机，发现收到了一条张校长的信息和一个大学室友的未接来电。

张校长：下堂课在三天后的晚上十二点，我会提前一天将课表和位置发给你，这几天安心备课，不扣工资，算全勤。另外，听说你昨天衣服坏了，月末会发给你一笔置装费，以后每月都有。

这条信息将我所有的疑问全部堵了回去，想了半天，我只回复了一个"好"字。

培训学校不够正规、授课时间很不科学、学生不友好、同事玩电锯住厕所，这些通通不是问题，重点是工作时间短、月薪高、待遇好、包住宿，还不用上班打卡。

如果一直是夜晚十二点到两点授课，我白天完全可以做一份兼职。

张校长真是位善解人意的好心女士，可惜她人在国外。将来若是她回国，我一定要好好请她吃一顿饭，感谢她对我的照顾。

回复了张校长的信息后，我便给大学舍友夏津回电话。

"喂？"舍友夏津的声音传来，"是沈建国吗？"

"是我，我没换手机号。"我回答道。

夏津与我寒暄几句后问道："我们商场这周末搞活动，需要招一些临时的工作人员，你周末有没有时间？要不要来赚个外快？"

"当然要。"我立刻应下。

"好，周六上午八点，××商场，一共两天，每天都有可能工作到晚上十二点。"

我算了下日子，今天是周五，下一堂课是周一，时间上完全不冲突，便应道："没问题！"

夏津是我大学本科时的舍友，学习人力资源管理的，大学毕业后没有考研，而是直接工作。三年后我研究生毕业，他已经是大型商场的 HR（Human Resources，简称"HR"，泛指人力资源管理工作，这里指人力资源管理工作者）了，工作很辛苦，不过年薪很高。

研究生的这几年，每次夏津需要雇佣临时工时都会找我，他知道我需要钱，便帮我介绍工作好让我赚些外快。而我这些年干习惯了，成了熟练工，也算是累积一些社会经验。

确定周末会有一笔外快入账，张校长又要给我置装费，我美滋滋地跑出房间洗漱。

404 的两位舍友不在房间，刘思顺卧室的摆放与昨天完全一致，而李媛媛房间里多了个马桶，之前丢在床上的那顶假发现在正漂浮在马桶中。

我实在不理解李媛媛对马桶的执着，一个女孩子，为什么会有如此奇怪的癖好？张校长真的不考虑再招收一名心理学老师吗？

其实，我有心与李媛媛谈谈这个问题。当然，我尊重每个人的喜好，就像我喜欢钱一样，她喜欢马桶也是一种普通的爱好，只要不是心理问题，别的都好说。

可惜当晚我很早就睡着了，并没有遇到白天忙于工作，只有深夜才能见到的两位同事。

周六早晨，我骑行到商场。

夏津简单给我们这些临时工分配了一下任务，便匆忙准备促销活动去了。

我套上厚重的熊仔玩偶服揽客、发传单，帮助负责表演的促销人员发奖品，一天下来还挺忙的。

到了晚上六七点，我终于有了一点喘息的时间，坐在地上休息。

这时，几个熊孩子跑过来围着我看，还伸出手打我的头。有厚厚的熊仔头套挡着，我倒是不疼，就是感觉有点烦躁。我挺累的，没心情陪孩子玩，便站起身想找个僻静的地方休息。

谁知这几个孩子跟在我后面追着踢熊仔的屁股，他们的家长不知跑哪儿去了，也不来拦一下。

我穿着玩偶服跑不快，正想摘下头套教育一下几个孩子时，身边传来一个熟悉的声音："你们几个住手！玩偶中是工作人员，工作一天已经很累了，不能欺负他。"

我抬眼一看，竟然是宁天策。

他今天穿着白色 T 恤、深蓝色牛仔裤，脚上穿着一双白色运动鞋，看起来朝气蓬勃又清爽干净。

孩子们见大人来了，便快速跑走了，以免被训。我歪头看着宁天策，他穿现在这种衣服多好啊，为什么非要穿上奇装异服走上歪路呢？

宁天策拍拍我毛茸茸的手臂，安慰道："小孩子不懂事，你别因此生气。"

真是个好人啊，我不由得想道。

我挺想摘下头套向他道谢的，不过想起前天晚上发生的事情，此时立场对调，我还是有些不好意思的，便从玩偶服的兜里拿出商场活动附赠的糖果，放在他的手心。

这个糖果我在休息时偷偷尝过，很好吃的，便给自己留下了几块，累的时候就含上一块。天气热，穿着玩偶服工作出汗多，体力消耗大，适当补充一下糖分是有必要的。

宁天策接过糖果后，我对他抱拳表示感谢，他微微一笑："谢谢。"

说罢,他撕开包装将糖果含在口中,还对我说:"很好吃。"

简单的衣服配上他干净的笑脸,给人眼前一亮的感觉。

他把包装纸扔进垃圾桶中,对我点点头转身离开了。我看着他的背影,举起熊仔胖胖的大手,向他挥舞了几下。

他没回头,没有看到我向他挥手告别。

我心中涌起一丝感慨,抱着熊仔头套坐在地上沉思,想了半天也不知自己在思考什么,直到领班告诉我购物晚高峰即将来临,要我站在商场门口揽客,我才从地上爬起来,停止思索。

商场生意很好,周六晚上直到十点,顾客才渐渐少了。十一点商场关门,临时工都走了,我留下来帮助夏津清算,他按时薪付我加班费。

直到十二点,我们才疲惫地完成这一天的工作,明天周日,早上八点还要继续工作。

我看着大学时期的舍友夏津那日渐稀少的头发,不由得感到心酸:总有一天,我也会变成这样的。

累成这样也没什么心情叙旧,我俩一起去上了个厕所,洗手时听到隔壁女厕所传来"哗啦啦"的水声,像是漏水了。

夏津通过对讲机询问了监控情况,确认商场关门后没人进去过,便决定去女厕所查看情况。

我在女厕所门前等他。

几秒钟后,我听到"扑通"的摔倒声和夏津的惨叫。

我站在门口高声喊道:"夏津,怎么了?"

"救……救命,啊——"他的叫声越来越凄惨。

我连忙冲进去,只见夏津一屁股坐在地上,昂贵的西装裤子蹭到地面的水渍,就算不是我的裤子,也看得我十分心疼。

我赶紧扶起他,问道:"发生什么了?我去看看。"

"我……我看到一个女人从马桶里站起来！"夏津双腿发抖站都站不稳，全身重量都压在我身上。

女人从马桶中出来……我听着怎么这么奇怪呢？

我扶着夏津让他靠墙站稳，自己便去推厕所隔间的门。

"别……"夏津磕磕巴巴地说道，"她既然没有追出来，我们就赶快走……"

话音未落，隔间的门便被一股风吹得"砰"地关上了，这一下，夏津靠墙都站不稳了，又滑了下去。

他怎么胆子这么小？

"就是一股风而已，夏天到处开着窗，有风不是很正常吗？"我将手放在隔间门的把手上。

"可是我们商场是全封闭式的，除了安全出口的楼梯，就算是厕所里用的都是中央空调啊！"夏津快哭出来了，"你看这间厕所哪有窗子？"

"那就是工作人员把空调风调大了呗，这点我有经验，车上的空调风还会打旋儿呢，可有意思了。"我一边说，一边将厕所隔间的门挨个打开。

到了最后一个，隔间似乎从里面被人锁上了，我确认过这不是清扫工具间后，便在外面敲门："有人吗？我们商场要关门了，要是有人的话，请快些出来。"

"刚……刚才那个女人，就……就是从这个隔间里面出来的，现在怎……怎么就锁了？"夏津吓得话都说不利索了。

"那肯定是恶作剧的人看见我们来了，吓得不敢出来了。"

我在外面继续敲门："女士……不对，不知道是男是女，里面的人，你再这样，我们就报警了，快点开门！"

"砰砰砰！"

我用很大力气敲门，声音特别响。这种时候就要展现出比里面的人还强大的气势，我和夏津两个身强体壮的男人，就算里面真是歹徒，我们也有抵抗能力。而且这种隔间装不下几个人，若是歹徒，最多两个人。

想我面对心理有问题、拿着电锯的人时都不怕，又何惧一个在厕所装神弄鬼的宵小之辈？

"你再不出来，我就踹门了。"

我后退两步，抬起腿就要硬踹，这时听到门内传出一个熟悉的声音："别，我出来。"

这时，厕所隔间的门慢慢打开，夏津猛地倒抽气。

一个白裙子的短发女生站在厕所隔间里看着我，我一见她就气不打一处来，怒道："李媛媛，你喜欢马桶我都给你买了，真想睡卫生间，咱们回家好商量，你为什么要在商场吓唬人？"

夏津目瞪口呆地问道："你们认识？回家？这是你女朋友？"

他发出的三连问更是把我气得胃疼，我连忙解释道："当然不是，这是我的室友。"

我背对着404的室友李媛媛，指了指自己的心口，小声补充了一句："生了病，就喜欢住在卫生间里。"

此时，我想起刘思顺曾说李媛媛总是被赶，甚至被人打出来，说的莫不是现在这种情况？

"夏津，你看在我的面子上就别追究了，我领她回家。"我让李媛媛站过来，替她向夏津道歉。

李媛媛没说话，对夏津深深鞠了一躬。

夏津摆摆手，拍拍胸口道："没事、没事。不过，你得好好说说她。最好是尽快让她家里人将她送到医院去，不然万一把人吓出事了，那问题就大了。"

"是是是，我回去一定好好劝她。"

"不对。"夏津不再害怕后突然道，"你刚才是怎么从马桶里冒出来的？"

李媛媛本跟着我正要走出女厕所，听到夏津的话后，便立刻走到最后一个厕所隔间中，就要往马桶里扎。

我连忙一把拽住她，对夏津道："你自己眼花看错了，还问别人？可别问了。"

夏津抓了抓并不多的头发，一脸疑惑："奇怪，是我看错了吗？"他一眼就瞟见李媛媛的表情热切得有些不正常，立刻摇摇头："算了，就当我看错了，你赶紧把她领回去看好了，可别放出来了。"

"那肯定的。"我看看李媛媛，见她还一脸懵懂的样子，实在不知该怎么劝她。刘思顺好像还挺了解媛媛的，回去后，我让刘老师试着劝一劝吧。

我们三个走到无障碍电梯前，商场已经没人了，电梯很快抵达四楼。

夏津对我们说道："我开车送你们回去吧。"

说完，他瞪了李媛媛一眼："你刚才没真的跳马桶里吧？跳了不许上我的车。"

我低头闻了闻，没什么奇怪的味道，再看她身上的白裙子也很干净，便对夏津摇摇头，夏津这才放心抬腿走进电梯。

我紧跟着进去，谁知李媛媛却盯着电梯不动。

"怎么了？"我对李媛媛说，"夏津是我同学，刀子嘴豆腐心，人很仗义的，愿意带你一程就代表他已经不在意了。"

李媛媛指指电梯："电梯……"

"嗯，怎么？你害怕坐电梯吗？"李媛媛喜欢厕所隔间那样狭小的空间，应该不至于患有幽闭恐惧症，她这是害怕电梯吗？

李媛媛摇摇头："不怕。"

"那就走吧，早点回家休息。"我朝她招了招手。

李媛媛点点头，慢吞吞地进了电梯。

夏津按下"-1"键，电梯飞快地抵达了负一楼，但它没有停，还在继续往下。

"嗯？"夏津又按了几下电梯，"怎么回事？"

我仔细看看电梯上显示的楼层，最低是负二楼，地下有两层停车场："会不会是有人在地下二层按了按钮？"

此时电梯到了负二楼仍然没有停，而是开始往上升了。

"怎么回事？"夏津狂按"-1"键，眼睁睁地看着电梯越过负一楼到了四楼，紧接着又向下走，落到负二楼后，再次升向四楼。

"怎么回事？"夏津累了一天，脸上满是掩盖不住的疲惫。他遭到了李媛媛的惊吓，此刻又遇上了电梯故障，脸色都变成铁青的了。

"电梯出故障了吧？"我迅速将电梯上每个楼层的按钮都按亮，让夏津和李媛媛背靠电梯站稳，并立刻拨打了紧急对讲电话。

按理说，只要电梯运行，就一定会有工作人员待命的，可对讲电话响了很久都没人接。

身为 HR 的夏津气坏了，直接道："明天就扣工资，统统扣工资！"

"也未必是工作人员失职。"我劝道，"既然电梯停靠功能会出现问题，那对讲电话出故障也是有可能的。明天你先找人检修电梯，再查监控，确认责任人后再决定该如何处理。"

大概是因为电梯始终没有停下，走得还挺稳的，我和夏津没有太害怕，而是拿出手机打电话求救。但电梯里信号不好，我们的电话都没拨出去。

李媛媛安静地看着我们两个。

说实话，我也很害怕，面对歹徒我至少有一战之力，可是在这样的紧急事故面前，我不过是一个普通人，又如何能抵挡钢筋水泥的力量？

但李媛媛和夏津在，我不能把害怕表现出来，更不能慌。封闭环境中恐慌情绪是会传染的，一旦大家都陷入恐惧中，获救的机会就更小了。

因此我表现得十分镇定，一手扶住电梯，一手开始发微信。

电梯中信号不好，无法将电话拨打出去，持续拨打手机可能会让手机没电关机，微信的信号可以持续发送，万一哪个楼层信号好，信息能发出去也说不定。我将请求帮助的信息发给自己最近联系的好友，期待有人能看到信息。

张校长：你被困到电梯中了？

第一个回复我信息的竟然是张校长，那个永远不在服务区、信号断断续续的张校长！

我立刻发信息：是是是，张校长，麻烦您帮我报警或者拨打消防电话！

这时信息提示音再次响起，我打开手机一看，是小宁发来的信息——

走歪路的小宁：这种情况，可能是遭遇了异体，建议对着电梯撒尿，破除幻境。

"走歪路的小宁"是我给宁天策的备注名称，他的微信名字就是宁天策，一条朋友圈都没发过，个人资料简单干净，只有一个微信名字和一个太极图案的头像。

我不知道该怎么回复他，难道要问他是不是打错字了？

这时，李媛媛走到电梯按钮前，伸出手来用力一拍。她的力气十分小，连声音都没拍出来，但还是吓了夏津一跳。

夏津说道："别乱拍，本来就出了故障，万一拍坏了，电梯掉下去了怎么办？"

他话音刚落，电梯"叮咚"一声停了下来，电梯门打开，正好停在了负一楼的停车场。

夏津一个箭步冲出电梯，扶着墙壁，大口大口地喘着粗气。我的腿也有些软，但我还是稳步走出电梯，踩上水泥地面才松口气，回头对李媛媛说："虽然你的举动冲动了些，但也算是歪打正着，多亏你了。"

李媛媛抬起头，对我浅浅地笑了一下："你送的马桶，我很喜欢。"

她相貌普通，丢到人堆中很难辨识出来，不过这么一笑倒有些清雅的感觉，与那个偏执地要与马桶为伍的女生有些不同了。

"我能冒昧地问一下，你为什么这么喜欢马桶吗？"我大着胆子问道。

李媛媛摇摇头道："不是喜欢……是很讨厌。"

"那为什么？"我十分不解。

"以前……被人……将头按进马桶里。"李媛媛说着，眼泪滑了下来，"我不喜欢它，又离不开它。"

我静静地看着她，不知道自己现在能做什么。

男女有别，我不能让她靠着我的肩膀哭泣，但语言苍白，干巴巴安慰的话只能徒增伤感。

"现在……不讨厌了。"李媛媛自己擦掉眼泪，没让泪滴落下，"有人把我拽出来了。他救了我。"

"那就好。"我微微松口气，对她伸出了我的包，"很晚了，回家吧。"

李媛媛点点头，用手捏住了我背包的一角，低声道："不想坐他的车。"

我看了一眼满头大汗的夏津，说："我看他今天也不敢开车了，车内空间狭窄，跟电梯差不多。不如，我们一起骑共享单车回去吧？环保又健康。"

我是节能减排的拥护者，自行车这种省钱又健身的交通工具是我的首选。

夏津出声同意，他现在喜欢宽敞的环境。

我们一起步行走安全楼梯出停车场，一到外面我就听到微信提示音响了。

张校长：我派校车去帮你们了。

夜色中，一辆车牌尾号为"444"的公交车停在了停车场前面。

"我的新领导让校车专门来接我一趟，对我多好。"我看向夏津，"你家是不是跟彼岸小区顺路？要不要一起走？"

夏津瞧了瞧车内宽敞的空间，略一思索后点点头。

第四章

上课

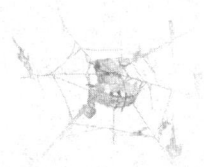

上车后，夏津看见那张唯一的绿椅子上的字，"哈哈"笑了几声，随后一屁股坐在绿椅子后面的红椅子上。他今天实在累了，否则凭我对这位大学时期舍友的了解，他一定会拍着我的肚子问我这孩子几个月了，今天算是放我一马。

见到夏津坐下，司机立刻回头瞪了他一眼。

我连忙道："大哥，这是我同学，顺路的，就在彼岸小区前一站停一下让他下车就行。"

司机大哥一如既往地寡言，转过身背对着我们，沉声道："你自己决定了就行。"

我也不明白他的话是什么意思，不过见他没有生气，似乎也不在乎带夏津一程，便在夏津前方坐稳，打开手机看起来。

李媛媛没有与我们坐在一起，而是跑到校车最后一排坐在了角落里。

张校长知道我们坐上校车后便放心了，没有再发信息来，反倒是宁天策连续发来了几条信息——

走歪路的小宁：用尿破幻境是最快最有效的方法，不要觉得丢脸，命要紧。

走歪路的小宁：你怎么样了？有没有逃出来？我就在商场附近，这就去救你。

走歪路的小宁：我已经到了，保安已关闭大门，再坚持片刻，我很快就到。

我完全没想到小宁没有报警，而是跑到商场来救我，连忙发了个语音通话过去。语音通话许久没人接，我真怕他没听到手机的声音，真的闯进了商场里。

在我焦急万分的时候，语音通话接通，手机中传来宁天策气喘吁吁的声音："我刚找到突破口，保安便冲出来追我。你放心，我很快就能够甩掉他，等……"

我立刻打断他的话："我已经出来了，正在坐车回家！"

宁天策沉默了一下，过了一会儿才说："我方才藏起来躲保安，不方便说话，你出来就好，不过电梯中有异体，我还是要进去消除异体的。"

"等等！"我连忙阻止他挂电话，"真的没事了，电梯只是出了故障而已！"

"不是，我白天曾在那家商场里转过，当时就察觉到了问题。商场保安晚上十一点便关门，将我请了出去，早知你可能遇到事故，我再坚持一段时间就好了。"

我很感动，毕竟我们只是萍水相逢，小宁为了救一个仅有一面之缘的人大半夜跑到商场，真的是一个非常善良优秀的年轻人。只是他也不知怎么受了歪理邪说的荼毒，都什么年代了？咦，现在是什么年代来着？我恍惚了一下，立刻摇了摇头，把这个想法甩出脑袋。总而言之，他这样走上了歪路，实在是令人痛心。

"你这么做是不对的。"我为他普及基本常识，"遇到这种情况应该先拨打报警电话或者消防电话，而且你不能强行闯进去，要向保安说明情况，他如果不相信，可以拜托他先查一下监控进行确认，只要情况属实，我相信他会帮你开门。"

"异体能够干扰监控的，正常人看不出来，我只能铤而走险。"小宁认真地回答道。

我："……"合着你也知道你不是正常人啊？

这么下去可不行。

我身为一名刚刚入职的老师，尽管还没从业经验，但也不能眼睁睁看着一个心地善良的年轻人就这么深陷泥潭，我必须帮助他重回正道！

"我们改天见个面吧。"电话里说不清楚，我决定约他面谈，"我明天还要兼职，没时间，后天中午可以吗？"

"是聊关于异体的事情吗？没问题。你近日遇到异体的次数比较多，挺倒霉的，确实需要我的帮助。"

小宁就是善良，令我一时有些感动，我便继续劝他："那现在你也不要去商场了，我们已经出来了，就算像你说的有问题，它也不知道要害谁。是不是？"

宁天策还在犹豫："可是留它在里面，始终会害人的……"

"那明天商场开门，你再进去看看不就好了？正好我们也见个面。"我提议道。

"也可以。"

听到他终于不打算做强行闯商场这样犯法的事情，我松了口气，又与宁天策闲聊几句让他回去休息，这才放下电话，靠在椅背上闭目养神。

校车晃晃悠悠的，我快睡着时，忽然觉得眼前被一片阴影遮挡。我睁开眼一看，夏津不知什么时候站在我面前，正直勾勾地看着我。

我问道："什么事？"

我记得夏津刚坐上位子就睡着了，连宁天策同我语音通话提到要去闯商场，夏津都没醒，应该是太累了，只是现在他怎么这么精神？

正疑惑间，夏津突然弯起唇角，露出一个令我全身起鸡皮疙瘩的妩媚笑容："沈老师——"

我真是被他的表情恶心坏了，一巴掌将他推开："闪一边去，不就是个老师专座吗？至于这么阴阳怪气的吗？"

他一定是休息够了，特意跑来调侃我。这个夏津，大学时就最喜欢做这样的事情，工作三年都没让他收敛一点，对着我们这些同学还是一副唯恐天下不乱的样子。

他听了我的话也没生气，而是扶住车上的把手，翘着兰花指，走着猫步蹭到我身边来："沈老师，你太冷酷无情了，人家是真心崇拜你的。"

我被他的动作震惊到，一时间无语。而夏津趁着这个机会，竟然一屁股坐在我的大腿上，双手环住我的脖子，头靠在我肩膀上，冲我娇声道："人家就是喜欢你这样冷酷的个性！"

我吓得一把将他按住，大声道："你冷静一点！"

夏津与我关系很好，我与他是纯粹的兄弟情，我俩能一起在篮球场上挥洒汗水，也能在平日里无话不谈。

工作三年，夏津交了一个女朋友，关系很稳定，两人正在努力攒钱付新房首付，打算攒够钱就结婚。此时看到他这个样子，我下意识地认为他是把我认成他的女朋友了。

但这个口吻又不太对，并且此刻的夏津力气奇大无比，我一下子就知道了——这厮梦游了，也不知道他梦到了什么，竟作此态！

糟糕的是，我听说梦游的人不能强行唤醒，但我可不能由着夏津犯下错误，于是拼命挣扎想要摆脱夏津。一时间，我们在校车上撕扯了起来。

幸好司机大哥与李媛媛不关注这些，我视线瞥了一下，他们两个目不斜视，司机专心开车，李媛媛侧头看窗外，两人都做出一副看不见我们的样子，这让我十分安心。

我胳膊肘顶着夏津的胸口，不让他再靠近我一步。

"人家突然觉得跟你在一起十分有安全感，看看你这有力的臂膀。"他伸出手摸我的胳膊，弄得我全身汗毛竖立。

这么下去可不行，太吓人了。夏津大概是今晚受刺激过大，导致睡着之后一下子魔住了！我在大学学习《基本心理学》时，老师提到过这种情况——人们在受到死亡的威胁、严重的伤害时，就会有与平常不同的表现。

难道是因为我在电梯中不慌不忙，表现优秀，夏津觉得我能保护他，对我产生了依赖？

这可不行，这么下去不是个事！

我施展出自己最大的力气，终于将夏津压在地上，空出手来，给了他一拳。夏津眼睛一翻，失去了意识。

我也没太用力啊……

见他昏过去了，我连忙将人拽起来，放在我的专座上。他软绵绵地靠着椅子不动，我有点慌，连忙对司机大哥说："大哥，要不咱先去医院好吗？"

司机大哥头都没回，一边专注地看着前方路面一边说："他已经没事了，很快就会醒。"

司机大哥的话音刚落地，夏津就捂着脑袋醒了，嘴里嘟囔着："吹空调睡觉头疼，冷风太大了。"

我迟疑地看着他，试探地问道："你……还记不记得刚才发生了什么？"

"刚才发生了什么？"夏津晃晃脑袋，看见自己坐在我的位子上，白了我一眼道："不就是笑话你一下吗？这么记仇，还趁我睡觉把我搬到这张绿椅子上。我也是太累了，睡得这么死，你这么折腾我我都没醒。"

我："……"

看来夏津刚刚确实在梦游，梦游的人一般都记不住自己梦游时做的事，这样也好，至少不用尴尬了。

我盯了他一会儿，也不敢坐了，明天我还得联系一下他女朋友，提醒她夏津最近非常累，需要多多关心爱护。

夏津在我紧逼的视线中又睡了过去，不过这次他没再梦游，而是睡到了目的地。我担心他，便让李媛媛跟校车回去，自己则是陪夏津下车，目送他上楼了才微微松口气。

送完夏津，我便解锁了一辆共享单车，往彼岸小区骑。夏津住的地方离彼岸小区不远，所以我十多分钟就到家了。

回家后，我见刘思顺在客厅背着手来回踱步。看见我，他立刻走近说道："李媛媛她……她说她回老家了。"

"嗯？什么意思？"我不解地问道。

"唉，说来也是可怜。"刘思顺说道，"媛媛活得很苦……她性格懦弱，念书时总被同学欺负，工作后又遇到了上学时欺负她的同学。有一次，同学硬是将她的头按进马桶里，导致她呛水出了事，从那以后就离不开马桶了。"

我气愤地说："这已经不单单是校园霸凌了，我们可以告那位同学故意伤害！那人的所作所为给媛媛的心理造成极大的创伤，不仅要承担法律责任，媛媛后续的治疗费用也要由那位同学负责！"

"哦，这倒没什么，那个人已经受到应有的教训了，就是媛媛有点可怜，一直离不开马桶。"

"在家靠父母，出门靠朋友。我觉得作为室友，我们应该劝她去积极治疗，尽快走出心理阴影。"

"她……以前她那些同学都说她身上一股洁厕剂的味道，这也是他们欺负她的借口。而你从来没有嫌弃过她，不管在哪里遇到她，只要发现她身处困境，都向她伸出援手。现在她已经解开心结……回家去了，以后她一定会好好的。"刘思顺道，"刚才她回来，就一个劲地嘱咐我，让我以后好好照顾你。"

我望向李媛媛的卧室，卧室中还是像过去一样干净整洁。我送给她的马桶还在，假发却不见了。

正如刘思顺所说，李媛媛身上总有一股洁厕剂的味道，就算洗过澡也不会散去。我其实也不喜欢那种味道，但知道了李媛媛需要关怀后，我便不再把这个问题放在心上，只坚定地向她伸出友谊之手。

现在她能够解开心结真是太好了，只可惜她走得太匆忙了，我没有最后见她一面。

不过没关系，只要有缘分，我们总有再见面的一天。

"谢谢刘老师，你还专门等我回来告诉我这件事。"

"这没什么，我本来晚上也睡不了太久。对了，这个笔记本送给你，以后上课随身带着，用它写写教案或者记录一下学生的名字都可以。"刘老师递过来一本很旧的笔记本，纸张薄且泛黄，似乎是个保留了很多年的本子，里面是空白的，没有写过字。

这应该是他珍藏多年最喜欢的笔记本吧？我将笔记本放在胸口，感谢道："谢谢你，以后我会随身携带它的。"

"不不不，也不用随身携带，尤其别放在胸口，你血气太旺盛了。"刘思顺摆摆手说，"你就揣在书包里，上课时遇到不听话的学生，你拿出来就好。"

教案本与不听话的学生有什么关系？这大概是刘老师的教学经验吧，我以后再跟他讨论。

现在我实在是困了，站着都有些晃悠，迷迷糊糊地与刘老师道晚安后，我回房倒头就睡。

梦里，我依稀见到了李媛媛。她穿上花裙子，笑着对我挥手，随后飞到天上去了。

我醒来后回想了一下，觉得真是个好梦，心情特别好，换上一件大学时在批发市场花了二十元买的普通 T 恤就去上班了。

夏津早晨去找了维修电梯的工作人员，但电梯的监控坏了，一直是蓝屏状态。他们立刻找了工程师过来，监控修复好后，我们在电梯里的那段画面却丢失了。而且，工作人员从头到尾都没有听到过我们的呼救电话，他们一直在认真工作。

夏津查了半天没查出结果，而商场上午九点就要开门，他还有许多事情要做，没时间再追究责任，只好迅速进入工作状态。

我在一旁观察他，见他的状态还挺好的，顿时松了口气。

我将手机存入工作人员的临时储物柜中，穿上熊仔玩偶服，继续做一个勤劳又可爱的兼职萌物。

在工作中，我总是不经意地在各个无障碍电梯附近晃悠，主要目的是为了找到今天要来的宁天策，我真的害怕他为了消灭他口中说的异体，直接在电梯中小便。

然而，我一直没发现他的身影。晚上十点多，我快下班的时候才看到一个熟悉的身影——宁天策来了。

见他快步冲向电梯，我连忙冲上去想拦住他，可这时，我的熊仔玩偶服还没脱，跑两步就摔倒了。

抬头见宁天策还在大步走向电梯，我挣扎一下见不容易起身，便挪动我有力的双臂在地面上爬行。

商场地面很光滑，尽管穿着毛绒套装，但我爬行起来并没有那么难，我很快就追上了在等电梯的宁天策。此时电梯刚好到达，见他就要走进电梯，情急之下，我用毛茸茸的手抱住了他的大腿。

"你……先等等我！"我在熊仔服中气喘吁吁地说。

宁天策被吓了一跳，直接抽出背在背上的剑，指着我说道："你这异体，给我出来！"

我一手抱住他的腿不放他走，一手去拉开拉链。玩偶服本就令我行动不便，这会儿一只手还要拦人，好半天我都没能将拉链打开。

这时，工作人员带着夏津过来，我刚要喊夏津帮我脱掉熊仔服，就见夏津热情地握住宁天策的手："宁专家您好，我叫夏津，是我请您来的。不是让您从职工专用电梯去我办公室就好吗？您怎么直接来这儿了？"

"我不放心这台出事的电梯。"宁天策一如既往地冷淡，"而且，可以请你的员工放开我吗？"

夏津一低头，我连忙对他喊："帮……帮我把玩偶服脱了！"

"沈建国？"夏津惊讶道，"你为什么抱着我请来的专家不放？哦，你也猜到昨天我们遇到的事情不简单了？来来来，我们一起同专家说说昨天的事情。"

他弯腰拽我起来，脱下玩偶服后，我满头大汗地对宁天策挥挥手道："嘿，小宁。"

"瞎叫什么？叫专家！"夏津拍了一下我的后脑勺，"大庭广众之下一溜烟爬到电梯前，抱住顾客的大腿……你真是丢尽我的脸了。"

夏津工作这么多年，公关能力还是相当强的，他立刻转身对正在拍照看热闹的顾客说："不好意思，这两位是我们为了搞活动请来的演员，正在排练节目。如果通过审核，未来大家有可能在我们商场看到这个节目。现在商场马上要关门，请购买了商品的顾客尽快结账，我们十一点就要封账暂停收银了。"

周围的人群听到夏津的话，纷纷收起手机向收银台走去，有些人还对夏津说节目不错，挺搞笑的，希望在演出前能多多宣传，这样他就有机会看到了。

人群散去，夏津带着我与小宁回办公室。

一进门，他便非常客气地请小宁坐在沙发上，并奉上一杯茶，随后怒视着我说："你丢不丢人？做事怎么一点不注意场合？"

我和他之间向来不讲客套，直接道："我就是看场合才着急阻止他进电梯嘛，那么多人，万一小宁在电梯里小便怎么办？"

宁天策听到我的话，脸红了一下，喝口茶掩饰自己的表情，这才装作清冷的样子道："公众场合，我必不会如此。"

哦，原来如此。

夏津谄媚地对宁天策说："宁专家谦虚了，前些日子梁总家的怪事就是您解决的，梁总向我大力推荐您，说您高深莫测，一定能解决我们商场的问题。"

我拽了拽夏津的衣服，示意我有话说。

夏津拍开我的手："别瞎捣乱！昨天晚上的电梯那个样子，你就不害怕？还有你那个舍友李媛媛，也是十分可疑。而且，我虽然没查到彼岸小区 4 号楼 4 单元 404 房间的租客信息，但那个房间频发怪事传得可是沸沸扬扬的。不是我说你，你可长点心吧！"

"过分了啊，你自己疑神疑鬼也就算了，别污蔑我室友。人家媛媛是好姑娘，就是性格怪了点，你怎么能这么说她？"

"那你明天白天约她出来，我们见个面。她要是敢出现，我就承认我看走了眼，我亲自向她道歉。"

"昨晚她连夜回老家了，已经离开了这个城市，我怎么约她出来？而且，这事情还需要证据吗？"我很生气，夏津竟然也跟小宁一样说出这些荒谬的言论，实在令我失望。

夏津见无法说服我，摇摇头道："宁专家您看一下，被异体缠着的是不是他？我从来没遇到过那东西，反倒是昨天见到他之后就接连遭遇怪事，一定是他连累了我。"

宁天策在我们身上看了一会儿，摇头道："沈建国先生一身正气护体，异体不近身。反倒是夏先生你确实看着情况不好，容易被异体缠上，说不定也会被传染成异体。"

看吧，我摊摊手。小宁知道我不信这些，肯定不会说是我，这都是套路！

"那宁专家，我太倒霉了，该怎么才能改变现状，摆脱这些麻烦？"夏津紧张地问道。

"我们组织的人主修的是消除异体之事。"宁天策面上带着歉意，"不过，上天有好生之德，只要你心存善念，多多行善积德，你的情况自然而然就会变好。"

他看了我一眼后道："比如这位沈先生。"

听到宁天策说我运气好，夏津都快翻白眼了。

整个学院，谁不知道我沈建国是全系有名的倒霉蛋？只要我有事迟到，老师必点名；考前我懒得复习的知识点，考试的时候必考。后来他们每天都会问我到没到教室；准备复习前，就问我打算不复习哪个知识点。

我能怎么办？我只能勤勤恳恳、兢兢业业，每天早早就到教室，不敢遗漏一个知识点，这才能够毕业。不过这样也有好处，就是因为我本科基础扎实，考研时才轻松过关的。

所以说，做人，就不能做投机取巧的事情。付出多少就收获多少，不要想着种芝麻收西瓜，踏踏实实做事总会有收获的。

我想这会儿夏津应该是有些不信小宁了。看他表情我就知道，但他还是对小宁说："这会儿商场也关门了，顾客都走了，专家要不随我去出事的电梯和女厕所看看吧？"

"也好。"小宁微微点头，"商场是人流聚集之地，人气旺盛，能在此处滞留的异体必定戾气极重，长此以往必将造成严重影响，必须除掉，以绝后患。"

听到这里我十分担心，但夏津不是外人，于是我一个跨步上前拉住小宁的衣服道："你不会想要在电梯和女厕所里小便吧？"

小宁表情僵硬地看着我："沈先生，我刚刚已经说过了，公众场所，我必不会如此。昨日之所以教你如此，不过是因为你只是寻常人，以此应急罢了。我辈是以消除异体为己任的，怎会如此？"

我这才放心，点点头道："行，不在公共场合随地大小便就行。"

此时此刻，夏津才意识到我跟宁天策认识。他将我拽到一边，低声问道："你和他是怎么回事？"

我将昨晚在电梯中发微信的事情告诉他，还顺便提了一下宁专家的临时解决办法，主要目的是为了让夏津看清事实，明白自己的错误。

谁知夏津一拍大腿，态度竟然又不一样了："连报警电话都打不通，却能够给他发信息，这不是专家是什么！"

说完，夏津热情地走向宁天策，拉着他的手，请他去女厕所看看。

我能怎么办？我只好跟着他们一起去。

这一次，女厕所里什么动静都没有，宁天策也在巡视一圈后摇摇头道："是有些气味，可能有异体路过，但并未滞留，我们去电梯看看吧。"

夏津这回才放心道："看来，你那个同租室友没问题，但是404那个房间太怪了，发生了那么多怪事，你以后条件好了，能搬赶紧搬。"

我唾弃他的这个想法，又感动于老同学的关心，便口头应下，至于搬不搬……我要是能在H市买房，那肯定会搬，买房之前嘛……既然公司有免费宿舍，我为什么不住？

我们三人一起前往昨日出问题的电梯。远远地，宁天策便拦住我们，不让我们继续前进，一脸凝重地说："这电梯在建筑过程中是否出过事故？"

"是有。"夏津说，"我今天来了之后，除了查看监控，还查了建筑时的资料。我发现，这栋大楼在装电梯的时候设备故障，出了事故。事后出事故的工人家属来闹，要赔偿，但是开发商欠钱跑了，一家子孤儿寡母，连抚恤金都没有拿到，挺可怜的。"

"原来如此。"宁天策从怀中拿出一个陈旧的刻满能量符号的圆形仪器，"此异体的能量场极强大，怕是很难对付。"

我盯着他手中仪器上的指针，问道："小宁，你这指南针不太好使啊，一直乱转。"

夏津又拍了我后脑勺一下："你傻吗？指针乱转是因为周围的磁场有古怪，所以它才会转来转去的！"

我深深叹气，夏津已"中毒"太深，无法挽救了。

小宁没有回应我的话，但表情变得越来越凝重，他皱眉道："事情不好办。"

"怎么了？"夏津屁颠屁颠地跑过去问道。

"这个异体如今应是藏身在电梯中。可以说，他就是这台电梯，电梯就是他。除非将电梯拆下，毁了整台电梯，否则没有办法除掉异体。"宁天策解释道。

"这个……"夏津一脸为难，"这电梯以前也没出过问题，单凭我一面之词，我们老板应该不会劳民伤财换电梯的，您看还有别的方法吗？"

"有的，只是……"宁天策犹豫了一下道，"不入虎穴焉得虎子，另一个方法就是进入电梯中，引出躲藏的异体，与之决一死战。但电梯由它控制，在电梯中与它对战……我终归是血肉之躯，所以还是拆电梯最保险。"

夏津这个"墙头草"又露出怀疑的神色，宁天策见他这副表情，就要铤而走险。

"那我进入电梯消除异体，你们在外面等候。"小宁说道。

见他一副英勇就义的样子，我真是看不下去："等等，我有个办法。这样，把电梯降到负二楼后，我陪你一起进电梯，夏津你在外面关掉电源，我看它能往哪里跑！"

我就不信邪了，停了电的电梯还能翻出什么花来？

"你非我辈中人，不该冒险。"宁天策露出不赞同的神色，"我担心与异休对战之时，护不住你。"

"不用护我。"我摆摆手道，"我今天就跟你进电梯，用事实向你证实，这个世界上是没有异体的！"

夏津听说不用拆电梯，也不用自己进去，倒是挺开心的，配合我操作电梯降到负二楼停住。

眼见大势已定，宁天策便说必须等关门后，电梯里的异体认为我们完全置身于它的地盘中才会出现，所以要等我们进入后再掐断电源。而且，他对掐断电源的影响没什么信心，在他看来，那不存在的异体已经与电梯融为一体，就算是断电，异体也能控制电梯上升。

对于他的说法，我只是问道："你高中物理学得怎么样？"

宁天策说："我自小由隐居山门的长辈带大——"

"够了，我知道你没上过高中了。"我叹气道，"不学习真是害死人，来来来，让我这个高二就不学物理的文科生告诉你，电梯上升呢，是要将电能化为动能来抵消重力势能的，在没有电能的情况下，就算是有什么异体，我也不信它能把这一吨多重的电梯拎上去再摔下来！"

如果电梯在四楼，突然发生故障摔下去，我也是害怕的，毕竟我也只是血肉之躯。但电梯现在已经在底层了，它还能出什么事？

并不害怕的我陪着宁天策进入电梯，而另一边夏津在电梯门关上后就立刻关掉电源，整个电梯中瞬间变得黑乎乎的，伸手不见五指。

"夏津真的是……电源断得也太彻底了吧，好歹把应急灯留下啊。"我嘟囔着拿出手机，一看电量只剩2%，顿时绝望地对小宁说道，"还是用你的手电筒吧，我手机马上就要没电自动关机了。"

谁知在我身后的小宁幽幽地说："应急灯应该不是夏津关的，是异体控制的。它要在黑暗中打我们一个措手不及，一会儿电梯肯定会在没有电能的情况下自动上升的。"

"怎么可能？"说着，我一拳砸在电梯壁上，大概是我的力量有点大，整台电梯不仅发出"哐当"的声音，还在发颤，"我就看看，它能不能上升！"

我靠着电梯壁，双臂抱胸等待着。黑乎乎的环境真是让人犯困，我这几天一直在熬夜，这会儿真的熬不住了。

正要睡着时，我感觉到一只冰凉的手挨了过来，刺激得我一下子清醒过来。我下意识地把那只手推开，不好意思地说道："看不见就打开手机自带的手电筒功能，不要乱摸啊！"

宁天策的声音在我对面响起："我能够夜间视物，方才摸你的不是我，是那电梯异体。不知为何，比起我这个对它有威胁的人，它似乎更关注你。"

"你怎么碰到了别人还不承认呢？"我有点生气，主要是气宁天策到这时了还不忘胡说八道。

这时，小宁拿出一个金光闪闪的东西，这个光照得我眼睛有点难受。

我不由得眯起了眼睛，却见他用另一只手拔出剑，在狭窄的空间中对着空气比画起来，架势还挺像模像样的。

"干什么呢？"好几次那柄剑差点划到我的脸。

"这异体已经从电梯中出来了，看来是准备动手了，不过它并未现形，所以你看不到它。"宁天策一边舞剑，一边回答道。

我都被他逼得整个人像毛毛虫一样贴在电梯角落里了，生怕被剑刺中。根本不存在的异体没吓到我，小宁可是把我吓坏了。

比画半天，小宁手扶着电梯壁气喘吁吁地说道："这异体太狡猾，稍有不敌便藏在电梯中不出来。"

见他终于停了下来，我连忙跑过去用蛮力抢下他手中的剑，将剑当成教鞭，痛心疾首地在电梯上敲："你中毒太深了！"

借着那不知是什么的金光，我看到小宁在我用剑敲电梯后神色大变，我以为他心疼剑，讪讪地将剑塞回到他的手里："还给你，我没要抢，就是不想让你再瞎比画了。"

宁天策拿过剑，露出一副不可思议的表情："那异体……被消灭了。"

"啊？"

"就在你用剑敲电梯时，它刚好露出个头，被你一剑刺中了。"小宁难以置信地说。

啊？我满腹狐疑，又有些泄气。不管我怎么说，小宁都坚持己见，最终我叹气说："没了我们就出电梯吧，再待下去就缺氧了。"

"好……好的。"宁天策立刻用手机联系夏津打开电源。

我与他一同出了电梯后便不顾形象地坐在地上。

劝人走正道怎么这么难？

夏津飞快地从配电室跑过来，一脸热情地对宁天策说道："专家，事情已经解决了？还用不用拆电梯？"

我对他现在这个样子十分不屑。

小宁维持着震惊的表情点点头。

"专家辛苦了，我这边会按时薪支付劳务费的。"

"不必了。"宁天策摇摇头，看向我，"异体不是我解决的，是沈老师做到的。他竟然能够驱使我们使用的能承载精神力的特殊武器，实在是天赋惊人，若是——"

"别！"我听出他的意思，立刻打断他的话，"我是根正苗红的教育专业的学生，我是绝对不会偏离我的认知的。"

他苦笑一下："既然无缘，那我也不强求，就此别过吧。"

"等等！"我见他要走，迅速起身拍拍屁股，跑到他面前。

宁天策这个人，虽然走了歪路，但也是一个好人。他能够在熊孩子拍我头时出手相助，提醒他们这样是不对的；更何况，他那时并不知道熊玩偶里面的人是我，只是乐于帮助每一个需要帮助的人。在这个日渐冷漠的社会中，像宁天策这样的人不多见了。

所以我得谢谢他！

"昨天在商场中被小孩打的熊玩偶工作人员就是我，谢谢你帮我阻止了他们。"我真诚地对宁天策说道，"虽然我们的认知不同，但我觉得，我们还是可以做朋友的。"

宁天策对我微微点头："举手之劳，日后有机会再见。"

"那你去哪儿？大晚上的要不要一起走？说不定顺路呢。"

宁天策摇头："我去郊外。"

那就不顺路了，我只能看着小宁离开商场向远方走去。

我告别夏津，回到 404 已经是周一的凌晨一点多，今天晚上我还要去上课，睡前拿起手机一看，张校长已经将授课地址发过来了：周一晚十二点，H 市第四医院旧址四楼会议室，课时两个小时，授课内容：思想道德修养，校车接送。

这次不是仁爱中学了？

我躺在床上，用手机查询第四医院旧址，搜索出来的消息简直令人触目惊心。

简而言之，这个第四医院就跟彼岸小区 404 号房，还有上一次去上课的那所被封闭的学校一样，有着许多非常可怕的都市传说。张校长真是会找地方。

我挺不解的，张校长既然着意帮助那些特殊人士重新融入人群，为什么不找一个固定的教学场所呢？

我将疑问通过微信发过去，很快就收到张校长的回复：学校学生帮忙找的，免费场所。

"免费"二字瞬间将我所有的疑问打消，原来如此，我最近真的是很喜欢这两个字啊！

张校长是个善良的人，也不知道她收不收学费，若是不收，那办这所学校就纯粹是在做慈善了。这种情况下，张校长估计也是很拮据的，能省则省吧，没有固定教学场所又怎么样呢？

只要学生不介意就行了。

但我还有另外一个困扰，便发信息问：那为什么总是在晚上上课呢？白天多好，就算是晚上，也可以八点开始吧？

我想到夏津的发际线，心中不由得对我的发际线充满担忧。

张校长是这么回复的：夜间人少，会让学生们觉得安心。

这么一说，我便理解了。唉，为了学生，秃头就秃头吧。

我躺在床上翻来覆去睡不着，总是想起小宁同志抿着嘴一脸严肃的样子，明明那么年轻，做派却像个老头子，说话也是文绉绉的，仔细想想还挺有意思的。

我打开手机，给小宁发了一条信息：睡了吗？

对方几乎是秒回：没。

我：这么晚不睡干吗呢？

小宁：在H市墓地思考未来的道路怎么走，要如何才能够匡正大道。

宁天策这是什么奇怪的行为，半夜去墓地思考人生？

我：难道墓地有什么东西？

小宁：很久之前，世间没有异体，后来发生了一些事情，异体就此产生。大部分的异体都源于人们的执念，它们基本上都在红尘俗世里浮沉，墓地反倒清静。

小宁这状态……我回想起方才他难以置信的样子，有点担心。

我：之前不是约你周一见个面吗？没想到前一天晚上就见到了，要不白天咱们再约一次？

我觉得小宁像是被打击得自闭了，想好好地劝一下他。

小宁：抱歉，我可能要失约了。方才我想跟家里人联系一下，聊一聊之前的事情，却突然发现联系不上他们了。所以，我来墓地之前先去火车站买了明天早晨回家的火车票。

我：哦，那你家在哪里呢？要坐多久火车？

小宁：硬座三十多个小时，往返三四天。回去后应该还要停留几天，预计要七到十五天才能回H市，我们到时再约见如何？

三十多个小时的硬座啊……我想想就腰疼、颈椎疼、屁股疼。

我：坐硬座？机票不打折吗？这个时候机票比火车票还便宜的。

小宁：不是，我并不缺钱，坐硬座是为了磨炼心智，是为了在红尘中修心。

看到"不缺钱"几个字，我内心隐隐生出嫉妒之心，我就很缺钱，每次坐硬座只是为了省出几百块的生活费。

我：那……我不打扰你修心了，等你回来再见面，一定要记得来找我。

信息发出去后，我突然想到这么说是不是太自来熟了？虽然我们最近熟悉了一些……

于是我又加了一句：回来找我，我给你上课补习，放心，免费的。

小宁：好的。

道别后，我才慢慢睡过去。一夜无梦，早晨醒来看到阳光，我觉得心情特别好。我这人从小到大就不太做梦，睡觉可香了，除了上课时睡不着外，余下时间，我在哪儿都能睡着。

张校长今天为我规定了授课内容，这正是我擅长的科目。白天我将自己关在房间里埋头做教案，也不知道如今第四医院旧址的环境如何，上次那所封闭的学校倒挺干净，不过教室里只有黑板，可能没有投影仪，也许这次上课的地方也是如此吧？于是，我做好PPT后，又在404室友刘思顺送我的旧本子上写好教案，做了双重保险。

晚上，我照例在十一点半上了校车，司机大哥永远这么准时。

今天上车后觉得有些闷热，我不由得问："师傅，今天有点热啊，没开空调吗？"

司机大哥答非所问地说道："今天所有的座位你都可以坐。"

我四下一看，果然椅子全变成了绿色，那张"沈老师专座"的贴纸也不见了。我虽然觉得坐专座有点不好意思，但这也是司机大哥的一片心意，现在没有了，反而还有些不习惯。

"为什么把椅子全涂成绿色？"我不由得问道。

司机大哥继续答非所问："今天就你一个人，座位随便坐。"

说得好像哪天不是我一个人坐车似的……我刚这么想，猛地想起那晚我与夏津在车上发生的事情司机大哥都看在眼里，便有些不好意思与他搭话了，默默坐在椅子上。

抵达第四医院旧址后，司机大哥对我说道："两点我会来，一直等你到五点，五点前你必须出……算了，你肯定能出来。"

说完，他便将我丢下去，开着校车走了。

第四医院原本的建筑还保存完好，就是一眼望过去一片漆黑，分不出办公楼、门诊楼和住院楼。

我的教学地址应该是门诊楼的会议室，据说那里是医生们开会讨论治疗方案的地方，会议室很大，还有投影设施。作为授课教室，条件其实挺好的。

走到医院大门前，我就看见一个穿红裙子的女孩子站在门口对我挥手。

我走近才看清是穆怀彤，她化了一个大浓妆，夜色下那张脸雪白雪白的，嘴唇却过分地红。

"沈老师。"穆怀彤站在大门内并不走出来，笑着对我说，"我怕你找不到教室，自告奋勇来接你。"

第五章 约定

月光下，穆怀彤的笑容格外瘆人。

我心中暗暗叹气，好好一个女孩子，审美怎么比我这个男生还差？的确是一白遮百丑，还可以涂点口红提升气色，但是化妆把脸涂得太白没有血色就不好看了，而且嘴唇颜色过红，一点美感都没有。

穆怀彤十分自然地上前要挽住我的手臂，柔声说："天黑路不好走，我怕沈老师看不清，扶着你走。"

她这话说得我像是个七八十岁的老人，而且这个动作，让我怎么看怎么猥琐，我下意识地退开了几步，不想穆怀彤继续往我这边贴。

"穆怀彤，你……"我犹豫地看向她。

她抬起头望着我眨眨眼，大眼睛亮亮的。

"你多喝点红糖枸杞。"我关切道，"现在是夏天，你身上还这么凉，代表你气血不足，血液循环不好。女孩子这么年轻就有这个毛病，以后会影响身体健康的。最重要的还是要多锻炼身体，一会儿课后时间我为大家推荐一下我的锻炼方法，很有效的。"

我一边说，一边脱下西装外套披在她的身上。

西装外套挡风，应该能让她暖和一些。

幸好我为了上课又买了新的西装外套和衬衫，要是像兼职时那样穿便宜的 T 恤，就没办法给穆怀彤披上外套了。

穆怀彤将脸缩进我的西装外套中，只露出一双眼睛看我，问道："老师，我长得难看吗？"

"你长得非常漂亮。"我肯定道，"老师我是文科生，学校里也是女生居多，就算在我们学校，你也是一等一的美女。你唯一的缺点就是不太自信，我并不像一些偏激的人会反对女生化妆，我觉得化妆既可以让自己变得更加美丽，还能够提升自信。只要注意护肤，化妆是很好的事情。但凡事过犹不及，你这么美，浓妆只会遮掩你的美丽，淡妆就可以了。"

而且最重要的是，她的妆没化好。我上学时班上女生多，她们同我科普过不少化妆的知识呢，我虽然不感兴趣，但也记住很多。

穆怀彤表情扭曲了一下，她盯着我说道："难道老师对我就没有点别的话想说吗？"

说完她不停眨眼，长长的睫毛上下翻飞，好似蝴蝶蹁跹。

"有啊。"我点头承认道，"老师希望你能够尽快走出过去的阴影，用积极向上的态度面对人生。这个世界没有过不去的坎，人比自己想象的要坚强。"

我知道之前的一些经历对她的伤害有多大，这种痛苦并不是我这样站着说话不腰疼的人口头说说"要坚强"就能消失的，穆怀彤也许需要很长一段时间才能走出来。

　　"我不是学心理学的，并不懂很多理论性的东西，但有件事老师很清楚，那就是运动使人快乐！"我拍拍胸口对她说道，"心情不好的时候跑上几公里，出一身汗，冲个澡，身体在极度疲惫的情况下脑子就不会想那么多烦心事。如果你有需要，可以找我，老师早起陪你跑！"

　　穆怀彤"啪"地将衣服甩在我脸上，气呼呼地说："沈老师，你一点也不懂女孩子的心思，你这辈子都不会有女朋友的！"

　　穆怀彤生气后，我们的速度就快了许多，五分钟不到就走进门诊楼，楼里黑乎乎的，我不由得叫住了前面的穆怀彤。

　　"怎么，害怕了？"穆怀彤回头看着我笑，脸色在漆黑的环境下更白了。

　　"嗯，是有点害怕。"我承认道，"这里黑乎乎的，万一再冒出一个装鬼吓唬我的学生，我怕今天的课又上不成了。毕竟，上次就因为你把我拦在三楼半，导致我连其他学生的面都没看到。虽然张校长没有怪我，但我不想再失职了，这很对不起张校长。"

　　穆怀彤应该听出了我话里隐含的意思，半天不说话。

　　我掏出手机，开始找手电筒开关。开关是找到了，但我摁了半天，没反应。幸而我早有准备，从拎着的皮包里拿出新买的 LED 节能强光灯，直接打开。

　　瞬间，室内大亮。

　　穆怀彤伸手挡住了自己的脸，却难掩脸上错愕的表情。

　　我将灯照向前方，示意穆怀彤往楼上走。这强光灯已经充满电，打开后能够照亮四十平方米的空间，是停电时的首选。

　　我们两人一前一后地往四楼走。

　　直到爬上四楼，穆怀彤才说出一句："沈老师放心，这次不会有人在楼道里堵你的。"

我刚要夸他们乖，就听穆怀彤说："但教室里就不一定了，希望沈老师能够像对待我一样对待他们。"

说完，她身后会议室的大门就自动打开了，里面并未开灯。穆怀彤在黑夜的掩饰下，一个晃身就消失了，也不知道是不是又躲到门后准备跟其他人一起吓唬我。

唉，这些学生啊，戒备心实在是太强了。

我带着强光灯往会议室里走去，才进门就见一个穿着病号服、脑袋上画了奇异妆容的学生从我面前"飘"过。他看到我后咧嘴一笑，我借着强光灯看到他嘴里一半的牙齿上放了小虫子。

他见我看向他，瞬间就发出难听的笑声，一边笑，口中的虫子一边往地上落。

这学生为了吓唬我也是拼了，还特意用上了道具。

开玩笑，我是那种怕虫子的人吗？当年大学宿舍生蟑螂的时候，夏津嗷嗷叫着从下铺爬到我的上铺来，搂着我说床上有蟑螂不敢睡。我赤手空拳抓起蟑螂丢到窗外，现在还能怕这假虫子？

小虫子在地上滚来滚去，像是要爬到我身上了，我不慌不忙地从口袋里掏出刘老师送的笔记本一把将虫子拍开。同时，我面不改色地拍拍对面学生的肩膀："年轻人，为了吓唬我你也是拼了，叫什么名字啊？"

"你……你竟然杀了我辛辛苦苦抓的虫子？"穿着病号服的学生气急败坏地说道，"你知道我为了抓这些虫子废了多少心思吗？"

"我就知道你挺不讲卫生的……"难不成这些虫子还是真的？还有，他说话时的口气也太重了吧。我尽可能离他远一点：

"赶紧回座位，准备上课了啊，大家都等着呢。"

张校长事先给了我花名册，这个班级一共有二十三名学生，数量不多，但看眼前这位就能猜到，个个都不是省油的灯。

走进门后，我举着强光灯，看清楚二十三名学生的脸。

他们打扮得千奇百怪，有坐轮椅的，有穿旗袍的，有把自己缠得像木乃伊的，甚至还有一个十三四岁的男孩背着床板坐在座位上，也不怕把自己压出脊椎病来。

看到他们这样，我忽然觉得穆怀彤的妆容还算不错了。

"喀喀。"我清了一下嗓子，"各位同学好，我是你们思想道德修养课的老师，我叫沈建国，大家可以叫我沈老师、建国老师，或者沈建国都没关系。这也是我的第一份工作，课堂对于我们来说是共同学习共同进步的地方。我很高兴，今天二十三名同学都到场了，大晚上在这样的环境下上课，大家辛苦了。为了更好更快速地认识大家，下面我先点名，穆怀彤！"

坐在会议室最前方的穆怀彤慢慢举起手，算是对我的支持。有了她带头，其余同学都很配合，几分钟后，我记住了所有学生的姓名和长相。当然这不是因为我记忆力好，而是他们的打扮让人印象深刻，过目不忘。

比如那位把虫子道具塞进嘴里的同学，他叫田博文，名字还挺文绉绉的。

会议室里的电源好像断了，我摁了几下开关都没反应。我想了想，把强光灯的灯头立了起来，让它照射屋顶。已经耽误一次课了，这一节我先将就一下，等下课我就赶紧去找到电源箱，看到底出了什么问题。

我收起电脑，将刘老师送我的笔记本放在桌子上打开，准备授课。

学生们顿时变得安静起来，看来，他们还是很向往知识的。

"思想道德修养这门课，其实从小学我们就开始接触，每个阶段都会学习，因为它不是必考科目，学校里大家都忽视了它，殊不知，这门课是最重要的。因为它能够帮助正在成长阶段的学生树立正确的世界观，也能够让处在迷茫期的成年人找到新的方向。什么是世界观呢？这就是我们今天要讲的第一堂课。"

我说了开场白后，在会议室的白板上写下"世界观"三个字。

学生们很安静，穆怀彤甚至拿出笔记本记笔记，我十分欣慰。虽然大家为了吓唬我打扮得奇异一些，但都是好学生嘛。

口干舌燥地讲了一个小时，我拿出矿泉水喝了一口，对大家说："我们休息十分钟，大家可以去上厕所，或者活动一下筋骨。这间会议室是哪位同学联系的？能不能告诉我电源箱在哪里？我去查修一下，在这个环境下学习，对大家眼睛不好。"

听到我的话，那名背着床板的十三四岁少年走过来："老师，会议室是我借的。"

我记得他叫谭晓明，真是一个经常出现在课本上的名字。

"那你知道电源箱在哪里吗？"

"我可以去把电闸打开。"谭晓明对我嘿嘿一笑，我的学生真是喜欢笑啊，"但是有个条件。"

"什么条件？"

"沈老师今天晚上得陪我。"

我看着谭晓明，正色道："什么意思？怎么陪？这种事是不道德的，这是谁教你的？还是有人对你这么做了？"

"不。"谭晓明摇摇头道，"我的意思是，沈老师今晚要陪我在医院的太平间待一晚。"

即使刚强如我，也被谭晓明同学的想法震惊到了。现在的学生为了吓唬老师，对自己都这么狠了吗？去太平间我是不怕的。我这人睡眠好，就算是在墓地里也一样能入睡，可是谭晓明不怕吗？他胆子也太大了吧。

"老师没问题，但是你没关系吗？你的家人呢？这么晚睡在外面，父母不会担心吗？"我关切地问道。

谭晓明的表情忽然变得很可怜，眨眨眼睛，一副眼泪都快掉下来的样子："爸妈不要我了，我没地方睡，发现这里的太平间有床，这些天一直住在这里。"

这也太可怜了吧？

我想了想，对谭晓明说："你等我一下。"

说完，我立刻给张校长打电话。

根据最近和张校长的通话规律，我发现每天晚上她那边的信号都会变好，联络她变得相对容易起来。

我让学生们自由活动，自己去走廊里打电话："喂，张校长您好，我是沈建国，有一个学生的问题我想要咨询您，他叫谭晓明，说自己无家可归，这是什么情况？哦，父亲家暴……他不敢住在家里。"

原来如此，难怪了，一定是父亲给他带来的伤害太大了。

此时此刻，我作出了一个艰难的决定。

"张校长，我想请问一下，李媛媛之前住的那个房间会有其他员工搬进来吗？如果没有，我想让谭晓明住进来，当然，他那份房租……可以从我工资里扣。"

说这话时，我的心在嘶吼、在挣扎，好像有一个开瓶器在我心里使劲钻啊钻，痛得我无法呼吸。

扣工资！如此贫穷的我，还要被扣工资……

但是我不能放任谭晓明继续住在太平间，我得先给他找个住处，还要联系他父亲进行家访，如果他父亲冥顽不灵，那就需要用法律来维护谭晓明的权益了。

好在张校长一如既往地善良："可以住……刺啦……不

用……你出钱……刺啦……"

张校长真的是我遇到过的最好的领导，虽然我只遇到过这一个领导，但只要她不解雇我，我一定一直追随她！

挂断电话后，我心情舒畅地走回教室，开心地对谭晓明说道："你以后不用再住医院的太平间了，晚上跟我回去，我住彼岸小区4号楼4单元404室。那个房子里有三间卧室，前两天我的一位同事搬走了，正好空出一间房，你可以今晚就搬进去。正好校车会来接我，我帮你搬家。"

谭晓明大概是太过惊喜，露出一副震惊的表情，问道："李媛媛住的那间房？"

"哦，你也认识她？你应该叫她媛媛姐的，不能直呼姓名，多不礼貌。"我纠正他的措辞。

"哈哈哈……"穆怀彤突然大笑起来，还一边笑一边用指甲不断地划桌面。

"穆同学，你有什么更好的建议吗？"我看向她。

"没有没有！"穆怀彤摆摆手道，"我是为谭晓明开心，他终于有住的地方了，我太开心了，哈哈哈！"

我就知道穆怀彤是个好女孩，就算表达情感的方式奇怪了一些，但心灵是美的。

谭晓明似乎不想搬，脸上不见丝毫喜色。

也是，逃离了家庭的人，对陌生人、对世界都会有很强的防备心，我思索着应该怎么说服他。

不想，谭晓明沉着脸想了半天，突然说道："我搬过去可以，但沈老师今天一定要陪我在太平间住一晚，过了今晚之后，你要是还希望我与你做室友，我……我就搬！"

我听到他最后一个"搬"字都带上了哭腔，一时眼眶也湿润了。

这样坚强的学生，我一定会让他摆脱原生家庭的阴影，帮助他走上幸福的大道。

"没问题，就这么说定了，今晚老师陪你。"我承诺道。

说定此事，谭晓明出去了一趟，很快会议室亮起了灯。等谭晓明回来，课间时间也过去了。不过我找了半天，发现会议室里并没有电子设备，只好先初步为同学们讲解了一下何为正确的世界观，下一堂课再为他们系统地讲述如何树立正确的世界观。

很快就到了下课的时间，同学们纷纷起身离去。他们同谭晓明同学关系不错，大都热情地拍拍他的肩膀，每个人都笑得很开心。

我猜大家应该是为他感到高兴吧，毕竟，晓明以后终于有不错的地方住了。

最后，会议室里，除了我和谭晓明，就剩下穆怀彤和田博文同学没走了。

穆怀彤一副想要挽我的手的样子，我连忙后退一步。

穆怀彤哼了一声，说："老师，要不今晚别留了吧？你这么……留在这里岂不是便宜谭晓明了？而且凡事都有个先来后到，明明是我先来的，你怎么反倒让他先占了便宜？"

这话说的，不知道的人还以为我是什么猥琐之人。

"晓明年纪小，我担心他。"我对穆怀彤解释道，"而且你是女孩子，说话要注意些，什么占便宜不占便宜的？"

安抚过穆怀彤后，我又看向田博文："田同学有什么事情吗？"

田同学不知何时将脸上的妆卸了，现在瞧着眉清目秀的。这么个斯文的小伙子，也不知道怎么想出之前那种妆容来吓我的。

"我没事。"田博文眼睛盯着我手中的笔记本，"老师，可不可以把这个笔记本送给我？"

"不行。"我坚定地摇头，"这是友人所赠，我很珍惜它。如果你实在喜欢，我明天会买一个送你。"

"谁知道明天会怎样呢？"田博文耸耸肩，跟着穆怀彤离开了。

教室里就剩我和谭晓明两个人，他背着床板，热情地对我说："老师，跟我走吧！"

"稍等一下。"我说道，"先前就跟司机大哥说好了，他会来接我，如果我不出去，他会一直等到五点钟。我必须去告诉他一声，今晚在这里住下了，免得人家一直等我，你等我一会儿。"

"不。"谭晓明固执地说道，"我陪着沈老师，万一你跑了怎么办？"

"我既然答应你了，就不会反悔。"

可惜谭晓明还是不太信任我，坚持跟我到医院门口。一片浓雾中，校车停在我面前，车门打开，我只踏上去了一只脚，对司机大哥说："师傅，有个学生要我陪他在这里住一晚，今天我就不回去了。"

司机大哥瞄了一眼在我身后探头探脑的谭晓明，沉着脸说道："你小心一点。"

"放心吧。"我拍拍胸脯。

"没说你。"司机伸出戴着手套的手指，点点谭晓明，"我说他呢。"

留下这句话后，司机大哥便开着空车走了，留下我在原地陷入了深思。

我看起来像坏人吗？

不过也是，一个二十几岁的成年人和一个十三四岁的少年人，是个人都知道谁该被警惕。

我很想掏出手机同他解释事情的原委，但司机大哥与我并未互加微信。

我曾在车上向司机大哥抛出友谊的橄榄枝，可他拒绝了，他说自己不是很想跟我有过多的交流，有事还是通过张校长联系。

被同事戴着有色眼镜看待，说实话，我是挺沮丧的。但转念一想，我与司机大哥不过几面之缘，确实不能以此让对方完全了解我，以后日子还长，他一定会明白我是个好人的。

挥别司机大哥后，我跟着谭晓明一起往位于负一楼的医院太平间走去。

路上，我不解地问道："晓明同学为什么要背着床板？"

"有张床板，不管到哪里我都不害怕了。"谭晓明说道。

唉，这是多么没有安全感的孩子啊！就像蜗牛背着壳一样，走到哪儿，就把床板带到哪儿。

谭晓明快我两步走进太平间，等我进去的时候，他已经将床板从背上拆下去了。

没了床板的谭晓明似乎有些不舒服，显出几分怯意。他指了指靠在墙角的一张床，上面铺着满是灰尘的白色床单。

"我睡那张床？"

他点点头，没说话。

"那你呢？"我问道。

"我看着你睡。"谭晓明望着我说，"等你上床，我就睡了。"

他伸手指指角落里，黑乎乎的，看不清楚，似乎是有张破旧的床。

"你的床板呢？"

　　"在你睡的床上，看我对你多好。"谭晓明咧嘴一笑。

　　"行。"我点点头，"明天搬家时，我会记得把你的床板带上的。"

　　谭晓明没说话，看着我爬上床后便走向那个黑影。

　　尽管我稍微收拾了一下，但和衣躺下去，我还是感觉这张床特别潮，很是不适应。我想跟谭晓明说句话，但他在阴影里不吭声，估计是睡了。

　　我忽然想起宁天策，有些后悔。我能陪学生在太平间睡觉，昨夜为什么不去墓地陪小宁呢？孤单寂寞的夜里，小宁一个人在墓地中思考人生，多可怜。

　　想到这里，我忍不住给小宁发了条信息：睡了吗？

　　他几乎是立马回复：没有，硬座入睡比较困难。

　　他还在火车上呢，要坐三十多个小时的硬座，真是不容易。

　　我想了想后说：我现在也睡得不太舒服，在太平间，陪一个孩子睡觉。

　　我手指飞快地在手机上按，将谭晓明的事情讲给小宁听。

　　小宁好半天没说话，大概是火车上信号不好。就在我抱着手机快要入眠时，听到了微弱的信息提示音。

　　打开一看，是小宁的信息。

　　走歪路的小宁：把你的位置发给我，我已经在就近站点下车，正在拼车回H市找你。你身边的孩子很危险，不要靠近他，也不要躺在那张床上。

　　他怎么突然就下车又拼车回来了呢？

　　我很疑惑地想了想，直接给小宁打电话，不想，手机突然显示无网络，无法拨通了，大概是废弃医院信号覆盖不全吧。

　　忽然，我听到低低的声音传来。

　　"背靠背，真舒服。背靠背，真暖和。"

是谭晓明的声音，我不由得坐起身问道："晓明，你是想跟我睡一张床吗？"

可我这么一坐起来他就不说话了，难道是因为害羞吗？

说实话，我个人不是很想与谭晓明睡一张床。太平间里的设备基本都被搬走了，只剩下几张破单人床，一个成年男性躺着尚且觉得有些窄，更不要说睡两个人了。

"晓明，老师不方便和你睡一张床，你要是觉得冷，就跟我回我的宿舍吧，那里有间房空着呢，里面还有床。"

大不了，我豁出去花钱打车嘛，晓明还小，共享单车又不能带人，这个点，公交车也早停运了。

谭晓明不说话，我将他的意思理解为无声的拒绝。

今天是我第一次正式授课，无论是谭晓明还是穆怀彤，给我最深的感受就是当老师真的不容易。自己是学生时也很叛逆，认为老师太严厉，嫌他们烦；可自己做了老师，我才发现要管理这么多学生，防止他们走歪路，从学习上和生活上关心他们是多么困难的一件事。

我任重而道远啊……

想到这里，我觉得我必须帮助谭晓明重新走入人群，做个思想健康、积极向上的好青年，不如就从陪伴开始。

我把手机扔在床上，跳下来走到谭晓明睡觉的墙角，一边靠近，一边小心翼翼地说："晓明，你睡了吗？要是没睡，老师陪你聊会儿天。"

豁出去了，就算坐在地上睡一晚又怎样？我都是为了学生！

然而，我走到墙角只看到一张空床，这孩子也不知什么时候偷跑下床了，我一点动静都没听见。难道是我与小宁聊天的时候太专心了，才没注意到？

这是我的失职。

他是跑出去了，还是在房间里藏着呢？

"晓明，晓明？"我在太平间中低声呼唤了一会儿谭晓明的名字，没见他回应，便走到门口，见太平间的门把手从里面被人塞了一根木条挡住了，也就是说，没人从这里走出去。

因为是废弃医院，窗户上有密封条，那些密封条虽经历了一番风霜但仍旧完整，没有被破坏的痕迹，也就是说，谭晓明还在房间中。

这孩子藏哪儿去了？

我转了半天没找到人，一脸疑惑地躺在床上看手机，还是没有信号，最后一条信息是小宁给我发的。

他究竟发生了什么紧急事件，竟然要突然下车回H市呢？有东西落在这里了？那他可以拜托我给他邮寄回去。

在床上翻了会儿和宁天策的聊天记录，谭晓明的声音又出现了："背靠背，真舒服。背靠背，真暖和。"

我没有急着下床，而是凝神细听声音的来源。

太平间空空荡荡，面积也大，回声有些强，我听了好半天，才分辨出声音竟然是从我身下传来的。

我一下子从床上蹦起来，抓起床头放着的强光灯，打开灯后蹲下身，照了照床底。

果然，谭晓明正悬空被绑在床板下，瞪着我。大概是因为反重力，他的脸憋得通红，眼睛也瞪得老大，看起来很难受的样子。

唉，把自己绑在床板上，这能不难受吗？

我特别生气，对谭晓明说："你这孩子怎么跑这儿去了？就算想吓唬老师，也不能胡来啊！你看看你！你这怎么弄的？真的是！"

在我试图给谭晓明解开绳子的时候，他幽幽地说："我妈走了之后，家里只有一张床，一开始我和我爸一起睡，后来他开始打我，嫌弃我挤着他了，打完我之后，他就把我绑在床底下，背靠背，真舒服。"

"这怎么会舒服呀？"我都想去揍他爸了！

谭晓明被绑得太紧，也不知道他是怎么弄的，我解了好一会儿也解不开这个死结，眼睁睁地看着他越来越难受。

以后上课可得准备齐全些，谁能想到这些学生会出什么幺蛾子？

"晓明，你放心，这点破绳子难不倒老师的！"

我沈建国别的没有，就是体质好、力气大，不就是床板嘛，翻过来不就好了！

谭晓明这个床板是宽一米、长两米的整块床板，也是刚搭在空床架上的。我站起身，双手抓住床板两侧，将它从铁架子上掀起来。我先是将床板直立，让谭晓明头向上舒服一会儿，接着将床板转了个边，再把床板搬起来，平放在铁架上，谭晓明同学便脸朝上了。

他木然地望着天花板对我说："沈老师，我喜欢睡在床底下，让我和你背靠背吧。"

"不行！"最终，我用牙使劲将绑着谭晓明的绳子咬断，帮他解放。

这一通折腾后，已经是凌晨四点了，我摸了摸谭晓明的身体，绳子解开后，他看着明显好多了。

"快睡吧。"我脱下西装外套盖在他身上，自己则是将刘老师送我的笔记本当成坐垫垫在屁股下面，直接坐在床边的地面上，用手拍着谭晓明的身体，"老师明天就给你搬家，然后咨询一下律师和心理医生，问问像你父亲这种情况，你要如何处理。"

"不用。"谭晓明侧过脸看我，"他已经死了。"

我一愣，谭晓明没有丝毫悲伤，反倒露出了一抹诡异的笑。

"他喝多了，半夜醒来听到我在说话，往床下一瞧，看到我后就摔下来吓死了，哈哈哈！"

谭晓明大笑的声音在太平间中听起来十分悲凉。

我怒拍他的手臂："别瞎想，他的死跟你无关，你这样怎么可能吓死人？老师不就没什么事？"

我继续轻拍他助眠。

"别多想了，早点睡觉，明天还要搬家，老师陪你。"

"我没有什么行李，老师把这个床板带过去就行。"谭晓明说道，"明天我白天有事，晚上会过去的。"

"不行，明天老师带你去看心理医生。"我固执地说道。

但谭晓明并未作声，直直地盯着天花板。

见谭晓明睡不着，我便开始给他背诵课本。上学时，我只要一背诵，肯定就会立刻睡着，谭晓明应该也没问题。

果然，背诵一会儿之后我自己就先睡着了，再睁眼便是天亮。

我的西装外套还在床上，但谭晓明已经不见了。

这孩子，一定是趁我睡着偷偷跑了。

我拿起手机一看，发现自己有十多条未读信息，其中一条是张校长发的，发送时间是凌晨四点多，我刚睡着的时候。

张校长：我已为谭同学联系了我们市里最好的心理医生，接下来的日子他每天白天都会去治疗，晚上回宿舍睡觉，沈老师不用担心。

还是张校长靠谱，我这才放心。

余下的信息都是宁天策发的，他又怀疑我遇到异体了，目前处境危险，一连发了好多信息。

走歪路的小宁：我下车的位置是个小站，夜间没有车，我需要走到三十公里外的大城市才有车，你撑住，等我。

走歪路的小宁：人呢？

走歪路的小宁：这张有能量符号的图纸给你，虽然只是照片，但多少还是有些用处的，你遇到危险时就打开它。

走歪路的小宁：如果看到信息就回话，让我确定你的安全。

走歪路的小宁：我已经沿着国道跑了二十多公里了，路上遇到几辆车，拦车却没车停，我只能继续跑。我身体素质好，很快就能到，你再坚持一下。

走歪路的小宁：我已到大城市，夜间拼不到车，所以雇车回H市，上午十点多可以抵达医院。

最后一条信息是早晨六点发送过来的，小宁这是在公路上狂奔了一夜吗？我心里暖暖的，宁天策真的是个热心肠的好人，认为我可能遇险，竟连夜从火车上下来找我。

我一边读着小宁发来的信息，一边背着床板走出太平间。

现在是上午九点半，小宁正往医院赶来。出于某种我自己也想不透的复杂心理，我没有回信息，而是站在医院的院子里等待宁天策。这期间，我顺便将床板放在院子里晒，散散潮气，好让谭晓明晚上能睡得更舒服一些。

等了四十多分钟，一辆车在医院门口停下，风尘仆仆的宁天策一脸疲惫地下车，飞快地向院子里跑。在看到我后，他停下了脚步。

阳光照射在他英俊的脸上，那一刻，我，沈建国，突然感受到了世界的美好。

宁天策走到我身边，面上挂着难以掩饰的疲倦。

他看了一眼我晒着的床板，问道："这是你昨晚睡的床？"

我乖乖点头，并让出位置对小宁说："你昨晚跑了一夜，累了吧？要不……坐下来歇一歇？"

我把床板拽过来放到小宁面前，宁天策垂目看向床板，抿了抿因疲惫而泛白的唇，沉声问道："跟我说说你昨晚的经历吧。"

我一五一十地把从上校车到昨天讲课本睡着之间发生的事情全部告诉他，鉴于我刚睡醒有些迷糊，连穆怀彤化妆技术不好、田博文玩虫子、司机误会我并嘱咐谭晓明小心些以及谭晓明遭受的经历都告诉了他，半点没有隐瞒。

可能是我的学生太可怜了，宁天策越听脸色越差，最后竟是用同情的眼神望着床板，他可能也在怜悯谭晓明吧。

我摸摸床板，床板面向太阳的一面已经不潮湿了，于是我便给它翻了个面，让另一面也晒一晒。

"我打算让晓明搬到我那里去住，这孩子没有安全感，似乎还有些恋物，一定要我将床板也带上。"我解释道，"可是这张床板太潮湿了，我打算帮他晒晒再拿回去。"

宁天策开口："你再晒下去，谭晓明可能永远搬不过去了。"

"嗯？为什么？"我不解地问道，"床铺难道不是干干净净的、带着阳光味道的才舒服吗？"

宁天策盯着我，眼中似乎藏着很多话，但他最后只是说："你现在就带床板回住处吧。"

"那你呢？"我问道，"你跑了一夜，应该好好休息休息。你是不是还要回家？要是钱够，这次还是坐飞机吧，坐火车太累了。"

我又想想，十分艰难地说道："说起来，昨晚你也是担心我才跑回来的，这笔机票钱应该我出的。"

虽然我很穷，但对于这样关切自己的朋友，我也不能吝啬。

"不了，我暂时不回家了。"宁天策看着我说道，"我家里的情况复杂，若是真出事了，我赶回去也于事无补。倒是时机稍纵即逝，我不如好好把握时机，便宜行事。"

我不大明白他的话，感觉一头雾水。

但今天我想通了，既然想和小宁做朋友，那就应该从他的角度去了解他。我之前总说着要让他重回正道，可我连他说的话都听不懂，又怎么能反驳他、引导他、感化他呢？

"我的确是不相信异体的存在，但你可以跟我说说。"我向宁天策抛出橄榄枝。

宁天策几度欲言又止，最终他一脸憔悴地看着我说："异体是这个世界特有的一种生物，它们因特殊的契机而产生，更因这个世界的特殊而成长。目前可以确定的是普通人不能长期与异体同处一室，否则不仅身体会渐渐变得虚弱，容易生病，而且精神也会变差，变得暴躁易怒。而跟随着此人的异体，却可以在这个过程中逐渐变强……"

"停！"我打断他，"稍等一下，我记个笔记。"

我迅速从背包中掏出刘老师送的笔记本，笔记本挺厚的，我在正面写了教案、记下学生姓名。这次我从背面开始写起，将小宁方才说的话写了下来，并示意他继续说下去。

小宁一言难尽地望着我手中的笔记本，大概是嫌弃笔记本太旧了吧，现代社会已经很少有卖这么陈旧的笔记本的了。

"这是我的同事刘老师送的，他是我的室友，也住在404，是个特别好的人。"我介绍了一下笔记本的来源，并侧面描述我的生活环境，让小宁也逐渐了解我。

宁天策抬头看天，夏季上午十点的阳光是如此灿烂，笔记本上那种旧纸特有的霉味渐渐溢出，有些难闻。

"我们还是找个休息的地方再说吧。"宁天策的表情忽然变得悲天悯人起来，"你在太平间坐着睡一晚也挺累的，现在我们需要一个背阴、少阳光、安静、人少的环境。"

我细想了一下他说的条件，这不正好是我的宿舍吗？

"那就去我家吧，你也需要休息，最起码喝口水。"我盯着小宁泛白发干的嘴唇道。

这次小宁没有拒绝，而是干脆地点头道："好。"

我用手机叫了一辆带车斗的小货车，这车比较便宜。货车上只有一个副驾驶位子可以坐，我自然是大方地将位子让给小宁，自己则是带着床板坐在车斗里。

回到家中，我本想将床板放在我那个阳光充足的房间晒晒，再放进先前李媛媛住的房间，只是小宁说他想尽快休息，我只能将自己的房间让给小宁，扛着床板去了空着的那间房。

忙完之后，我看了一眼自己的房间，宁天策没睡，而是坐在床上看着窗外发呆。

我为他倒了杯水，殷勤地送过去。

宁天策看看杯子中的水，问道："你一直喝这个水？"

"放心吧，烧开的。"我说道，"还是你喜欢喝茶？"

他如果想喝茶，我就下去买点茶叶。

宁天策摇摇头："没事，这水里沾染了异体的气息，不过也没多少了，再过几日，这气息就该完全消散了。"

说了这番我听不懂的话后，他便仰头一口将杯中的水喝光，面上带着一丝释然。

与小宁交流有些困难啊……没关系，沈建国，加油，你可以的！

"你睡一觉吧。"我说道，"等你醒了我们再聊。"

"不必，我们组织的人，身体素质极强，只需要稍做休息便好。刚我已经小憩了一番，这会儿已经没那么累了。"

听他这么说，我又拿出了笔记本准备记下他说的话，以备日后研究。

宁天策说："你换个笔记本吧。"

"为什么？挺方便的不是吗？将所有事情都记在一个本子上，不是更方便查找？"我上学的时候就是所有科目都用一个厚笔记本记，从来不会出现找不到本子的情况。

"请你换一个本子，我不希望自己的话被记在这个笔记本上，这对彼此都好。"小宁坚持道。

好吧。我从书箱中翻出一个九成新的笔记本，将前面写过字的几页撕掉，并在第一页写上"小宁专用"四个大字。

宁天策见我换了本子，才继续说道："我所在的组织——清异组，是这个世界长期与异体作斗争的一群志同道合的人一起创建的，地处风景秀丽的名山中，除我之外，还有一位师傅与几位同事。世间先有异体，而后才有清异组。清异组以'消除异体，守护群众'为己任。但不是所有异体都必须被消灭，我的任务重点是消除异体带来的影响，接渡异体去该去的地方。"

我认真地在本子上记下几个重点，紧接着对专注地看我写字的小宁说："你那些武器等物品，都是为了完成任务而携带的特殊用具吗？"

"是的。我们这个组织有一些特殊用具，可以帮助我们更好地承载和释放精神力。"小宁点了点头，然后犹豫了一下，补充道，"这次我着急忙慌地回家，一来是组织里的人突然失联了；二来张校长那里情况有变；三来电梯的那件事，需要其他人帮助我一同分析；最后，也是最重要的原因是，原本我有一个任务，需要我某天午夜十二点在一个特定的招聘网站上，给一个招聘信息上的邮箱发简历，可我当天并未找到那个招聘信息，而今这个岗位已另有人选，并且此人似乎比我更适合完成这项任务，所以我想请示一下，后续该如何做。"

说到这里，他话锋一转："只是回来的这一路，我突然想明白了一件事情——仅凭前人的经验代入实际，容易被固定思维束缚，反倒事倍功半。原来心有正气，意志坚定，一片赤子诚心，亦可以战胜世间阴暗。我本以为自己已经见识过广阔的世界，谁知还是太浅薄，与其回家里求助，不如留下来静观其变，随时支援。"

"哦。"我听完后还是一知半解，只明白他暂时不走了，"我不相信这些，但小宁你的执着打动了我，我想知道我怎么才能帮上你。"

"不用了。"宁天策说，"你保持原状就好。"

保持原状就好……我暂且将这话视作夸奖吧，毕竟小宁此时是微笑着的。

"那你以后打算怎么办？"我关心地问道。

小宁虽然口中说着有钱，但其实过得挺拮据的。回家要坐三十多个小时的硬座，中途回来是靠最原始的交通手段——在公路上狂奔。现在家里人也联系不上了，H 市消费不低，继续留在这里想必日子也不会太容易。

"我想夜间多在 H 市转转，顺便旁听一下你的课，可以吗？"宁天策的眼中除了迷茫外，还有一丝我看不懂的东西。

"当然没问题！"我用力点头。

我的课基本都在晚上，月黑风高，尽管我并不害怕，但小宁能陪着我一起，漫漫长夜也就不孤单了。

"你住在哪儿呢？"

要是小宁说暂时没找到长住的地方，打算先在小旅店凑合两宿，而后尽快找到房子搬出去，我就立刻邀请他住在我这里。我的卧室是 404 最大的房间，再加一张单人床绰绰有余，到时候让小宁睡大的双人床，我睡单人床。

"住处倒是不必担心。"小宁说道，"我家在 H 市的国际酒店包了一间套房，房间很大，前段时间我便一直住在那里。"

说着，他从怀中拿出一张酒店名片递给我，我接过一看，险些惊掉下巴。

这是 H 市最豪华的五星级酒店，一个普通的标准间就要两千元起步，小宁所说的套间，这一天的价格……我这种贫穷的学生根本想不到啊！原来，小宁说自己不缺钱是真的！

"不早了。"小宁看了一下外面，对我说道，"你昨夜大概也没休息好，我便不再打扰。日后若是有课，请一定要告诉我，我很想听沈老师讲课。"

"完全没问题。"

送走小宁后，我随便吃了几口饭便躺在了床上，想着这些天发生的事，不知不觉进入了梦乡。

张校长曾对我说过，学校的课程并不紧张，不是每天晚上都有课，她会在前一天将课表发给我，给我充分的准备时间，让我不用太担心。既然昨夜她没有给我发课表，就代表今晚没有课。说实话，我昨天也是挺累的，半夜四点多坐在太平间的地板上睡觉并不是很舒服。现在躺在熟悉的床上，我一觉睡到午夜十二点才被饿醒，于是打算起床泡个面再接着睡。

走出房间烧水时，我看见谭晓明的房间亮着灯，而且好像听到有人说话的声音。我挺担心晓明的，趁着烧水的时间，跑过去敲了敲他的房门："晓明，你搬过来了？"

过了好半天，谭晓明的房门"吱呀"一声自动打开，我见谭晓明坐在床上，而隔壁房间的刘老师坐在我送给李媛媛的马桶上，两人正在促膝交谈。

谭晓明见我进去便往床里缩了缩，抱着膝盖看我。我知道他是在给我让地方，就坐了下来，自然地说："你的这个床板太潮湿了，我今天放到外面晒了晒，这回你睡着能舒服点。"

"我知道。"谭晓明慢吞吞地说道，声音有些哑，像是渴了。

他应该是在我睡觉时与刘老师聊得太久，说得口干了吧。

"刘老师也认识晓明？"我看向刘思顺。

一身中山装、自带文雅气质的刘老师一开口，声音也有些沙哑："我是语文老师嘛，你不带班的日子里，就有我带班的时候。"

他一边说，一边抖抖身上的衣服。这时，我隐隐自他衣服上闻到一股臭味，有点熟悉，好像……好像田博文张嘴时呼出的味道！

想到田博文的口臭，下次见到他，我一定要劝他早日去医院看看。这胃病得多厉害，口臭才能这么严重啊？

"刘老师刚见过田博文吗？"我不由得问道。

"嗯，是见过。"刘思顺脸色不太好，"还被他的虫子糊了一身。"

我听后挺生气的："田博文太过分了，我是新老师，与他们不熟悉，他吓唬我也就算了。刘老师你都教他们这么久了，他为什么还要这么对你？下次上课我一定要好好教育教育他！"

听到我要教育田博文，谭晓明的身体不由自主地抖了一下，不知他是不是也曾受过田博文的欺负。

我用力拍拍晓明的膝盖，给他勇气："晓明不怕，老师一定能够引导田博文改正这些不良习惯，走上正路。"

刘老师也抖了一下，对我说："那个，沈老师啊，你教育田博文没关系，但能不能不要用笔记本拍虫子了，我……我真的……"

刘老师将他珍藏的笔记本送给我，我却拿它来拍虫子，不够珍惜它，是我的错。

"刘老师，你放心吧，今天已经有人提醒过我了，以后我一定会好好保护那个笔记本，绝不用它做记笔记以外的事情。"

"也不用怎么保护它，你就把笔记本放在包里就可以了，别没事拿出来晒个太阳什么的……本子挺旧的，万一晒得纸张发黄变脆就……"刘老师一脸苦涩。

也对，我用力点头，拍胸脯向刘老师保证。

这时我才发现，晓明的穿衣风格和昨天完全不同，昨天还是一身短袖 T 恤搭配短裤呢，今天却是长裤长袖，连手掌都遮住了。他脑袋上还戴着个帽子，垂头不语，专心听我和刘老师说话。

"刘老师，晓明怎么了？好像情绪有点低落啊。"昨天晓明还不是这模样，虽然带着恶意的调皮，但很活泼，不像现在一副死气沉沉的样子。

"哦，是这样的，我在劝他好好学习。"刘老师解释道，"他还小，最好早点从我们学校毕业，去正规的学校接受正规的教育。"

刘老师说得太有道理了，晓明的确需要正规的教育。这所特殊学校，一来没有固定的上课地点，二来上课的老师也不齐全，早点从我们学校毕业，对他更好。

"还是刘老师想问题比较全面。"我感慨道，"我这种刚入职的新教师，只能做一些微不足道的小事，而刘老师却能够从根源上解决问题。我以后要再接再厉，争取早日——"

"你可千万别再接再厉了！"谭晓明猛地抬头，厉声打断我的话，"你这样就可以了！"

我这才看清，他的脸非常红，似乎是晒伤了。

　　"你怎么了？"我拉开他的衣袖，果然，用衣服挡住的地方也都是红彤彤的一片，"你今天不是去看心理医生了吗？怎么这样了？"

　　谭晓明的眼神中满是仇恨，他咬咬牙道："是你……"

　　刘老师飞快地拽了一下他的衣服，谭晓明这才稍稍冷静下来，说道："是你逼我的，是你让我变成这样的！"

　　为……为什么啊？

　　我备受打击，难道我昨晚将晓明从床下拉出来的行为太激进了吗？对于他来说，是床板下更安全吗？

　　"不不不。"刘老师连忙安慰我，"沈老师你别激动，你把晓明的床板拿去晒……不是，是晓明晒不得太阳，他紫外线过敏，他白天去看心理医生，结果过敏成这样了。"

　　原来是这样，但如此一来，谭晓明该如何完成他的课程呢？

　　我将疑问抛给了刘老师。

　　刘老师脱口而出："他可以在线上课……现在网络这么发达，不如我们现在就给他找一个靠谱的网络辅导班，让他加快学习的步伐，争取跟上同学们后面的课程。"

　　刘老师激动之下，袖子掀起了一截。

　　我一下子就看见刘老师露出来的手背上也有伤："刘老师，你的手……"

　　刘老师立刻将手缩回去，想了一下解释道："没事的，就是刚刚跟晓明聊好好学习早点毕业的事情，晓明的情绪有些激动。我年纪大，皮糙肉厚，不碍事的。"

　　我真的又生气又伤心，对谭晓明说："晓明，刘老师一心为你好，你怎么能伤害他？最重要的是，'自助者天助'。你一定要学会坚强，勇于表达，要爱自己、珍惜自己，有什么需求一定要大声地提前说。我要是知道你紫外线过敏这么严重，就跟张校长说了，安排你晚上去看心理医生，我可以白天单独为你授课的！"

谭晓明不说话了，扭头看向墙壁。

刘老师拉着我走出房间，温声劝道："你也别太生气，我刚刚劝他已经有效果了。其实晓明昨天晚上就想开了，你对他那么……好，他不是不领情的。就是小孩子嘛，有点别扭。我好好劝劝他，相信过两天他就会想通了。"

"好吧。"我知道自己继续劝晓明也只会适得其反，便失望地回到自己的房间，连方便面都没心思泡了。

临走前，我还听到刘老师细声细语地对谭晓明说："你都清醒了，何必再逃避现实？而且他还不知道……你回去还有……帮你……若是留在这里，还是要继续面对沈老师……你现在这样子……以后那……"

他声音断断续续的，我听不清楚，而且我也不好听别人墙脚，这不是正人君子所为。

我饿着肚子，失落地躺在床上，拿出手机给小宁发了条信息：谭晓明叛逆期，不说自己紫外线过敏结果被晒伤了，还情绪不稳定，伤了刘老师，我该怎么办？我太没用了。

小宁也没睡，看来也是个熬夜的人，收到我的信息后他立刻就回复了：让刘老师劝他吧，相信谭晓明很快就能想开了。

第二八章 教育

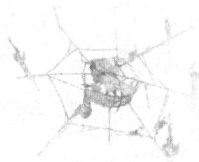

在宁天策的安慰下，我的心情一下子变好了。我是个职场新人，很多事情自然要向老前辈刘老师请教，教学效果不及他是非常正常的。我们从事教育工作的人，自己的得失其实并不重要，关键是那些正处在人生岔路口的学生，只要他们能够选择正确的道路，那我这个老师就算受点委屈，又有什么关系呢？

聊了一会儿，我问他：这么晚还没睡？你好像每天都睡得很晚呢。

走歪路的小宁：我每晚会吸收星月精华，是以睡得有些迟。另外，近几日我有些担心你——

看到这一句话我心花怒放，在输入框中敲下一句：谢谢，我对你也是同样的心情，我也担心你。

但我还未点击发送，小宁便又来了一条消息：的室友。

我默默将未发送出去的信息删除，收起澎湃的情绪，换上专业冷静的语气：是的，晓明的情况确实挺让人担忧的，希望刘老师能够早点帮他解开心结吧。说起来，我还有一位学生挺过分的。

我的手指飞快地在手机上按动，将田博文的事情简单地陈述了一下。在我看来，刘老师应该是深受学生爱戴的老师，田博文连他都欺负，实在是过分了。

这样的学生，也不知该用什么方式教育引导。我将我的疑问发给了宁天策，还同步将事情经过和疑问发给张校长。

张校长这么善良有责任心的人，应该很了解学生们的情况，她也许能给我提出有用的建议。

两条信息同时收到了回复，我先看小宁发来的：具体情况具体分析，也许再多深入了解一下你的学生，你的疑问就迎刃而解了。说起来，我会在 H 市住一段时间，还缺少一些日用品，明天你有时间吗？

必须有！我迅速与小宁约定好时间去买东西，就约在夏津工作的那个商场，我经常在那里做兼职，有商场发放的代金券和打折卡，当然是去那里购物比较划算。

接着，我再看张校长发来的信息：田博文的行为十分恶劣，超出了恶作剧的范畴。沈老师想做什么都可以放手去做。

这话令我心生犹疑，田博文的行为确实不对，但身为老师，应秉持着包容的心态面对学生。想做什么都可以放手去做？这话是不是有点不对？

张校长又发来语音消息，断断续续的：刺啦……至上……刺啦……生命……他曾经伤害其他学生，屡教不改……罚……刺啦……这违背了原则……刺啦……

过了一会儿，张校长发过来一行字：遵纪守法，便宜行事。

我顿时心安不少，张校长还是那个张校长。

想着宁天策的"再多深入了解"、张校长的"便宜行事"，我忽然有了主意，心情好了不少，只是饿得更厉害了。出去泡了碗面，见谭晓明的房间也熄了灯，我便端着泡面回房间，吃完面安心躺下了。

第二天一早，闹钟八点钟准时响起，我摸手机的时候摸到了刘老师的笔记本。

这个笔记本虽然老旧，但封皮质量异常好，纯皮的触感，看着能防水的样子。也正是因为它的质量，我才能够放心地用它拍虫子、当坐垫，因此笔记本的护封沾上了些污渍。

我翻开笔记本，见上面多了一行其他人的字迹：

> 今天我继续带晓明去看心理医生。放心，已做好防晒措施，沈老师不必担心。另记，请老师不上课的时候不要带笔记本出门。

字迹非常飘逸，像是有多年练字功底的人写的，很符合刘老师给人的印象。

只是，刘老师写的是繁体字，若不是多年来我有看各种版本图书的习惯，有些字还真不一定能看懂。

他真的是很珍惜这个笔记本，一定是十分重要的人送的吧……

那我用它打虫子、当坐垫实在有点过分，正好，宁天策有一个"小宁专用"笔记本，不如我再弄一个"沈建国专用"笔记本好了。

我用毛巾好好擦了擦笔记本的封皮，又给它上了点无色透明的保养油，将之倒扣在窗台下。

细心地呵护了笔记本后，我才出房门去洗漱。与小宁约定的购物时间是上午十点，我们直接在商场门前集合，从彼岸小区坐公交车到商场大概需要一个小时，时间已经很紧张了。

我在楼下的早餐店匆忙吃了豆浆油条后冲上公交车，赶在九点五十分抵达商场。我刚下公交车，就见一辆豪车停在路边，宁天策从车里走下来。

仿佛注意到了我的视线，他直接抬眼看向我，下一秒笑了笑，走了过来。

此时的我已经看不到宁天策了，视线锁定在那辆价值千万的车上。直到车开走，宁天策的手在我眼前晃来晃去，我才缓过神来。

"那辆车……"

小宁轻描淡写地说道："那是我们组织的人在 H 市用的专车，司机是酒店提供的。"

我捂了一下胸口，那里有些痛。

原来小宁是真的有钱，这么有钱的他，还为了锻炼自己坚持坐硬座，实在是……厉害，令人佩服！

此时再看宁天策，他全身上下似乎被一层灿烂的金光笼罩，看起来非常"昂贵"。

他再度挥了挥手，问道："怎么了？走吧。"

望着他坦然明朗的笑，我心中生出的顾虑一下子消失了。我跳过去猛拍他的肩膀，哈哈笑道："小宁，你今天没穿汉服还挺帅呢！"

宁天策的脸微微红了："汉服是工作时才穿的，平时我当然不会过于张扬。"

"可是你昨天去医院找我，穿的也是汉服啊，那会儿你不是刚从火车上下来吗？"我回想了一下，似乎只有上周六白天在商场见到他的那次，他才穿着日常的衣服。

宁天策的脸更红了："在公路上奔跑时换的。"见我震惊的样子，宁天策连忙补充了一句，"坐火车时，我穿的黑色半袖和长裤，只要一边跑一边把汉服外套套在外面就行了。"

不热吗？我心想。

"我们组织的汉服是一种特殊材料制成的战斗装备，在面对异体时能给予穿戴者一些力量的加成。"小宁解释道，"我来此时间尚短，与异体交锋还需要外物辅助。既已怀疑你身处危险之中，去之前，自然要做万全准备。"

一时间，我竟不知道该为他被某些思想荼毒得太深而痛心，还是该为他对我的关心而感到暖心。

唉，我再一次坚定起来，我一定要帮助小宁学好科学，认清这个世界！

夏津工作的商场一楼是个大超市，里面的商品应有尽有，还有特价的衣服可以买呢。因为经常在这里兼职，我对这些可谓如数家珍。

宁天策缺少生活用品，我自然而然地领他走进了超市。如果他还需要平时穿的衣服，一会儿再上楼便是。

没过多久，听说我们来购物的夏津也在百忙之中抽空下来招待我们。我摆手道："你去忙吧，都是老同学，还用得着这么客气？"

"谁来接待你了？我是招待宁专家的。"夏津踢了我一脚，并热情地对小宁说，"宁专家若是有看中的，直接拿走就好，账记在公司上就行。"

宁天策摇摇头："我们有规定和原则，绝不白拿一针一线。上次也不是因为我事情才了结，你不必如此。不过，你若只是想商场日后无忧，倒是可以雇佣沈老师来工作，有他在，万事无忧。"

　　说起来，我真的可以再找一份工作，培训学校上课时间都是在晚上，每月还不超过十节课，我白天上班，压根儿不耽误事！

　　我立刻向夏津自荐，表示我可以不要很高的工资，也不必专业对口，做个商场内勤什么的都可以。

　　"我们市场部倒是真的需要招人。"夏津看看我，"可你行吗？"

　　"我可以先实习一个月，不要工资。"我说道，"一个月后，你们觉得我还行，再给我发工资，觉得我干得不好可以直接让我走人。白收一个干活的人，怎么样？行不行？"

　　我现在并不急用钱，多从事一些工作积累一些经验也不错。

　　"倒也是。"夏津点点头，"明天你交份简历过来，我们人事部会讨论一下的。"

　　兼职一事有希望后我挺开心的，拉着小宁到处买东西，买着买着，我忽然看着货架上的杀虫剂，很是心动。

　　自从知道田博文塞在嘴里吓唬我的虫子是活物，他还养了许多这样的虫子之后，我就有点害怕田博文的虫子了。而且刘老师被这些虫子糊过后，身上就沾了臭味，也不知是什么原理，但我想最好不要让这些虫子近身。

　　所以，我站在杀虫剂的货架旁，不太想走了。

　　宁天策见状，便问我："怎么了？"

　　我对小宁说出自己的想法。

　　宁天策想了想，从货架上拿下一瓶喷雾型的杀虫剂，然后递给我："用这个就行了。"

　　与宁天策开心地逛了一天街，小宁还送了我一套休闲服，他说上次在仁爱中学时撕破了我的衣服，对此感到抱歉，所以赔我一套。我一直拒绝，可小宁已经连他的几件衣服一起结账了，他说这是出门时组织里的前辈给的银行卡，里面有多少钱不清楚，反正从来没缺过。

我木然地接过宁天策送我的衣服，带着杀虫剂回到了404室。

我刚进卧室，就见笔记本不知什么时候掉在了地上。我走之前将窗子打开了，大概是被风吹掉的。

好在我早晨擦了地，笔记本并没有脏，否则刘老师又要心疼了。

我将笔记本捡起来，放在枕边，自己则靠坐在床上。

明天我先把简历准备好，然后去找夏津，争取拿到这份兼职工作。市场部的话，策划、宣传这些工作跟我的专业都不相关，比较适合我又能迅速累积资金的就是营销岗，只要业绩好，就算是实习生也能拿到提成，唯一的缺点就是辛苦一些，好在我身强体壮、脸皮厚，想来应该不是问题。

想着想着，我没关卧室门就迷迷糊糊睡着了，不知过了多久，我被一阵窸窸窣窣的声音吵醒。

我睁开眼就见戴着口罩的刘老师蹲在我的床下，房间里黑乎乎的，不知道他在做什么，真是吓死我了！

我一下子蹦起来，打开床边的电灯开关，室内大亮。我一眼看见刘老师蹲在床边，手搭在我随手放在枕边的笔记本上。

"刘……刘老师，你大半夜的干吗呢？"幸好我胆子大，也就最开始惊了一下，换成一些身体不好的，心脏病都得吓出来。

刘老师的脸虽然被口罩遮住，但我还是看到了他眼中流露出的尴尬。手搭在笔记本上没放下，他低声道："我……我趁着半夜来看看我的笔记本。"

原来是这样，刘老师真的很重视这个笔记本，我继续拿着是不是有些夺人所爱？但这是他自己送给我的，既然如此喜欢，为什么要送人呢？

他不好意思开口，那最好是由我做这个出尔反尔的人吧。

"刘老师，其实我一直想对你说，这个笔记本实在是太贵重了，每一张纸都透着厚重的历史感，给我这样大大咧咧的人使用其实很容易将本子用坏。那个……要不我还是把它还给你？"我试探地问道。

"当然没问题！"刘老师飞快地将笔记本抱在怀中，"其实它该保养了，我半夜进来也是想偷偷帮你保养一下。"

"我今天已经给它上过皮衣保养油了，还特意倒扣过来让它晒了一下太阳。里面的纸张比较旧受不得阳光，不过皮质在打油之后，晒一晒还是有好处的。"

"你你你……好的，谢谢你，但我还是要再保养一次。"

见他感动得热泪盈眶的样子，我有点开心。这就是我，沈建国，一个善解人意的老师，将来我还会成为更加优秀的人！

我起床喝水的时候，见客厅里的刘老师将笔记本摊开，正细心地拿着一瓶睡眠面膜涂在笔记本封皮上。看来刘老师应该是一个节约的人，连睡眠面膜的瓶子都舍不得扔，还拿它装保养油。

"晓明回来了吗？"我一边喝水一边与刘老师闲聊。

"他已经醒了。"刘老师叹道，"昨夜在我的劝说下他终于想通了，决定回……决定接受系统治疗了，学校那边我也跟张校长说了，让她安排好。"

"那经济方面呢？"我记得谭晓明似乎也没什么亲人了。

"这些都不用担心，张校长会想办法解决的。总之，我们404的成员又变成两个了，你看，晓明的床板都搬走了。"刘老师推开谭晓明的房间，那里已经只剩下一张空床和我送给媛媛的马桶了。

感觉刘老师有些惆怅，我安慰道："刘老师不用伤感，谭同学的离开是为了更好的未来，离别时伤心是难免的，但我们更应该替他开心。"

"我没有担心他，他年纪小，很容易摆脱这里的影响，很快就能恢复。我是在想自己。"刘老师虽然戴着口罩，眼中却是藏不住的忧愁，"我这日子究竟什么时候是个头啊？"

说着他的眼泪不由自主地滴下，连我也跟着伤心起来。

刘老师看面相也快四十岁了，这个年纪还没成家立业，住在公司提供的宿舍中，与我这样刚毕业的学生挤在一起，也是相当不容易的。他一定很希望在 H 市有房子，有一个属于自己的家。

这样的话我就没法安慰他了，因为我自己也没着落呢。

我正垂头丧气呢，刘老师问道："张校长刚刚告诉我，明天晚上有你的课，我能不能去旁听？"

"当然没问题，欢迎刘老师指正。"我开心地说道。

刘老师是经验丰富的老教师，他愿意听我的课是我的荣幸。

刘老师叹道："指正不敢说，我就是担心你没有笔记本，学生们会闹……唉，也是我瞎操心。"

聊了一会儿天，我又困了。和刘老师道别后我回房休息，临睡前看了一眼手机，果然，有一条来自张校长的信息，她要我明天晚上十二点在 H 市师大老校区教学楼多媒体教室上课。

作为 H 市的大学生，师大老校区我还是很熟悉的，老校区虽然没有废弃，但是已经没学生了。

一般来说，学校的建校地址大多偏远，远离闹市，师大老校区亦是如此。自然，也少不了各色耸人听闻的传言。

后来各大高校扩招，旧校区无法容纳太多学生，由此，H市政府专门规划了大学城。师大也在大学城建了新校区。其他学校就算建了新校区，旧校区依旧有很多学生，师大就搬得比较彻底，旧校区现在已经没有学生了。据说学校已经决定将旧校区出售，正在与一所专科学校洽谈。

这一次的上课地点真是令我惊喜，师大旧校区，我去过的。学校一直有人维护，各项设施虽旧但依然可以使用，多媒体教室想必也是如此。

我做的 PPT 终于可以派上用场了！

至于那些传说，我从来没当回事。

当年我也去过师大，还是女生宿舍。

那时我的一个大学舍友在师大交了个女朋友，每天聊微信到半夜，躲在被窝里一个劲地乐。

突然有一天，舍友说他女朋友的宿舍每天晚上都能听到外面走廊里有人拍皮球，"咚咚咚"的声音特别吓人。她们女生不敢出去看，只能整夜整夜地忍受这种恐怖的声音，失眠到要崩溃，他女朋友已经出现抑郁症的征兆了。

我一下子听出了舍友的想法，立刻说："这分明是有人素质极差，半夜扰民，就应该有正义之士站出来制止。要是我，早就冲出宿舍喝止这一不文明的行为了。"

舍友说："那说好了，咱俩明天一起去师大女生宿舍待一晚，看看到底怎么回事，把这件事了结了。"

我一听，感觉不是很妥当，两个大男人在女生宿舍里待一晚上，成何体统？

不想舍友的女朋友听舍友这么说了后，哭着非要我们来，因为她们实在是受不了了。她们向学校报告了好几次，学校老师也来查看过，最终什么都没发现，反而怀疑是她们故意捣乱。

于是，在女生们的掩护下，我与舍友一起坐在了关了灯的女生宿舍里。

到了午夜十二点，我们果然听到"咚咚咚"的声音。舍友立刻站在椅子上，透过门上方的小玻璃窗往外看，小声地说他就没看到走廊上有人，走廊上什么都没有。

我觉得他没用极了，既然看不到，那人一定是在小窗下方啊！只有窗下是死角。

于是，舍友又趴在地上从门缝往外看，他只瞧了一眼就惨叫一声，抱着女友大哭，差点吓得屁滚尿流。

我问他看到了什么，舍友说看到一双红色的眼睛，然后便和女朋友一起抱着号啕大哭。

我实在看不下去，不顾众人阻止打开了门。

一开门，我就见一人倒立在宿舍门前，头不断撞击地面。这人脸色惨白，眼睛里满是血丝。

宿舍里的女生们看到这一幕，抱成一团大哭起来。

有啥可怕的？我就见不得这种自己吓自己的事情，便凭借着我过人的臂力，抓住那倒立之人的双脚，将人正立起来，还给她翻了个面。

我把这位故意吓人的女同学推到走廊墙壁上，怒道："你为什么要吓唬人？！"

她说："我不是吓唬人，而是我只能保持那个姿势。"

我心想：骗子，现在她不就被我立起来，头朝上了吗？

于是我劝她："你想倒立锻炼手臂力量，我很认可，毕竟运动是让人开心的一件事。可大半夜的，你在其他同学宿舍门前倒立着锻炼身体就不好了。这次我放过你，如果你再有下次，我肯定会上报学校。学校为了学生的身心健康很有可能会开除你。你好不容易考上大学，未来有大好前途呢，为这样的事情被开除真的值得吗？"

女同学哭了。

我见她可怜，就问她是哪个寝室的，要送她回去。

她摇摇头说："不用，我可以自己回去。"

于是，她慢慢转身离开。

我回到舍友女朋友的宿舍，一屋子女生崇拜地看着我，舍友的女朋友更是一脚将我的舍友踹开，热情地拉住我的手说："你真是太厉害了，好有安全感。"

我立刻将她的手推开，男女授受不亲。不过，既然事情解决了，再待下去就不合适了。于是，我背起脚软的舍友，在女生们的掩护下离开了，不留功与名。

事件的后续，是当晚舍友与其女朋友火速分手，他前女友及其室友三天两头发信息约我吃饭说要感谢我，都被我拒绝了。

想着上次宁天策说如果我去授课希望能旁听，我便将上课的时间和地址发给他，提议他和我一起坐校车去上课。

小宁果然又在熬夜，立刻就回复了信息：**详细说一下你们的校车**。

难得有小宁感兴趣的话题，我一下子有些激动。

于是，我组织了一下语言，将从第一个晚上上校车到上一次司机同情谭晓明的所有细节全部告诉了宁天策。

谁知，小宁的关注点很特别：**你把夏津性格大变的事情再细说一下**。

听我细说后，小宁的状态一直是"对方正在输入中"，可始终没有信息发来。

我等得快睡着了，才收到一条字数不多的消息：**夏经理有**

你这样的朋友，也不知是幸还是不幸。

我看了老半天，无法辨别这是夸我还是损我，最后我在思考中睡着了。

第二天白天，我带着简历去夏津公司面试。这次我放平心态，虚心做人。我向人事部表明，我虽然是研究生毕业，但工作经验不足，愿意在公司学习，希望用人单位能给我一个机会。

果然，人事部看我态度诚恳，答应了。我被分配到市场营销部，底薪八百元，有业绩可提成。虽然工资很低，但也是我为了积攒经验向前迈进的一大步。

刚到工作岗位的新人就是要少说话多做事，默默观察学习，低调做人。

我一整天都秉持着这个原则，牢记我们公司的产品特点。好在我毕竟是文科生，需要背诵的科目非常多，记忆力还是相当棒的，第一天就将要点记下了八九成。

带我的领班叫卢光熙，比我还年轻，业绩却是公司最好的，才二十五岁就已经年薪百万了。

卢光熙的收入，令我对这份工作信心倍增。

平日商场没有促销活动时，行政部门一般是下午六点下班，商场导购则是晚上九点下班，后勤部门最后离开。至于我，因为是销售人员，自然是要出外勤的，工作时间相对自由。

回到家后，我又精神抖擞地复习了一遍准备好的教案，晚上十一点三十分时，刘老师已经准备好，在门口等我了。

刘老师很爱穿中山装，而且这种服装似乎特别贴合他的气质，让他整个人很温文尔雅，充满书卷气息。

宁天策住的酒店离我家比较远，早上我醒来时收到了他昨晚发来的消息，他拒绝了跟我一起乘坐校车，只说在师大旧校区门前集合。

入夜后便下起了淅淅沥沥的雨，刘老师撑着一把油纸伞行在雨中，神色悠然。至于我，在我的观念中，下雨是根本不需要伞的。雨小不用撑伞，雨大撑伞也没用。刘老师邀请我一起躲雨被我拒绝了，今天雨不大，雨丝打在身上还挺舒服的。

司机大哥十分准时，我们等了不到一分钟，校车就开到了小区门口。我与刘老师上车后，刘老师似乎很震惊，他问道："乘客们……不是，这些椅子怎么变成绿色的了？我每次坐都是红色的啊！"

司机淡淡地扫了我们一眼，用他一如既往平静的声音说："乘客们出行改成步行了，说是夜跑更健康，总比被人一拳打得灰飞烟灭强。"

刘老师深吸一口气，良久后才能言语："这辆车现在就剩你一个了，你每天晚上要开车，真是不容易。"

司机大哥叹道："彼此彼此，我也就接送一下，你比我更不容易。"

"唉，万般皆是命。"刘老师摇摇头。

我听了半天，他们应该是在说上夜班的事情。司机大哥每天晚上送我到学校后还可以休息一下，刘老师和我却要连续上两个小时的课，他年纪又比我大，确实不易。

我们是很辛苦，但能够拯救像谭晓明一样的学生，我甘之如饴。

"今天有一个新学生，她不清楚学校的位置，我得先接她一下，稍微绕一下路。"司机大哥忽然道。

"咦？张校长还在收新学生？"刘老师一脸震惊，"不就只有我们这些人吗？新学生从哪里来的？"

这其中似乎有什么隐情，听着像是只有这一届学生，难道他们毕业后，张校长就打算闭校吗？那我怎么办？会不会失业？

我状似不在意，实际上竖起耳朵听他们谈话。

"不算是新学生，是才找回来的。"司机大哥说，"以前只知道有这么一个人，一直不知道这个人在哪里，最近张校长把她找到了，便把她安排过来了。这些年她一直在外面飘……漂泊，也不知变成什么样子了。"

"一直在外可不好啊……"刘老师担忧地摇摇头，"也不知道现在是个什么情况了，只怕……"

我暗暗点头。

作为一所特殊学校，主要目的是引导这些学生重新过上正常人的生活。这位同学自己走失，精神本就不太好，又没有学校保护……

唉，也不知这位同学会变成什么样子了。

我正思考时，司机停了车，车门打开，外面传来淅淅沥沥的雨声。

雨似乎变得更大了啊……

一个穿着雨衣、挡着脸、个子不高的人上了车。她雨衣上沾满雨水，校车的地板立刻湿了一大块。

她上车后，四下看看，便径直走向我。

刘老师似乎很紧张，跑到我身前拦住这名学生："段友莲，你还是坐在我旁边吧。"

她抬起头，雨衣的帽子滑了下去，露出一张苍白又普通的脸："这里为什么有人？"

这时就不能靠刘老师帮我打圆场了，我站起身对段友莲友好地伸出手，热情地说："段同学你好，我是新来的老师沈建国，请多指教。"

段友莲盯着我，一掌就将刘老师推开——这一推，竟然让刘老师从车厢前端滚到了最后方。她的力气到底有多大？一定是自己在外面漂泊吃了不少苦。

她没有伸出手，而是歪头凑近我，在我附近闻了闻，重复了一遍方才说过的话："这里为什么有人？"

司机大哥宛若看不见发生了什么，目视前方，专心开车。刘老师摔到一边后，就一动不动地躺在车上佯装晕倒。

"学校缺老师，张校长在网站上发布了招聘信息，我是教育专业的研究生，投递简历后被张校长录取，有幸成为贵校的老师。目前正式授课只有一次，如果你有需要，我可以私下为你补课，但考虑到今天还需要上课，得接着上节课的内容继续往下讲，你要是听不太懂，就做好笔记。"

段友莲看起来很难与人正常交流，但我还是要本着一名合格教师的精神，与她进行正常对话。就算今天她听不懂，只要我多重复几次，她一定能慢慢理解的。

"人……"她离我越来越近，用一种古怪的视线看我，眼珠几乎不会转动。

"我知道你肯定没有笔记本，巧了，今天我带了一个新的笔记本，就送给你做礼物吧。"我从书包中拿出一个一块钱的薄笔记本，用两块钱的碳素笔在封皮上写下"段友莲"三个字，连笔带本了一起递到她手上。

她没有接，视线落在笔记本上，歪头盯着不放。

我一直抬着手，坚持要让她接着。我要让这位新同学看出我的诚意，让她能够敞开心扉接纳我。

大概是我的诚心感动了她，段友莲露出雨衣下面的手，不过她没有拿笔记本，而是将手弯成爪状，同时嘴里大叫起来。

我一眼就看到——妈呀，她的手指甲起码有十厘米长，就算涂了红色的指甲油，指甲内部也明显有黑乎乎的淤泥。

她也太不讲卫生了，这指甲肯定是留了很多年，还涂了指甲油，怎么就不好好注意下卫生？

下一秒，她竟将指甲向我的眼睛戳来。

我连忙抓住她双手的手腕，用全身的力量将她制伏。她被我碰到就开始尖叫，我瞬间有些迟疑。

她是不是对男性有抵触心理？方才就不乐意同我握手，对身为男人的我表现出攻击性，现在又反抗得这么激烈……但稍一松手，她就要攻击我，我不得不继续压制她。

我尽可能安抚她："你不要怕，我是好人，不会伤害你，最多……最多帮你剪一下指甲，你指甲太长了，这很容易滋生细菌的。"

我一边说，一边从腰间摘下钥匙链。

经过谭晓明的事情后，我便将使用了多年的折叠小剪刀、指甲刀与钥匙挂在了一起。果然，有准备的人什么时候都不会慌，此刻，指甲刀就派上了用场。

段友莲十分瘦弱，手腕特别细，我一只手就能将她两个手腕并在一起抓住，另一只手拿起指甲刀，剪掉了她大拇指的指甲。

一截指甲落地，司机猛踩刹车，整个车剧烈地晃动。幸好我及时用脚钩住旁边的栏杆，否则就要飞到驾驶位上去了。

"师傅，怎么了？"百忙之中，我不忘向司机大哥发问。

"没事。"司机大哥说道，"被你剪指甲吓到了。"

我理解他，我也被这么长的指甲吓到了呢。

刘老师因为刚才刹车产生的惯性滑到我身边，他捡起地上的长指甲，一脸同情地看着段友莲。

"刘老师别害怕，很快的。"我安抚他道。

说话间，我拿起指甲刀，手起刀落，"咔嚓""咔嚓"，飞快地将段友莲的长指甲剪掉，不到两分钟，她的指甲就变得平整而干净了。

一开始，段友莲不停地尖叫挣扎，等我剪完一只手后，她便安静了。倒是刘老师，我剪一截指甲他就在我身后吸一口气，太不冷静了。

十个指甲剪完，段友莲彻底安静下来，坐在椅子上一动不动。我将笔记本放在她的膝盖上，柔声道："你无须用锋利的长指甲来保护自己，老师会保护你不被人伤害的。"

刘老师将剪断的指甲一一捡起来，用颤抖的双手捧起它们递给段友莲："留……留个纪念吧。"

段友莲没动，我就将这些剪下来的指甲夹在笔记本中递给她。

这一次，她终于收下了笔记本，将它抱在怀中，呆呆地看着窗外连成串的雨滴。

"我叫沈建国，你可以叫我沈老师。"我热情地说道。

"沈……老……师？"段友莲重复道。

"对，没错。"我一脸欣喜地对刘老师疯狂眨眼暗示——看来段同学恢复理智了，赶快帮我一把啊！

刘老师坐在段友莲身边的位子上，宽慰道："认命吧，既然被张校长找了回来，你就应该知道接下来会面对什么。"

"为……什……么？"段友莲问道。

刘老师不知为何，竟哭了出来，大概是太心疼段友莲了吧。他擦了擦泪说："我怎么知道？"

我听不懂他们的话，应该和过往经历有关，这是我无法融入的世界。

还好在刘老师的劝导下，段友莲渐渐变得平和起来了。

晚上十二点，校车准时抵达师大门前，我一下车就见到了撑着伞等在门口的宁天策，他穿着一身汉服。在夜色、昏暗灯

.136.

光的映照下，雨夜中的宁天策显出几分神秘的感觉。

跑到宁天策的伞下，我有点不敢靠近他。方才与段友莲僵持间被她的雨衣打湿了衣服，我现在挺狼狈的。

小宁望着我，皱眉道："怎么回事？你现在这副样子怎么去见学生？"

"没事。"我不在意地说道，"刚在车上不小心蹭到小段的雨衣了，一会儿就干，靠体温蒸发！"

宁天策的目光瞬间变得犀利，他看向站在一起的段友莲与刘思顺。

我为他引见："这位是刘思顺刘老师，我上班以来多亏他照顾；她是段友莲，新来的学生，很怕生。"

接着，我又对他们二人说："这位是宁天策，他是来听课的，也已经经过了张校长的同意。"

段友莲脸色大变，往后退了两步，似乎是想退回校车上。可司机大哥在我们下车后就迫不及待地走了，哪儿还有退路？

刘老师倒是挺热情的，对宁天策点点头道："前几日多谢小宁了。"

"举手之劳。"小宁也微微颔首。

两人对视片刻便别开脸，似乎彼此之间有了默契。

"你们之前见过？"我问小宁。

"嗯，一面之缘。"宁天策并未多说，看来又是一个我不了解的故事。

段友莲不愿与陌生人接触，抬腿想跑，被刘老师一把拉住。

"唉，你能跑到哪儿去呢？"刘老师叹气道，"指甲也没了，去哪儿不都是被孤……其他人欺负。还不如跟着张校长，最起码班级里没人敢乱来。还有沈老师……"

"指甲？"宁天策皱眉问道。

"哦，她指甲太长了，我帮她修剪了一下。"我没有提到方才跟段友莲之间发生的摩擦。

"剪掉了？"

"嗯，我的指甲刀很好用的。"我拿出钥匙链递给宁天策。

宁天策接过钥匙链看了一眼道："这指甲刀你用很久了。"

"嗯，高中就开始用，算起来有十年了。刚买的时候可锋利了，我那会儿笨死了，还剪到过肉呢。"我不好意思地说道。

"挺好的，带着吧。"小宁将钥匙链还给我。

师大校园我比较熟，我轻车熟路地带着余下三人一起往教学楼方向走去。

与前两次授课的环境不同，远远地，我就看到了灯火通明的师大教学楼。大厅和走廊里是暗的，但我一跺脚声控灯就会亮起来。今天我的充电强光灯白带了。

一楼门厅的灯一亮，就见田博文站在大厅中间，冷冷地看着我们。

一见段友莲，他顿时露出不怀好意的笑容："哟，这不是小莲吗？怎么又回来了？"

他撸起袖子，露出手臂上一道长长的疤痕："上次你抓我那一下可是很疼的，我一直在等你呢。"

上次？我立刻挡在段友莲前方，对田博文说："你还与小段发生过争执？你是不是欺负过她？"

"你看我这疤，是她伤了我好吗？不过她也没占到便宜，被我的小宝贝爬了一身。"田博文说着，袖子中就有一堆虫子掉下来。

我只是看到就觉得恶心，何况段友莲是个女孩子，还被他丢虫子吓唬过，这得多难受，怕是给她留下心理阴影了。

刘老师也不喜欢田博文，但只说："还是别堵在这里，赶紧回教室去准备上课！"

田博文冷笑："别人都怕老师，我可不怕。我就不去上课。"说着，更多的虫子从他的衣袖中落了下来。

我脑子一嗡，下意识地从包里掏出杀虫剂对准田博文。

田博文继续冷笑："区区杀虫剂就能奈何得了我的宝贝吗？我的宝贝可是在——"

话还没说完，我的杀虫剂已经喷向落在地上的虫子。他脸色一变，抓着头发惨叫道："这是什么东西？为什么会伤到我的宝贝？不，不要再喷了，我去上课，我会好好上课的！"

既是如此，那我便把杀虫剂收起来，让田博文把满是虫子的地板收拾一下，而后赶紧来教室。

宁天策表示他要留下来监督田博文，我想了想同意了，领着其他人往教室走去。

此时教室里已经坐满了人，我大致点了一下人数，除去还未来的田博文，加上段友莲，正好二十三人。

穆怀彤与上次一样坐在教室第一排最中央，托腮专注地望过来。

然而，她在见到段友莲后，原本微笑的表情凝滞下来，她盯着刘老师，问道："段友莲怎么回来了？"

小段人际关系好像有点问题，田博文也就算了，他带着虫子到处走的样子就不讨喜，他与小段关系不好情有可原，但是穆怀彤……

段友莲没说话，直接坐在穆怀彤身边的位子上。她身上的水一滴一滴滴下来，眼看就要落到穆怀彤的红色皮鞋上。穆怀彤尖叫一声，站起来躲开，对段友莲说道："你给我滚开！"

穆怀彤的情绪激动起来，她长长的黑发飘来飘去，像起了静电一般飞起来，马上就要缠到段友莲身上，但在碰到雨衣上的水后，潮气让静电消散，她的头发又服服帖帖地垂了下去。

　　刘老师直接缩在角落里作壁上观，似乎不想插手。

　　也是，这是我的课堂，他确实不好出头。

　　我大跨步走了过去，站在两人中间，先问道："你们谁有皮筋？穆怀彤，你得把头发绑起来。"

　　穆怀彤似乎要哭，眼睛一下子红了，她瞪着我说道："你竟要把我的头发绑起来？"

　　"你的头发又长又漂亮，可是头发太长会挡住眼睛，影响视力就不好了。"我说道，"而且，梳一个漂亮的发型不好吗？要不，老师下节课送你一瓶发胶？"

　　听到发胶，穆怀彤全身一颤，乖乖地伸手将长发编成一个大麻花辫，还聪明地用一缕头发绑住发尾，让头发不至于松散开来。

　　"嗯，这样才是好学生。"我满意地点头，又对段友莲说，"小段，已经到教室里了，室内又不下雨，你是不是该把雨衣脱下来了？雨衣上这么多水，会影响其他同学上课的。"

　　段友莲冷笑一声，说道："刘思顺！"

　　"好的！"刘老师立刻应道。

　　只见刘老师不知道从哪儿弄来一大瓶矿泉水，容量一升的那种。段友莲用苍白的手指接过矿泉水，打开瓶盖，翻转瓶子，让水从自己脑袋上浇下去。

　　"我就是喜欢往自己身上泼水，怎么样？"段友莲一脸恶意地问我，"你厉害，能剪掉我的指甲，但你能弄干我身上的水吗？你知道我身上的水是哪里来的吗？你知道我经历了什么吗？"

　　唉，看来小段也是有一段惨痛经历的。

　　矿泉水从她身上落到地上，慢慢在教室里漫延。看着这样的段友莲，我感觉越来越冷，甚至觉得现在不是夏天，而是寒冷的冬季。

一定是小段的心过于寒冷，将这种冷意传递到了我身上。

尽管这是在课堂上，身为一名老师应该注意形象，可面对伤心的小段，我必须做点什么。

因为讲课时间太长，会口渴，上次我带了一瓶矿泉水，这次我背包里放着一瓶可乐。不过略一思索后，我还是果断地拿出那瓶可乐，打开瓶盖将可乐从自己的脑袋上倒下去。

黏糊糊的可乐滴落在我脸上，我下意识地舔了一下，还是蛮好喝的嘛。

碳酸饮料那满是二氧化碳的泡沫在我脑袋上、身上滋滋作响，我带着一身泡泡对小段说："老师不知道你过去遭遇了什么，但现在老师可以陪你！"

此时，我心中无比坚定，只有一个想法——小段现在仿佛悬挂在悬崖边缘，她的一切行为都是在向人求救。我若是稍微露出半点厌恶的表情，就会将她推入深渊。可我要是拉她一把，就能将她拽回来。

坚定的信念让我的身体重新温暖起来，我一点也不觉得室内寒冷了。

我就这样顶着一脑袋的可乐走向段友莲，她却后退几步，摇着头说道："不会的，全世界都嫌弃我，你也是装的。"

我诚实地回答她："今天你若只是擦肩而过的路人，我可能会说一句'这女生怎么如此不讲究'。可今天我是老师，你是学生，作为老师，我绝不会嫌弃任何一名学生。"

我向她伸出手，她低头盯了一会儿，别过头道："满手可乐，谁会和你握手？"

说完，段友莲就扭头走到刘老师身边坐下，还拿出了我送她的那个一块钱的笔记本。

教室内的其他学生都没有说话，一直专注地看着我们。

我有些不好意思地走上讲台说："虽然刚才发生了一些小插曲，但课还是要继续上的。大家鼓掌，欢迎段友莲同学重新融入我们这个集体中。"

教室内响起稀稀拉拉的掌声。

梳着长长的麻花辫的穆怀彤托腮看我，笑道："沈老师湿淋淋的样子很可爱。"

"喀喀，不可以取笑老师。"我翻了翻衣兜，发现自己没有带面巾纸，失策了，这个样子讲课，着实有些尴尬呀。

这时教室里走进一个人，是宁天策。

他一进入教室，气氛就又变得凝重起来。感受到这一点，我迅速向大家介绍："同学们好，这位是宁天策同学，他……他虽然已经毕业工作了，但也有好学之心，利用工作之余旁听一下我的课。他不会打扰大家，希望你们能够友好相处。"

"呵，他是利用工作之余听课，还是来工作的？"穆怀彤态度并不好。

我不知该怎么解释，毕竟小宁一直认为这些学生不是人。让小宁过来听课，有我的私心——宁天策看到我的这些学生，想必也能明白自己的错误。

这时刘老师起身帮宁天策解释："宁……宁天策是个好人，前几天还救了我，他不是那种迂腐的人。"

刘老师在学生中还是很有威信的，有他圆场，穆怀彤也只是哼了一声。

"田博文呢？他怎么没跟你一起来？"我问道。

宁天策淡淡地道："他以后不会再来了。"

我有点蒙："啊？"

宁天策整个人的状态跟之前完全不同了，他现在整个人由内而外散发着一种自信："我已经说服了他，他先去处理他的虫子了。他也答应了我，之后会做一个好人。"

　　"你没犯法吧？"听到这话，我突然有些担忧，害怕他动用了什么非法的手段。

　　小宁这人很好，可是有些随意，之前就做过拿剑直指女学生、试图强行闯进商场的事。他有点像武侠小说中的侠客，有侠义之心，却不拘小节。

　　"没有。"宁天策摇摇头，"你放心吧。"

　　他斩钉截铁，我无法追问，只能压下心里的怀疑。

　　等课后我再问问张校长吧，张校长也许知道什么。

　　给宁天策安排了一个角落里的座位后，我便准备开始上课，却被宁天策叫住："等等。"

　　我回头看他，小宁无奈叹气："你怎么把自己弄得全身都是可乐？"

　　他从怀中取出一块方巾，递给我。我擦了擦头发和脸，虽然还有些黏，但形象上已经没有什么问题了。

　　我继续为学生们讲第二课，本节课的主要内容是——如何树立正确的世界观。

　　我今天主要讲了第一大点，要学习，树立积极的学习心态，用丰富的知识武装自己。

　　"只有增加了知识量，才能形成属于自己的理论体系，遇到事情的时候才可以用合理的手段来解决，而不是自我欺骗。老师举一个身边的例子，那就是老师我。我们班级的同学们崇尚自由，穿着打扮比较前卫。当然，老师不是在说你们穿着不好，我们是个自由的课堂，只要不影响到他人，就算像这位同学这样，打扮成木乃伊都可以嘛。老师想说的是，如果是认知狭隘的人，可能就会将大家视作异类。正因为老师认真学习多年，能够从物理、化学、哲学以及心理学等学科的角度来正确看待世界，这才不会被世俗的眼光所影响，对各位产生偏见。

"所以，同学们也要多多学习，保持这种心态，宽以待人。课后老师给人家推荐这几本书，有兴趣的同学可以看一看。"

我为大家推荐了《人生的智慧》等书后，便宣布下课。

第七章 新工作

今天上课时间稍微推迟了一些，所以讲课的时间相应地延长了一点。学生们很乖，没有一个起哄说已经下课了要走的，坚持听完了我的全部课程。

推荐好书后，我便宣布下课，让同学们也能够早点回去休息。

但有件事说来挺奇怪的，明明是校车，但司机大哥从来不接其他学生，只接送我一个，也不知为什么。

于是，我问坐在第一排离我最近的穆怀彤："穆同学，你每天怎么上学？这么晚不会害怕吗？"

如果我有车，我一定会加一句："要不要老师送你？"

"我自己……"穆怀彤顿了一下，抿嘴一乐，"我自己开车来的。"

宁天策在旁边嗤笑一下。

穆怀彤顿时面色狰狞，不怀好意地看向宁天策。

我这才想起二人不合。第一次与穆怀彤见面，她故意吓唬我，而看到这一幕的小宁误会了，将好好的女孩子当成什么异体，拿着武器就要戳人。

我连忙站在两人中间，避免他们再闹起来。小宁自半途下车深夜跑回来后，整个人变得比以前柔和多了，面对穆怀彤的挑衅，他只是将脸扭到一旁，不去看她。

见宁天策不为所动的样子，穆怀彤轻嗤了一声。

"沈老师不用担心校车的问题。"穆怀彤说道，"我们这些人都是不需要蹭校车的。"

她这是在暗示我的学生们非富即贵？

难怪张校长课程安排得这么轻松，工资发得不少，还能资助谭晓明做心理治疗，都是靠学校中有钱的学生呀！

我终于松了一口气，不用太担心张校长的经济状况了。

今天我是用教室中的多媒体投影仪授课的，下课后还要收电脑。我的笔记本电脑太破了，关机速度特别慢，等我收拾好后，教室里只剩下我与小宁了，连刘老师这个室友都没等我。

"你身上不难受吗？"宁天策伸出手摸了把我黏糊糊的头发。

"当然难受。"可乐中的糖分令我十分不适，"不过，我一进入讲课状态就感觉不到了，你不提醒，我都快忘了。"

"你的课讲得很好。"宁天策道，"我还记了笔记，那本书我也会买的。"

"真的？"我特别开心。

"真的。"宁天策道，"世界之大无奇不有，依靠以往的经验，反而有可能被禁锢住思维，走入误区。此外，理论知识并非无用，如果用先进的科学知识武装自己，说不定能保护我们走得更远。”

“你能这么想就太好了！”我瞬间激动地拉住他的手，热情地说，“接下来，我也可以给你上简单的数理化，让你更加深入地了解科学。”

“数理化就不用了，你可以多给我讲一讲今天课上的那些知识。”宁天策看着我捏住他的那只黏糊糊的手，微微皱眉，“对了，你今晚去我那里吧。”

“咦，为什么？”我疑惑地问道。

“啊？”他一头雾水的样子，“你这一头一身的可乐，可要费些工夫才能清洗掉。而且你不是难受吗？刚好我住的酒店离这边更近一些。”

小宁说得也对，我也不扭捏。

“好的，那真是多谢你了。”

进了宁天策住的酒店，我还来不及客套几句，只匆匆看了几眼这个套房的格局，就被宁天策扔进了浴室。

这个套间面积很大，有两个大卧室，一个会客厅一个餐厅，浴室则在两个卧室中间，与会客厅隔了一条小长廊。

待我从浴室山来，就见房间里到处都画着怪异的符号。这些符号似乎是按照某种复杂而特殊的规律设计的。

而一身汉服的宁天策正在房间里舞剑。动作间，那条白色的腰带翩若惊鸿。

他这身行头太帅了，每个动作也都那么漂亮。我一时间竟然看呆了。

这时，宁天策也发现了我。他腾空跃起，口中低声念叨着什么，用剑尖隔空点了点我的眉心，厉声喝道：“燃！”

然而没有任何反应，场面一度十分尴尬。

片刻后，小宁再道："燃！燃！燃！燃！"

我忍不住问道："然然是谁？"

小宁难以置信地看着我，问："你不是身体不舒服，感觉很难受吗？怎么会一点反应都没有？"

我点点头，"对啊，身上黏糊糊的，很不舒服啊。"

"是黏糊糊的难受，而不是身体不舒服难受？"

"对啊。"

宁天策一副难以置信的样子。

"怎么了？"我被他的样子吓到，不敢动弹，只能站在这些符号中心问道。

他指着那些符号对我说："这是能量符号，是用特殊颜料绘制出来的，不仅方便我使用精神力，还对异体的气息十分敏感，遇到异体的气息就会引发无火自燃的现象，从而调和受异体影响的人的身体。正常来讲，你今晚上完课怎么也不会一点都不受影响，但现在……"

"是不是……你的颜料调得不对？"

这是我唯一能想到的原因，许多无火自燃现象，都跟燃点低的白磷有关。小宁是不是忘记在颜料里加白磷……

"当然不是……"小宁不可思议地说，"这些能量符号……不是没有效果，相反，它们从普通的驱异能量符号变成了强力的驱异能量符号，这效果前所未见。据我所知，能在这个世界绘制出这种程度的驱异能量符号的人，只有精神力达到了双 S 级别的张队长。可就算是她，绘制完这种能量符号后也要休息一刻钟才能继续绘制，可现在，我总计绘制了九十九个能量符号……"

我听得一愣一愣的，完全不明白小宁为什么惊讶。

宁天策迅速采用特殊手段，"燚燚燚"地将地上的驱异能量符号全部"复制"到了纸张上，小心翼翼地收起来，只留下一张放在书桌上。

紧接着，宁天策又拿出一张宣纸，研墨，提笔写道："组长敬禀，H市之行……"

小宁写字真好看啊，就是他写的是古体信，晦涩难懂。

他大概是说自己的H市之行遇到了一些问题，先前电话联系不上组织，还想着回组织一趟，却突发意外，又回到H市。现在心中的疑惑越来越多了，不知组织内部是否出现了什么变故……

再往下看就不礼貌了，这是小宁写给他所在组织的信件，我不该偷看的。

小宁写完信，便将那张"复制"了驱异能量符号的纸一起塞进快递信封里。

我见他眉头紧锁，若有所思的样子，便提议道："要不……我背段课文给你听？这个可助眠了，不管有什么烦恼，好好睡一觉，第二天睁开眼就是新的充满希望的一天。"

"好，你背吧，我也想听。"宁天策将毛笔搁在笔托上，说道。

我背了一会儿课文就睡着了。第二天醒来，我已经躺在了客房的大床上，应该是小宁将我拖上床的。

我昨天找了新兼职，白天是要上班的，看了一眼时间便迅速起床。一侧头我就看到了酒店服务人员送回的衣服，不由得感慨五星级酒店的优质服务，很快把衣服换上了。

正刷着牙，就见小宁从门外进来。

"你起得好早。"我对他打招呼。

"嗯，晨练。"

不一会儿，服务员推着摆满早餐的推车敲开了房门。

我洗漱过后便可以直接吃早餐了，暗暗感叹美食真的会带来快乐后，我便坐了下来。

小宁道："你之前说过自己又找了份工作吧，我送你去？"

"不用不用。"我叼起一块面包，"我坐地铁就好。"

"我送你吧。"小宁笑得灿烂，"我真的很想与沈老师多多接触，向沈老师学习。"

平时听到这话我会开心，可这一次，就算是我这种神经大条的人，竟也听出小宁笑容中的苦涩。

"小宁，我觉得你现在这个状态不好。"

他有种看破一切的洒脱感，好像下一秒就要脱离红尘。清醒一点，小宁！

"并不是你想的那样。"宁天策抬眼看我，"我热爱工作，将有限的人生投入到无限的驱除异体事业中，是我一生的梦想。只是有些时候，光有热爱是不够的。我想多多跟着沈老师学习，我感觉我需要理论思想去武装我自己，这样才能更好地实现我的理想。"

宁天策真是个好学生，才听了一节课就有这样的觉悟，我很开心。

既然他坚持要送我，我便大大方方地接受了。

下车后，手机提示音响起，竟是张校长凌晨三点多发来的信息。

微信是系统出问题了吗？时隔五个小时我才收到信息。

张校长告诉我，在宁天策的劝说下，田博文恍然大悟，再也不会出现骚扰学生了。同时，她还补充了一句——宁天策的劝说就是字面上的劝说，并未使用其他的过激手段，让我放宽心。

回想起一开始的宁天策，我心中满是欣慰，小宁成长得真快，越来越靠谱了呢。

接下来三天的生活很平静，我白天忙于适应新工作，跟着卢经理跑来跑去，做他的小跟班，晚上开心地与小宁发信息聊天。小宁自从上次听课后对我的专业特别感兴趣，总是与我讨论这方面的问题。

另外，小宁似乎很喜欢听我的课，一直追问我什么时候再给学生们上课。我一边高兴，一边又很有压力。最终，我给张校长发消息问她下一堂课的时间。

张校长说最近其他课程比较紧，我这门课就要暂时推后，等主课告一段落，才轮到我给学生们上课。

原来如此，怪不得最近几个晚上我都没看到舍友刘老师，想来他正在加班加点地上课呢。

这下，我的生活重心就转移到了白天的工作上。卢经理想要拿下一个国外品牌在国内的代理权，这几天昼夜颠倒，每天晚上都要与国外的公司开视频会议。

本来我只要白天上班做好自己分内之事即可，谈代理权这等大事与我一个小实习生没关系，主动帮忙，也不会有奖金。

但我觉得自己身为职场新人，要抓住机会多学一点，左右这几天晚上我不需要上课，就自愿跟着卢经理半夜加班。

凌晨三点，与国外合作商开过视频会议后，卢经理疲惫地揉揉太阳穴道："帮我冲杯咖啡，谢谢。"

我将咖啡递给他，忍住哈欠问："会不是开完了吗？还不休息吗？"

"过会儿对方会传来一个报价单，我做个市场分析的PPT，明天交给领导，由他们决定能否接受这个代理价格。"卢经理解释道。

我从怀中抽出笔记本记下他说的话——这些都是经验。

年轻有为的卢经理见我记得认真，就多解释了两句："现在这个价格其实已经是对方让过步的了，我们也有利润，就是不知道这个价格跟公司领导的心理价位差多少。我们现在要做的是在领导与合作商中间找一个平衡点，让彼此都满意，推进合作。"

"嗯嗯。"我连连点头。

别看卢经理很年轻，可比我厉害多了，开跨国视频会议的时候不卑不亢、有理有据、游刃有余。夏津也是经理，但在我面前一向很胆小，不知是他太没出息，还是在我面前不掩饰自己的软弱。

由此看来，也许看似强硬的卢经理也会有不为人知的一面吧。

见卢经理一边喝咖啡一边揉着胃部，我猜卢经理应该是胃不舒服，便说了一声，就去楼下二十四小时营业的连锁快餐店买了两碗粥。

就在我拎着粥踏进电梯后，电梯里的灯光突然开始忽明忽暗的，好像出了问题。

我们这个公司，商场规模挺大的，怎么基础设施建设这么差，先前电梯就出了事，这会儿又有点不对劲了。

等明天我得给夏津说一下，要安排师傅再次检修电梯才是。

不过等我踏出电梯才发现，这次好像不是电梯的故障，应该是商场的电路不稳定。我的座位在卢经理的单人办公室外面，我下楼前并未关外面办公室的灯，这会儿却只有走廊和卢经理办公室还亮着灯，但也是一闪一闪的。

这时，我听见卢经理的办公室中传来一声凄厉的惨叫，连忙托着粥碗快速跑进去。

卢经理办公室的门是关着的，我拧了一下没拧开，竟然反锁了。

"啊！你不要过来，不要过来啊啊啊！"卢经理在办公室中尖叫。

这……难道是歹徒深夜闯入公司，趁着卢经理埋头写企划，反锁了办公室的门？

我使劲敲门，大声喊道："卢经理你怎么了？快开门，我来了！"

"啊啊啊，救命啊！"此时，卢经理竟然也在敲门，我听到门内侧发出撞击声，还有卢经理的惨叫声，"我没有锁门，但是门怎么都打不开……啊啊啊！你不要过来！"

我不清楚办公室里面究竟发生了什么事，但并不害怕。

我冷静下来道："卢经理，你后退一点，我把门踹开。"

"没……没用的，我刚才已经试过了，怎么都打不开……"

"那是你力气不够大。"我说道，"你让开，我踹门了！"

说完我就后退，等靠上了后面的墙才停下，一个助跑冲刺，一脚就将门踹飞了。

这时，卢经理办公室的灯啪的一下灭了，只剩刚才开视频会议的六十寸挂壁电视还亮着。也不知道是什么频道，大半夜的放恐怖片，正播到贞子从井里爬出来那一段。

"唉，原来是这么回事。"我叹道，"经理，你大半夜不做企划不睡觉，锁门关灯看什么恐怖片呢？"

"我……我没有！"坐在地上的卢经理满脸是泪，"我就是低头写企划，突然灯就一亮一灭的，一抬头就见她要从电视里爬出来，我想跑，门还打不开。"

"门被反锁了，当然打不开，遥控器在哪儿呢？"我背对着电视找遥控器，多大点事，关电视不就行了？

"啊啊啊！"就在我摸到遥控器的时候，卢经理尖叫着说，"她要出来了，脑袋已经伸出电视了！"

我回头一看，没有啊，电视里的贞子这不刚从井里爬出来吗？

"咦？你一转身，她就缩回去了。"卢经理的眼角挂着泪，他不可思议地说。

"经理，我觉得你太累了，连续熬夜几天出现了幻觉，自己不小心碰了遥控器都不知道，你应该尽快去睡觉。"我一边劝他，一边按下遥控器上的"开关"键。

然而，电视屏幕依旧亮着，贞子还在井边晃，这电影太能拖时间了。

"没用的，遥控器不管用，我刚才按了好久。"卢经理本来已经站了起来，见电视机怎么都关不掉，顿时抱着椅子靠在墙边，浑身打起了哆嗦。

"遥控器电池没电了吧？明天我得去后勤部领点电池，还得让他们排查一下电路，看到底怎么回事，这里的灯都因为电路不稳被烧坏了。"我在本子上记下明日待办事项，边写边说，"把电源线拔了就好了嘛。"

"挨不得，挨一下就被电一下。"卢经理哭丧着脸说。

"电视或者电视插座漏电了。卢经理，你这办公室得好好排查一下问题了，说不定刚刚电路不稳也是因为漏电引起的。明天一早我就通知维修部，万一出问题损失就大了。"我认真地把这件事写下来，并标注了加急的字样，便开始在屋子里转圈找绝缘体。

我先找了支笔，不想完全撬不动电源插头，就又转了一圈。

"我记得杂物间有副塑胶绝缘手套。稍等一下，我去取来。你要是害怕一个人待在这里的话，就跟我一起去取。"我说完便大步走出办公室。

卢经理不知是腿软还是什么其他情况，竟然没跟出来。

没一会儿，我就听见他又在屋子里惨叫。

真是令人发愁。我只好快跑几步，到杂物间取了绝缘手套回到办公室。

一进门，我就见卢经理坐在电视机前摸着自己的脖子，双脚蹬着地，艰难地说道："救……救命……"

我再一看电视，电视上的画面已经暂停了，贞子被定格在井边，一动不动。

我上前几步，忙将卢经理的手从他脖子上拉下来，拍拍他说："经理，我关电视，你休息去吧，太累真的不好。"

卢经理指着电视说："她……用头发勒我……你……没……看见吗？"

我叹了一口气，先戴上绝缘手套拔掉了电源插头，电视机关闭，然后我一侧头，就见到了卢经理向后倒下去的一幕。

我吓得立刻冲过去，却发现卢经理只是睡着了，顿时松了一口气。

公司是有休息室的，于是我扛起卢经理，将他放在休息室的床上。

望着他的黑眼圈，我不由得暗暗摇头——

千万不要因为年轻就总熬夜，看吧，这人年纪轻轻就出现幻觉了。

担心卢经理一个人在公司出事没人知道，我直接拿了把椅子坐在他床边睡了。

早晨我是被卢经理的电话声吵醒的："喂，夏经理，是我，小卢，上次你说的那件事，你找专家解决了？他电话多少？我现在很需要他啊！哦，我记一下，姓宁的专家，好的好的，我这就联系他。"

本来我还嫌吵，意识模糊着呢，听到"姓宁的专家"顿时清醒了，睁眼就见到卢经理坐在床上，一脸深思地望着手机。

"卢经理，你没事了？"我关心道，"还记得昨晚发生的事情吗？"

"当然记得，被关在办公室，被头发缠住脖子，这样的事谁会忘！"他提起这事就脸色发青。

我很无奈，又不好直言告诉他"你太累出现幻觉了"，他毕竟是我的上司，不是夏津，我只能委婉地说道："卢经理，你最近应该多休息，少熬夜，少喝咖啡，昨天你都胃疼了。"

谁知他不理会我的关心，反而一脸不可思议地问道："你昨晚真的没看见电视机不对劲吗？你真当我在播放恐怖片啊！电视是自己打开的，我一直在写企划。"

不是这样吧？

昨天我是在卢经理的烟灰缸旁边找到遥控器的，搞不好是他一边抽烟一边喝咖啡，因为做企划太过专注，伸手往烟灰缸里弹烟灰的时候不小心摁到了遥控器呢。

他说了半天见我不信，憋着气说："你等着，我一定会向你证明我昨晚绝对是遇到诡异事件了！"

我理解他的执着，毕竟昨夜只有我们两个在。

他若对外说自己遇到了什么诡异事件，而我说是电源的问题，大家肯定会说卢经理年纪轻轻的精神就不太好了，所以他想要让我相信是情有可原的。

理解归理解，但我还是觉得很可笑。被大家称作专家的宁天策都不曾坚持让我相信有异体，一位精明干练的公司高管竟然如此执迷不悟，真是奇怪啊。

不过，卢经理固执，我也随他去了。

整理了一下自己，我便积极投入到工作中。尽管昨天坐着睡了一晚，此刻有些腰酸背痛，而且连续几天熬夜，眼睛干涩胀痛得很。但我，沈建国，一个继承了顽强拼搏传统美德的年轻人，是不会被这点困难打倒的。

卢经理很快完成了企划，离开办公室去找领导审批了。

今天我的任务就是跟着导购人员学习。导购也是一门技术活，冷漠对人，顾客会觉得不被重视；太过热情，则是变成了烦人的苍蝇，顾客一听到你的声音就烦。

这个商场很大，不仅有公司自营店，也有其他高端品牌入驻。

高端品牌店里，一件衣服价格几千上万，这些品牌店里的导购人员温柔有礼，让顾客宾至如归，却又不会热情过度，分寸拿捏得极佳。

今天我就是要跟他们学习。

商场店铺里的导购大都是女性，不过，男性导购也并非没有，毕竟不同的客户群体需要不同的导购员，商场的目的就是力争让所有顾客满意。

导购小姐先跟我讲述了一些细节点，而后让我观摩她的实践应用。

我望着导购小姐细声细语地向顾客介绍，思绪不由得飘到了我的主业上。我的学生大都经历过伤痛，难以对人敞开心扉，我一定要把导购小姐这种润物细无声的温柔推销方式学会，而后，我便能将知识像商品一样推销到学生的脑海中去。

果然，三人行必有我师，古人诚不欺我。

我学习得十分认真，怎奈实在太困了。连续几天陪着卢经理熬夜加班，加上昨晚没睡好，导致腰酸背痛，我现在真是有些挺不住。

就在我迷迷糊糊去厕所时，不小心踩上一摊水，一个站不稳就要滑到。

眼看我就要与地面亲密接触时，一只手挽住了我，将我扶了起来。

这时，一个熟悉的声音传来："一直觉得沈老师力大无穷，永远强大，永远不需要别人担心，没想到你竟然还挺轻的。"

我也挺惊讶的，捏捏小宁的胳膊说："我也没想到你的力气挺大的……"

不对，应该还是我不够细心。小宁能够半夜在国道上狂奔几十公里，代表他的体力相当不错，平日里一定勤于锻炼。

宁天策修长的手指指了指我的眼睛，叹道："几日不见，你的黑眼圈怎么这么重了？"

"熬夜加班呗。"我见保洁阿姨不在，跑到厕所工具间拿了一个拖布，将地上的水拖干净了。我皮糙肉厚，摔倒没关系，要是顾客摔了，不仅购物体验不好，保洁阿姨也要被扣工资，我既然见到了就顺手清理了。

"卢经理找你来的？"我一边拖地一边问小宁，"你怎么一个人来？他人呢？不陪着你吗？"

"卢经理与我约的时间是下午三点，现在才两点，是我来早了，他还没开完会。"宁天策解释道，"我知道你在这里上班，便问了工作人员，他们说你去厕所了。我才走到这里就看见你差点滑倒，这就是来得早不如来得巧吧。"

"那我们还挺有缘的。"我不好意思地挠挠头，将拖布放回工具间，洗干净手，"你对这件事有什么看法？"

"卢经理电话中并未细说，我也不清楚具体情况，不能妄下定论。"宁天策越发严谨了。

　　我将昨晚发生的事情告诉宁天策："其实，我个人觉得他是因为工作太累，才会误以为自己遭遇了诡异事件……搞不好，他的身体真的出了毛病，你应该劝他去看医生！"

　　宁天策用友善的眼神看我："你当时在场？"

　　"是的。"我点点头。

　　"每次你回身，电视里的人都在井边，而你一转过来，卢经理就惨叫着说对方要从电视中走出来了？"宁天策问道。

　　"是这样没错。"

　　小宁用拇指与食指搓了搓自己的下巴，沉吟片刻道："这件事真的不一般，卢经理搞不好做了什么亏心事。"

　　"你是说，病由心生？"

　　"不，我的意思是，有你在他竟然还能遇到异体，一定是做了什么亏心事。"

　　我受宠若惊："我只是个普通员工，又不是医生，如果他在我面前发病，我也是束手无策吧……"

　　"不，你不知道你有多特别，异体可不敢在你面前妄动。既然卢经理遇险了，那说明对方宁愿冒着被你消灭的风险也要对付卢经理。"

　　我一时无语，干脆决定先带他去看看现场。

　　与同事解释了一下后，我先绕路去维修部借了工具包，才带着小宁往楼上去。

　　卢经理办公室的门昨天被我踹坏了，我通过微信征求了他的同意后，带着宁天策进入了他的工作区域。

　　卢经理吩咐了，所以没有人来为他清扫办公室，一切保持着昨晚的原状。

　　宁天策看了看头顶的灯，又将电视机电源插好，插头插上去的一瞬间他的手一缩，他皱眉道："这个插座漏电？"

"就是嘛。"我用力点头，"上午商场开业前，维修部的人就已经将外面的电路都检查了一遍，没有问题。不过因为卢经理的要求，这间办公室他们并未来检修，但我还是觉得问题出在这里。"

我指了指漏电的插座，紧接着踩着卢经理的桌子将灯泡取下来，用从维修工那里借来的电笔一测，灯泡果然烧了。

宁天策一脸不解："难道一切都是意外？"

我打开插座的盖子，发现里面有两股电线被拧在了一起，手法很巧妙，能够让电灯短路烧坏，但不影响电视使用。

"不是意外，是人为，而且是专业人士。"我摇摇头道，"这么来看，是有人要害卢经理。"

他昨晚出现幻觉之前只喝了一杯咖啡，咖啡是我从公司茶水间的咖啡机里接的。问题应该出在那杯咖啡上。最近这些天营销部的员工都在加班，不过昨天，仅有我和卢经理两个人。卢经理习惯喝咖啡，而我并没有喝咖啡的习惯，要害卢经理的人非常肯定咖啡只会被卢经理喝下。

我从外面接了一个插座进来，而后将电视打开，在电视上查到了投屏记录。

"真相只有一个。"我说出了一句柯南的经典台词，有理有据地分析道，"有人连接了公司的无线网络，他在无线网络覆盖的范围内，但不在现场。他将恐怖片投放在电视上，加上灯出现问题，忽明忽暗制造紧张气氛，再加上有问题的咖啡，才导致卢经理以为自己遇到了诡异事件。若不是我昨天也在现场，后果不堪设想。我们报警吧。"

宁天策掏出仪器，在电视附近转了转，肯定地说："确实跟异体无关。"

我准备直接打电话报警，宁天策却不同意。僵持之下，我妥协了，留在原地陪宁天策等卢经理散会回来，而后，我将我们的分析告诉他。

卢经理先是一怔，然后突然情绪有些激动地说："一定是有什么人要害我！还是报警吧。"

小宁见卢经理如此，若有所思。不一会儿，他给我发消息道：这件事肯定另有蹊跷，而且卢经理前后的反应差别挺大的。以我的直觉来判断，他并没有你认为的那么坦荡。

我并未深想小宁话里的意思，以为他仍然以为有异体作祟，不由得有点心疼小宁。他从小在隐居山林的清异组长大，接受的始终是"消除异体，守护群众"的教育，第一次转正任务，就是来到 H 市找工作。大城市水深，他工作没找到，还接连受到打击，世界观不断遭受挑战。

已经形成完整世界观的人，在原本的世界观崩塌转而建立新的世界观时，身边的亲朋好友一定要时刻关注他的心态，因为他在改变时期，很容易受到不良信息的诱惑，思想逐渐变得偏激。影视娱乐节目中的"黑化"角色就是基于这个原理被塑造出来的。

我可不想小宁也走上这么一条道路。

于是，卢经理最终选择了报警。警察很快到达现场，查看一番后，便要将我们带去做笔录。小宁表示他想独自在办公室里再待一会儿，卢经理很是热情地让他随意。

我很担心他，去警局的路上连续给他发了好几条信息，他都没有回。

在警局做笔录时我还是没收到小宁的回信，不由得有些焦急。

初步调查完毕，已经快晚上十二点，我赖着卢经理，让他开车带我一程，我好快点去小宁住的酒店。

共同经历了昨晚的事情后，卢经理对我也亲近了不少，直接答应送我到酒店附近。只是离开警局时我太心急，不小心将手机落在了问讯室，还是警察热心地给卢经理打电话，让我回去取。

"你去吧，我在停车场等你。"卢经理说道。

我们来时，卢经理将车停在与警局隔了一条街的地下停车场里。我取回手机后一路狂奔，来到地下停车场，直奔卢经理的车。

我一把拉开副驾驶的车门坐进去，喘着粗气说："谢谢卢经理。"

没听到卢经理说话，我下意识地一侧头，看到车挡把上有一只白嫩的手。

卢经理的手……是这个样子的吗？

我定睛一看，哪有什么卢经理？坐在驾驶座上的竟是穿着一袭红衣的穆怀彤。

我猛地回头，发现卢经理正躺在后座上昏睡着。

我看着穆怀彤，穆怀彤对我甜甜一笑："沈老师好，沈老师再见。"

说罢，她拉开车门就跑，皮鞋"噔噔噔"的声音在地下停车场中回荡。

我大吼一声："站住，别动，回来！"

穆怀彤听到我喊她，立马停下脚步，回头继续对我甜甜地笑。

一看到她，我脑海里瞬间就出现了我们第一次见面，她站在黑暗的角落里吓唬我的情景，心里一沉。

"你怎么会在这里？"我沉着脸说道。

"这个……"穆怀彤答不上来，似是在找借口。我盯着她，看看她能想出什么理由。

"我在做代驾，这个男人说他有些不舒服，所以找了我帮他开车。"穆怀彤一脸无辜，"老师，人家可是在做正经工作！"

我打开车后座的门，探了下卢经理的鼻息，确定他还活着，这才松了口气。

"编，接着编。"我抱臂望向穆怀彤。

"我真的是代驾！"穆怀彤诚恳地说道。

"哦，那你把你接代驾的手机订单还有你的驾照给我看一眼。"我伸出手来。

穆怀彤不说话了，表情变得很严肃："沈老师，你不要管闲事。"

"老师不会管别人的闲事，但你不是别人，是我的学生。"我叹了一口气，走向穆怀彤，"昨天吓唬卢经理的人是你吗？"

"吓唬他的人，不是我。"穆怀彤的眼中是无所畏惧的坦诚。我相信她，她也许喜欢恶作剧，但并不擅长说谎。

"但你一定知情，对吧？"

"对呀，昨晚的事情我知道，不过我并没有参与。"穆怀彤小声嘟囔着，"我知道沈老师在那个公司，怎么可能会去？"

"昨晚的事，你知道多少？"我想知道她到底是怎么个知情法，是明知对方准备犯罪而故意视而不见，还是知道得并不多。

"这人犯了罪，害死了别人的女儿，现在女孩的母亲向他复仇来了。"

这句话的信息量很大，但我明白了一点，穆怀彤并不知道昨晚会发生什么事。

"那今天呢？"我指着昏迷的卢经理，"他现在是怎么一回事？"

"吓的呗，没出息。"穆怀彤不屑地说道，"全世界就没有我吓不晕的人，哦，除了沈老师。"

我这才稍稍放心，但想到刚才穆怀彤可是坐在驾驶座上，一颗心又提了起来："你刚才打算把他弄到哪儿去？"

"我就打算开车，带他到处溜达一下。"穆怀彤眼神飘忽，一看就不是在打什么好主意。

"究竟是怎么回事？你为什么说他犯了罪，还害死了人？那你又为什么不报警？"

穆怀彤不笑了，缓缓地说："我有一个闺密，她叫尹亚秋。在大学时，她交往了一个恋人，就是他。工作后，两人留在H市打拼，努力攒钱。亚秋一直跟我说，等他们攒够了房子首付的钱就结婚。可是有一天，亚秋突然失踪了。亚秋大学毕业时，家里人想让她回老家结婚，她嫁人收的彩礼刚好可以给她弟弟结婚。她不同意，从此与家中断绝关系，除了卢光熙，她在H市再没有其他朋友，因此她失踪了都没人知道。"穆怀彤说道，"三年后，她妈妈严阿姨来到H市想找女儿，这才发现女儿早就不见了。她怀疑卢光熙，一直暗中调查，然而什么也没查出来。但是一个母亲的直觉告诉她，自己的女儿并不是失踪了，定然是已经遇害，而凶手，就是卢光熙！于是，她就假扮保洁阿姨潜入卢光熙的办公室，布置好一切，半夜吓唬他，想让他在惊吓之中说出真相。"

我感到十分震惊，过了好一会儿才说："报警了吗？"

"报警了，但是卢光熙一口咬定亚秋是在跟他大吵一架后，愤怒地提出分手，然后自己离开的，还有监控视频做证。警察在反复调查后告诉我们，亚秋消失在了某条巷子里……"穆怀彤甩了一下黑色长发，"三年了，亚秋已经失踪三年了，这个男人呢？眼见日子越来越好，呵呵……他死都不足以赎罪。"

这可不行，我义正词严地说道："穆同学，你的想法很危险。来，我带你去警局。对了，你最好联系一下严阿姨，我们一起去警局把事情再好好跟警察说说。严阿姨昨天晚上能做出那些事情，是不是掌握了什么证据？只要卢光熙真的触犯了法律，就必然不可能逃脱应有的制裁！"

"那我能信任你吗？"穆怀彤望着我说，"沈老师，我从来不相信男人。"

我想起与她几次见面发生的种种，知道穆怀彤对男性怀有恶意。其实无论男女都存在好人和坏人，但我始终相信，公理、正义、道德、法律这些无形的东西能够约束人类，让大家做一个无愧于良心的人。

至少，我一直都是这么要求自己的。

"穆同学，此时此刻，我并非一个普通男性，而是你的老师。在你回归社会之前，我愿意站在你的前方成为你的大树，为你挡风避雨的，所以，你可以相信我。"

"好，我就信你一次。"穆怀彤露出尖尖的虎牙，"如果沈老师辜负我的期待，我不会放过你！"

她语气中的恨意十分强烈，我却不觉得害怕，只是有些心疼这个年纪轻轻就承受着巨人伤害的女孩子。

"我告诉你，三年前尹亚秋怀孕了。我至今还记得她告诉我时她脸上的表情，她很幸福，她绝对不会放弃那个孩子。她跟我说她会跟卢光熙坦白，她不在乎有没有房子，能在出租屋里结婚也很好。但是，她回去后人就失踪了。卢光熙说她离开之前两人起了争执，尹亚秋跟他分手后自己离开了。卢光熙不知道亚秋有多爱他，多想让孩子拥有一个完整的家庭！她只有卢光熙一个亲人了，她不可能提分手，也不可能就这么走了。"

穆怀彤的声音在地下停车场中回荡着，我只觉得阵阵寒意上涌。

"走，我们去警局！"

在警局，我见到了严阿姨。她瘦瘦小小的，长得没什么特点。她是因为先前卢经理报警一事，被叫到了警局问讯。

因为我们的到来，警察暂停了讯问。也因为我们提供的消息，严阿姨承认了是她搞坏了电视机的插座，是她在咖啡机里动了手脚。

"我的女儿我清楚得很！她跟家里人决裂就是因为卢光熙！我女儿失踪了，卢光熙呢？他照常上班下班，跟个没事人一样！"她双手握拳，眼眶通红，"前天，我发现他深更半夜一个人去了城郊的垃圾处理中心——一定是他害死了我的女儿！还把她丢到了垃圾场……我要他偿命！"

很快，一位女警走了进来，她将情绪激动的严阿姨安抚了下来。

听着严阿姨低低的啜泣声，我难受不已。

尹亚秋失踪案是 H 市警方一直跟踪的案件。因为尹亚秋失踪得极为离奇，监控显示她出了家门，上了一辆公交车，下车后走进了一条小巷子，便凭空消失了。

一般这样的案件，卢光熙的嫌疑自然最大，只是警方调查许久也未抓住半点线索。如今严阿姨提供了线索，穆怀彤又告知了失踪前尹亚秋已有身孕一事。经过不多时的讨论，警察查到城郊垃圾处理中心处理垃圾的方式是填埋，加上得知卢光熙近期偷偷去过了那里，便决定连夜赶往城郊的垃圾处理中心，毕竟迟则生变。

我自然也决定一同前往。

因是半夜，前去调查的人数并不多，加上我和穆怀彤，也堪堪五人。

去的路上，穆怀彤神色复杂地问："亚秋已经失踪三年了，还能找得到吗？"

"当然能！"我坚定地说道，"你没听到吗？那边的垃圾处理方式主要是填埋处理，我们现在要做的，就是去找、去挖。"

"你们人真有意思，你们知道垃圾场有多大吗？"穆怀彤笑笑，"你们就这么几个人怎么找？而且万一我骗了你呢？万一严阿姨说的也不是真话呢？我可是第一次见面就在吓唬你。我为了给严阿姨脱罪故意骗你们，也不是没有这种可能吧？"

这时坐在我旁边的中年警察突然说："有一丁点的可能性我们都要去探究、去排除，不能误会一个好人，但也不能放跑一个坏人。"

"骗就骗吧。"我坦然笑道，"我就当锻炼身体了嘛，最重要的是确认尹亚秋的状态。如果卢经理是半夜精神失常跑来这里，尹亚秋只是失踪了，那就有一丝找到的希望，总比绝望好。"

穆怀彤眼圈一下子红了，接下来的一路，她再也不说话。

我其实还挺惦记小宁的，不过现在还是穆怀彤的事情更重要。

于是，我给小宁发了信息：我本想去酒店看你，但我这边出了点事情，正跟着警察一起去垃圾处理中心，明天我抽空去看你。这段时间你绝对不要接受任何不良信息，多看一些正能量的书，务必调整好心态。

唉，我是真的很担心小宁啊！

凌晨两点，这座城市中大部分人已经安睡。

警察在路上就询问了这个垃圾处理中心的负责人，很快确定了三年前尹亚秋失踪那段时间里的垃圾填埋位置。

很快，我们就被负责人领到了大致的位置，地方还挺大的，我们几人都被分配了一块区域。不仅如此，负责人还给我们分发了工具。

我穿上了防尘服，戴上了口罩，开始翻起了垃圾。真是心酸，我已经好几个晚上没有睡好觉了，我的头发……

我心疼地甩了甩自己的头发，拿起工具使劲又挖又翻的。

挖着挖着，我的手机忽然响了，是小宁打来的电话。

"你在哪儿？"小宁问道。

"因为一些无法确定真相的事件，我在垃圾场破坏环卫工人的劳动成果。"我长长地叹气，"你早点睡觉啊，虽然还年轻，但是晚睡会使你脱发。你的黑发很浓密，千万要保护好。"

"我也一起来，你等我。"

小宁说完就挂了电话，我本想再拨过去制止他，但转念一想，这时让小宁一个人待着也不好，来和我一起为真相奉献自己的力量也行。

垃圾场真的好大啊，而且填埋处理的方式是库区倾倒、摊平、压实、覆土，这下面不知有多厚，真要全部挖出来，怕不是需要三年的时间？

过了一个多小时，凌晨三点多，小宁也赶到了垃圾处理中心。此刻，垃圾处理中心人已经多了起来，不少人跟我一样全副武装，并且对方还带了专业的探测仪，而警察连夜调来的挖掘机也正在往里倒车。

"你来了？"这会儿已经暂时用不上我了，我在一旁歇着，"我本来想让你跟我一起帮忙的，但现在用不上了，你也在这里先歇一会儿吧。"

小宁猛地一把握住我的手，也不嫌弃我身上臭，低声道："我从来没见过你这样的人，每一刻都在颠覆我过去的认知，每一个举动都让我尊敬。"

"我……我一开始还以为要挖一晚上呢，结果是我想太多了，但就挖了这么一会儿也真的挺累的。"我嘿嘿笑着说。

小宁拿出仪器说："我可以帮忙定位，也算是为大家减轻一点负担了。"

说着，他拿着仪器开始四处转悠起来，不一会儿，我就见仪器上面的指针像疯了一样转圈，完全不停顿。

宁天策："这个仪器，大概是……坏了吧。"

"我知道在哪里。"一直在一旁关注事态发展的穆怀彤突然说，"但是你们要不要先听一段故事？"

在穆怀彤的提示下，我们终于在天亮前有了收获。

一部分警察将物证带回警局检测，一部分警察开始封锁现场，还有部分警察继续探测，看还能不能找到更多的线索。

天色渐渐泛白，穆怀彤站在被拦起来的蓝白线旁边看着我们，嘴角泛起苍白的笑容。

"你该回去了。"宁天策突然说道。

"哦，对。"我看了一下表，摸出手机，"小彤一整晚没睡，是该回去休息了。也不知道这个位置能不能打到车，我先试试看。"

"假如我们找到的确实是亚秋的尸骨，接下来要是卢光熙不认罪怎么办？折腾大半夜，最终却只是无用功，不觉得好笑吗？"穆怀彤问道。

"不好笑，若那真的是亚秋，那我们就离真相更近了一步。我相信不会有人放弃的。"我看看现场还在忙活的警察，语气肯定地说道。

穆怀彤突然笑了，笑得很甜："也是。不过找到亚秋就好了，卢光熙会认罪的。"

说完，她也不要我给她打车，径自走了。

不多时，我们收到了消息，卢光熙电话自首了，并且检测的结果也出来了。

在得知自己的女儿确实已经去世的消息后，尹阿姨失声痛哭，不停地喊着："囡囡啊，囡囡……"

在尹阿姨的口中，尹亚秋是工业大学的高才生，毕业后在大公司工作，什么都懂，可有出息了。一切都是她的错，她贪图隔壁老王家的彩礼，便哄着女儿回来结婚！如果不是这样，亚秋不会跟家里人决裂，也不会……

"我的女儿，我的囡囡啊！都怪妈妈，妈妈鬼迷心窍了啊！"

我心里难受，连指甲抠进肉里都没察觉到。我身边的小宁将我的手指一根一根掰开，又拍了拍我的肩膀。

小宁没说话，但这个动作确实安抚了我。我深吸一口气，有这么一个朋友在身边，我一下子又有了力量。

谁承想，被带到了警局的卢光熙竟然改口了，他坚决不承认自己害了尹亚秋。说自己肯定是中邪了，说的话都是假话。

然而，警方从他家里闲置的高压锅中提取到了尹亚秋的DNA样本。

一切尘埃落定。

我全身臭烘烘的，还一整晚没睡，离开警局，我直接累得坐在出租车后座上睡着了。

醒来时，我发现小宁带我回到了他住的酒店，小宁已经洗过澡了，而我还臭烘烘地躺在沙发上。

"不好意思，我马上去洗澡！"我闻了一下自己身上的味道，完全无法忍受，冲进浴室使劲搓。

洗过澡之后，我才想起我没有衣服穿。

这时，小宁在外面说："我将我的衣服放在外面了，你洗完就可以换。内衣是新的，还没穿过。"

我这才从浴室中冒出头来，快速地穿上衣服。小宁的衣服比我大一号，很宽松。

我坐在小宁身边，什么也不想说，只想静静。

小宁却同我搭话："沈老师，你觉得穆怀彤为什么会知道这么多不为人知的事情呢？你对这件事，有没有什么看法？"

我想了想说："第六感是很神奇的，我就有过这种经历。"

我念高中时必须住校，一周只有半天可以休息。有一天晚自习时，我莫名暴躁，与最好的兄弟在教室中起了冲突，被老师罚第二天在全班同学面前念检讨书，并保证自己不再犯错。

其实我也很奇怪，那天胸口就好像堵着一口气，像是有什么压着自己，不喊出来、哭出来就会发疯。

不过，第二天我没有当众念检讨书，因为当晚我便被姑父从宿舍中叫走了。

那时已经是夜里十二点多，他们将我带到医院。姑姑告诉我，就在我情绪不稳定的那个时间段，我父母出车祸去世了。

"我相信亲近的人之间存在着第六感，虽然目前科学还无法解释这种现象。"我闷闷地说道，"并不是所有事情都可以用科学去解释，这仅仅是因为我们对人和宇宙的探索还不够罢了。"

宁天策望向我的目光很温柔，他问道："对不起，是我狭隘了。只是，你想过没有，也许那个时候是他们在向你告别呢？"

"人死了就是死了，活着的人再也看不到、听不到他们，从此无法触碰。留下来的人就算再艰难，也一定要靠自己的力量活下去。渴求逝去的人回来帮助自己渡过难关是不现实的，人的路要靠自己走，不能期待不切实际的东西。"

我望着小宁，希望他能够明白这个道理："灵魂告别这种说法，只是无法接受亲人逝去而幻想出来安慰自己的假象，我不相信。"

小宁却再一次伸手拍了拍我，低声道："沈老师的意思我懂了，你好好休息吧。"

今天的话题有些伤感，我也十分疲惫，就这么靠在沙发上睡着了。

醒来时是晚上，最近因为工作关系我经常昼夜颠倒，总是在午夜清醒。唉，谁叫我上课是这个时间呢？

我看到沙发旁的茶几上有一张纸，上面写着：

> 精神力古怪，在这个世界中宛如 bug（漏洞）。能带着本地异体进入它们本不该进入的地方，甚至能让绝大多数的人相信异体是人。父母早逝，疑似性格孤僻……有百分之五十的可能性。

这是什么奇奇怪怪的东西？

我很渴，于是起身往外走。

刚走出去，我就听见小宁站在门前不知在对谁说话："我可以破例放你进来，但你不能放肆。"

"哎呀，有沈老师在，你怕什么呀，小哥哥？"一个熟悉的声音从门外传来。

"是小彤吗？"我问道。

"是我，沈老师。"穆怀彤在门外对我挥手。

小宁见到我便打开门，穆怀彤走进来坐在沙发上，她今天很不一样，竟然穿了一条白裙子，神色中也不带一点攻击性。

"沈老师。"穆怀彤含笑望着我，"我要走了，以后没办法再听你的课了。"

"为什么？"我心中有一点猜测。

"我不再有执念了，最近我心里清静了许多，我也应该学着怎么做一个三观正常的人了。"穆怀彤的笑容充满释然，"我不恨他们啦。你说得对，不是全天下的男人都是坏人，我只是……眼睛没擦亮，遇不到沈老师这样的人。"

"这样我就放心了。"尽管离别是伤感的，但我还是为穆怀彤感到开心，她能够从此走出阴影真好，"以后我们也要常联系呀。"

"恐怕不太可能，我要出国了。"穆怀彤说道，"如果没有缘分，也许我们一辈子也无法见面了。"

"出国了也要好好生活。到时候你把地址告诉我，我送个东西给你。"

我早就想送穆怀彤一样礼物，本想这几天买好等下次上课就将礼物送给她，没想到她却要离开了，现在可能是最后的机会了。

"地址……我上哪儿弄地址？"穆怀彤想了想说，"你给张校长吧，她可以……转寄给我。"

张校长的地址我也没有啊……

宁天策突然说："你可以把东西给我，我知道张校长的地址。"

我想起最开始那位自称"锯先生"的同事闹事的时候，张校长请来的专业人士就是小宁。

嗯……小宁不会把锯先生当异体给消除了吧？

穆怀彤说完便同我们告别了，大概是还要为出国做准备，没什么时间吧。我惆怅了一会儿，打开手机在网上下单，收货地址填的是小宁住的酒店。

"你要送她什么？"宁天策自然地坐在我身边问道。

"两本书。"我叹了一口气道，"我发现学校的学生有些肆意妄为了，既不了解法律，也不重视法律。这次穆怀彤幸好被我发现了，不然她可就犯罪了！我正在讲世界观，良好的世界观形成，离不开对法律的认识。只有了解什么事可以做、什么事不可以做，他们才能成为一个拥有正确三观的人！我本来打算下节课开始就讲这两本书，可是她提前毕业了，我就把书邮寄给她，让她慢慢看吧。"

"她一定会感谢你的。"

"但我快一周没上课了，这么下去，也不知道学生们还记得多少我之前教的内容……"

说到这里，我给张校长发信息：张校长，请问下一堂课是什么时间？我希望尽快上课，一方面学习任务很紧张，一方面我这课上得稀稀拉拉的，学生们可能不会重视我的课，还可能会忘记我这堂课的学习进度。另外，我们学校有考试吗？我能安排一下小考吗？

第八章 考试

张校长一直处于"对方正在输入"的状态中，然而，隔了半个小时她还没有回复我。她是有多矛盾，犹豫了这么久还没发送消息？

　　"才教了两节课就考试，这个实在有点……"宁天策的语气有些不忍。

　　"我小时候也讨厌考试。"我回忆道，"但不得不承认，只有经历过考试，知识才会记得更加扎实。想要学习，单单靠兴趣是不够的。我们的学生毕竟不一样，他们现在急需掌握这类知识，尽快融入社会，因此考试对他们来说是好事。先前我没意识到这个问题，现在既然知道了，我打算下堂课先来个摸底考试，看看大家对社会常识与法律常识的了解程度如何，接着再进行针对性教学。"

　　宁天策拿起我放在茶几上的水杯喝了一口水，才徐徐道：

"下节课请务必叫我一起去，我想看看学生们的答案。"

他的声音中似乎带着笑意，带着一丝忍俊不禁，我扭头看他，却见小宁表情严肃，根本没有笑的意思。

一定是我听错了。

等了半天，张校长还没回复信息，我见微信上还有一条未读消息，便切换界面，发现消息是夏津上午发过来的：沈建国，你被开除了。虽然你还在实习期，不过公司是无理由将你解聘的，按规定，公司应该赔偿你一个月的工资。你本月没有任何业绩，因此你拿到的赔偿就只有八百元底薪，我这就转账给你，记得接收，明天就不用来上班了。

我如遭雷击，望着手机久久不能言语。

为……为什么啊？！

我立刻给夏津打电话，铃声响了好半天他才接通，他对着电话大吼："沈建国，知不知道现在是凌晨一点，老子明天还要上班！"

话筒中还传来另外一个声音，是夏津的女朋友："夏津，大半夜的喊什么喊？滚卫生间接电话去！"

紧接着，我就听到窸窸窣窣的声音，过了好一会儿，才听见夏津压低声音吼："大半夜你要干吗？"

看，这就是我的好兄弟夏津，即使在女朋友面前他不敢大声，但气势依然不减。

我……这也是一时情急，工作没了，忘了现在几点。

但电话都打出去了，夏津也醒了，我还是开门见山地跟他说吧："为什么我工作没了？我去警局协助调查，跟公司说过了呀，不应该因为我请假就开除我吧？没有这个道理啊……"。

"你上班才一个星期就把我们市场营销部经理送了进去，你还想继续在这里工作啊？"夏津低声道。

"但是发现他涉嫌违法犯罪，我报警不是一个普通人应该做的吗？"我据理力争。

"那哪天你要是发现我们老板违法犯罪了，你会不会举报？"夏津问道。

"必须举报呀！"我连连点头，"老板最有可能犯的罪是偷税漏税吧？我可是要严肃地说一下，税收是国家公共财政最主要的收入形式和来源，我们的生命财产安全也是靠税收才能得到保证的。每个公民都有交税的义务。只有税收足够，国家能够将更多财力投入在公共建设和国防安全上，我们的国家才会变得更加强大，人民才能安居乐业，大家赚的钱才能真正揣在自己兜里，不然走在大街上都有可能被人打劫，赚再多钱有什么用？"

"唉，这些我也知道，你没有做错，但也是因为你的行为，所以你才被开除了。"夏津无奈地说道，"我也努力帮你争取了，老板不是怕自己犯罪的小辫子被你抓住，而是觉得你有碍公司的发展，所以要开除你。好了，我睡觉了，你明天不用来上班，正好也可以睡个懒觉。"

我听着手机中传来的忙音，有点伤心。

"小宁，我的兼职工作没了。"我有点委屈，本来还想靠着这个工作积累经验，多存点钱呢，结果才一周幻想就破灭了。

"但你没做错。"宁天策的声音坚定而温暖，让我凉透了的心渐渐升温，"至少有三个人因为你而被拯救，尹亚秋、尹母和穆怀彤，如果你事前知道自己会被开除，还会这么做吗？"

"会的。"我毫不犹豫地回答道。

正义或许会迟到，但永远不会缺席。就算有朝一日我一贫如洗，也活得光明正大，无愧于心。

"所以不用犹豫，知道自己做得没错就行。你只要做自己就好了，如此的你，能帮助到的人只怕难以计数。"宁天策说，"至于钱财方面，你有任何需要，我都会帮你。"

"你的钱又不是我的钱……"我嘟囔一句，不过还是挺开心的。紧接着，更让我开心的事情出现了！

张校长一直没有回复我，却往我的账户上转账了！

我收到转账信息，发现张校长给我打了十万块钱！天哪，为什么？

张校长的消息与转账信息一同发来：沈老师已经工作一个月，现发放第一个月的提成。沈老师在我校任教期间，短短时间内就令肖同学同意接受治疗，让李媛媛安心回家，也让我校学生谭晓明和田博文顺利毕业。为表彰沈老师，现奖励现金十万元（已缴纳个人所得税），请沈老师查收。

我嘴角上扬，笑得合不拢嘴！我校的福利太好啦，我要追随张校长一生！

张校长又发来一条信息：至于考试一事，可以由沈老师自行决定，我尊重你的教学方式。未来会多给沈老师排课，明晚仁爱中学三年级四班教室，请沈老师自由发挥。

"哈哈哈！"我大笑出声，"小宁，你说我要是能让学生们全部提前毕业，奖金会不会更多？"

宁天策微笑着说："我相信你可以的。"

我怀揣着梦想进入梦乡，第二天起来就回到宿舍对着电脑，疯狂搜索各类试题，力求编写出一套能够考查出学生们常识水平的试卷。

其间，快递员打来电话说快递放在404室门口了，让我自己去取，说完他飞快挂了电话。

唉，现在的年轻人啊，性子未免太急了。

快递是我买的书，是与送给穆怀彤的两本书一同下单的，那两本书邮到小宁的酒店，而邮到我这里的除了与送给穆怀彤的书相同的两本图书，还有几本供我出题的重要参考材料。

反反复复检查完试卷题目，我将试卷发给了张校长。张校长对我的试卷十分满意，还直接说试卷打印费可报销。同时，我还整理了一份社会常识和法律小知识。在得到张校长的认可后，我开心地出门，将试卷和资料都打印了三十份，并让商家开了发票。回房后倒头就睡，晚上十一点准时被闹铃叫醒，我收拾收拾就要出门上课了。

走出卧室时，我在客厅遇到不知什么时候回来的刘老师，他看见我吓了一跳，猛地打了一个哆嗦，问道："你……你今晚怎么回来住了？"

"我前几天一直在公司加班，睡得很不好。今天被公司开除了，就只能回家了。"我已经可以坦然面对自己被公司开除的事情了，同刘老师提起时也不会觉得不好意思。

"哦，是这样啊，你们公司真的太没眼力见儿了，居然把你这么个人才开除了。"刘老师叹道，"你要是能一直住在公司该多……我该多寂寞啊！"

嘿嘿，刘老师还挺喜欢我这个室友的，我很开心。

"今天晚上有课，刘老师还去吗？"我问道。

"唉，那些学生都挺乖的，我觉得我不用去了。"刘老师摇摇头，"沈老师的教学方法非常高明，我没什么可担心的。"

刘老师对我的认可让我十分开心，他是老教师，会这么评价我，代表我做得不差。

我一激动，将自己准备的试卷拿给刘老师看："刘老师，这是我准备的摸底考试试卷，打算让学生今晚考试的，你帮我看看。"

"考……试……"刘老师用颤抖的双手接过试卷，喉结滚动，"你要让……学生考试？"

"对呀，上学不考试，怎么能够了解学生的实际水平呢？"我自然地说道，"难道刘老师没给大家考过试吗？"

"我教的是语文，日常交流没问题就行，不用考试就能看出学生的水平。"刘老师细细看过考卷，"你这是考……法律常识？"

"对呀。"我点点头，"穆怀彤不是毕业了吗？我从她身上察觉到，她的法律意识很薄弱，左右我是教思想道德的，法律是道德的底线，也属于我要教授的课程。给学生们树立正确的世界观也需要大家熟知法律知识，所以她临走前我送她两套与法律相关的书，她应该会喜欢吧。"

刘老师惊叫道："穆怀彤都毕业了？她可是我们学校头号顽……头号问题学生，与段友莲不相上下，她能放下执念毕业？"

我见距离上课还有点时间，就将卢经理的事情简单说了一下："其实现在对卢经理的审判还未进行，但警方已经找到了他犯罪的关键证据。目前，卢经理正在被拘留，警方也准备对他提起公诉了。"

"原来如此……"刘老师想了想，再次从怀中掏出那个笔记本递给我，"我觉得，这个笔记本还是放在沈老师你这里比较好，也许在你的帮助下，有一天我也可以不再被这个世界的记忆所困，从而回归现实呢。"

我盯着笔记本不知该如何是好，这本子在我和刘老师之间给来给去，他万一再要回去，那我真的很尴尬啊！

"切记，这个笔记本不能再被阳光照射，这一次请你一定要记住，而且也不能拿它当武器，你若是受伤流血了，可千万不要触碰这个本子。"刘老师严肃地对我说，"这个本子的来历非常复杂，它的原主人就是我……我的先祖，他来到这个世界后，很快成为一名守卫边疆的将军。朝堂腐朽，他护卫一方，却被奸细害死。接下来的一生他是一位良善的书生，因进京赶考，在某处村庄借住暂歇。不想，他遇见了河神娶妻。他救了那位新娘，自己却被新娘送上了送河神的嫁船。如是再三，每一次他的结局都不美好。一百年前，他便寄身于这个本子……"

"这……"我没想到这笔记本背后还有这么沉重的故事，一方面我觉得荒诞，一方面我又心生敬佩。

"所以我非常珍视它。我总觉得只要这本子还在世上一日，我……我先祖就无法安眠，一直忍受着过往痛苦的记忆。我将它交给沈老师，最初是想帮沈老师镇场子，维护课堂秩序；现在的话，是希望沈老师能够帮帮我……我先祖。"刘老师凝望着我道，"天地不仁，以万物为刍狗。世事无常，好人没有好报，恶人不得恶报，一想到此，想到过往，我就难以安眠。沈老师能帮我……我先祖解惑吗？活着的意义是什么？负重前行的意义何在？"

见刘老师如此郑重，我将双手在衣服上擦了擦，才庄重地从他那里接过笔记本："刘老师放心，这个笔记本此后只记录世间美好之事。我一定会将自己所见所闻的美好景象记录在本子上。即使这是一本始于痛苦的笔记本，但我愿意用它记录幸福。这样应该能让你的先祖安心。"

刘老师一愣，他呆呆地盯着这个笔记本，突然苍凉地大笑起来，一边笑一边流泪："原来是这样，原来是这样，哈哈哈……是我错了，我一直以来都做错了！以恶制恶换来的只有更深沉的罪恶，能够洗净邪恶的，永远只有良善。"

他用冰冷的手指轻轻握住我拿着笔记本的双手道："当这个本子满载幸福之时，就是我……我先祖脱离痛苦之日。请用你善良的眼看，用正义的笔写，我这双只能看到罪恶的浑浊的眼，是无法写出幸福的文字的。"

我不明白刘老师的意思，但他托付的事情我一定会做到："好，刘老师你放心，不到一个月就给你写满！"

原本不打算去听课的刘老师在我收下笔记本后突然改变了主意，决定也去看看学生们考试的情况。

他和善地对我说："我以往只知道教导学生，却从未验收过自己的教学成果。沈老师考试的这个想法不错，我这有几支笔送给沈老师，你将它们发给学生们。"

"刘老师想得真是周到，我差点忘了学生们不一定带笔了，没有笔，他们还怎么考试？"

我与刘老师对视一笑，心照不宣地带着考卷和笔，踏上了校车。

工作一个月，我终于与同事建立起友好的关系，这是我职场成功的一大步啊！

司机见我与刘老师勾肩搭背地上车，露出震惊的表情，大概是刘老师很少与人有肢体接触吧。

我心情很好，见到司机大哥，中气十足地打招呼："师傅，你接送我这么多次，还不知道你怎么称呼呢？"

"我叫齐大壮。"司机大哥言简意赅地回答道。

"齐大哥！以后我就这么称呼你了，可以吗？"

"随便你。"司机大哥发动校车，似乎不想与我有过多的交流。

司机大哥就是这种沉默寡言的性子，我已经习惯了。上车后，我与刘老师你一言我一语地聊起了我上学时的事情，什么每天早自习、晚自习要考英语单词，每周背诵一首古诗，每天要临摹一张字帖。

刘老师听后直拍大腿："确实是我的教学方式太落后了，

就该这样，虽然我们的学生都是……问题学生，但小考、单元考、月考、期中考、期末考是不能少的，起码要把规矩学明白才能把学生放出去。"

"对！"我点点头道，"以后的学生可不能像穆怀彤这样随随便便就毕业了，就算想要毕业，也得先通过毕业考试才行。"

"这……"

"嗯？刘老师有什么更好的意见吗？"

"没有没有，我全力支持沈老师的这个提议！"

司机大哥一脚将刹车踩到底，我前方没有遮挡的座位，直接往前飞了出去。好在我练过跆拳道，身体素质特别好，及时抓住了柱子，才没有因为司机这一猛踩刹车的行为受伤。

"齐大哥，怎么了？"我一脸惊悚地问道。

"躲一只猫。"司机大哥缓缓地转头，眼睛在路灯的反光下竟有些发绿，"原来你也有怕的事情。"

"怎么可能有人什么都不怕？我怕的事情多了，怕秃头、怕没钱、怕找不到工作……"

司机大哥看了我一会儿，默默转身，重新启动校车。

我不敢再坐在前排的座位，而是跑到刘老师的身后，抓住椅背，生怕司机大哥再来一个急刹车。

"沈老师，小齐没有恶意，你不要生气。"刘老师连忙出来打圆场。

"没事，我没生气。"我摆摆手道。

我总觉得司机大哥身上也有故事，以后有的是机会慢慢了解他，这会儿还是上课要紧。

一下车，我就见到了等在校门口的小宁。这次他连汉服都没穿，而是穿了一件黑色的衬衫配牛仔裤，整个人精神得很。这次他是开车来的，在他身后不远处，停了一辆我上次见过的车。

我丢下刘老师，抱着试卷跑到小宁面前，将卷子递给他看："你瞧瞧这试题怎么样。"

宁天策抽出一张试卷翻了翻，轻笑一声："非常好！"

"我带你从后门进去，不用翻墙。"

我们三人从后面的小门进入。仁爱中学是我第一次上课的地方，在这里，遇到了我人生中的第一个学生穆怀彤。虽然初次见面穆怀彤就恶作剧想把我吓走，但实际上她非常好学，每次都坐在第一排，上课时也十分认真。

可惜当我再次来到仁爱中学，穆怀彤却不再来上课了。

若是她也能做一下这份试卷该多好，穆同学那么聪明又好学，这份试卷，她一定能够取得很好的成绩。

三年级四班的灯光很亮，教室里一共二十四个座位，现在空着三个位子。

小宁和刘老师坐在后排空着的座位上。教室第一排中央空了一个位子，那个位子原本应该是红衣少女穆怀彤的座位。

穿着一袭雨衣的段友莲坐在穆怀彤座位后面的位子上，桌面上放着我送她的本子和笔。

我将卷子放在讲桌上，对大家说道："各位同学好！一个星期不见了，我推荐的几本书有没有人看呀？"

全体学生都摇头，小宁倒是将手举得老高："我看了。"

"旁听生有任何问题，可以课后单独问我。"我示意小宁不要打扰老师授课。

学生们都没看书让我很是心痛，不过没关系，只要让他们考试，就不怕他们不学习。

我对大家说："在这没有课的一周中，老师反省了一下自己的教学方法，做了一些调整，为我们的学习加入了一个新的环节——考试。"

"啪嗒"！

段友莲的笔从桌子上滚落下去。

她张大嘴看着我，身上穿着的雨衣正不断往地面上滴水。

这次我早有准备，拿出拖布走到段友莲身边，将水渍拖干。这样既能照顾段友莲的心理，又不会让她影响其他同学。

"我不考试！"段友莲抓着我的手说道，"你休想让我答题！"

这姑娘的手劲可真大，抓得我的手腕都疼了。好在我力气也不小，很快掰开了她的手，说道："身为学生，你应该听从老师的教学安排。"

"那我要是不考试，你又能奈我何？"她冷哼一声，"你安排就安排，我可以不来上课。"

这招真是厉害，一下子将我弄得不知该说什么好了。我愣了一会儿，叹气道："那老师只能家访了。"

段友莲一下子愣住。

"我们学校毕竟是特殊学校，主要的教学任务是让你们尽快融入社会，你们也没有升学压力。但是，你们真的对未来没有一点期待吗？你们就不想知道，通过学习你们可能会有怎样的改变吗？段同学，你可以厌学，但我不会就此放弃你，我只会挨家挨户地敲门，苦口婆心地劝你们好好学习。"我叹气道，"老师只有这一份工作，空闲时间很多，目前需要我教导的学生也只有你们。你们实在是抗拒考试，老师只能不分白天黑夜地拜访各位同学的家人，请求他们配合我这个老师的教学工作了。"

不听话的旁听生小宁同学又举手道："我陪沈老师一起家访。"

"我也……"刘老师想想后改口，"我白天有事去不了，但晚上可以陪沈老师一起去。"

"你……你不知道我住在哪里！"段友莲后退一步，表情十分惊恐，看来还是怕找家长，学生都怕这个。

"我可以问张校长啊。"

我当场拿起手机发了条信息：张校长，请问如果我想家访，您会将学生的住址告诉我吗？

张校长立马回：你需要谁的地址？

她真是个善解人意的校长，我微笑着给她发语音消息："暂时不用，不过，哪位同学要是不配合我教学，那就真的需要了。"

段友莲满脸绝望道："你……你们是什么时候被沈建国收买的？"

刘老师叹着气，对段友莲说："小莲，生活就是这样，这个道理你不是早就懂了吗？好好学习，认清现实，争取早日摆脱沈老师。"

段友莲无力地坐在椅子上。我将试卷放在她桌上，同时递给她一支笔，笔是刘老师准备的。

将所有的试卷发下去后，还剩下九张，我顺手塞给小宁和刘老师一人一份，让他们也看看考题。

监考是件疲劳又无聊的事情，既不能出声打扰学生，又要监视他们是否作弊，枯燥又辛苦。

偏偏这会儿是半夜，生物钟告诉我该休息了，因此我并未坐在讲桌后，我怕我一下子就睡着了。我站起来不停地在教室里走来走去，防止学生作弊的同时，还能大致看一眼学生们的答题情况。

不看不知道，一看我差点气得背过气去。

比如这道单选题——

下列主体中，依照我国选举法不列入选民名单的是？

可选择的选项有精神病患者甲某、吸毒者乙某、老年人丙某和被刑事拘留的丁某。但是，大家的答案非常统一，仿佛商量好了一般将选项全部涂掉，在括号中写下"我"。

再例如一道简答题——

甲乙二人出现口角，争执间甲拿起砖头将乙打死后逃逸，假如你是受害者乙的家人，应该如何通过法律来为乙讨回一个公道？

大家的答案依旧非常统一——弄死甲，全是各式各样的违法犯罪行为，没有一个人意识到这道题目的正确答案是——报警。

最可气的是刘老师，他也在答题，还是用毛笔写。这道题他回答得非常细致，在空白处写了好多字，详细严谨地编写了一出犯罪的过程。

我站在讲台上，用手狠狠一拍讲桌，大声道："够了！不用答了！大家的常识水平，我已经很清楚了！"

听我说不用答题了，段友莲直接将笔扔了，并把试卷撕碎，往上一扔。其他同学有样学样，扔笔的扔笔，撕试卷的撕试卷。

刘老师则是用试卷擦了擦毛笔上的墨水，珍惜地将毛笔揣回怀中，末了，还整理了一番中山装，看起来斯文有礼。

见到这一幕，我心里沉甸甸的，语气沉重地说道："是老师错了，你看看你们，你们这些行为，实在是……"我重重地叹了口气，走下讲桌，将他们扔在地上的笔都捡了起来，"老师心痛啊！"

我将笔收拢放在讲桌上，而后拿过扫帚和簸箕，将试卷的碎片打扫干净。

最后，我直起身，说："老师不该直接让你们考试的。"

我话音刚落，段友莲就带头鼓起掌来，掌声在教室内回荡。

在他们的掌声中，我继续道："老师应该先安排课外作业，检查一下你们的学习进度，让你们背诵课文，检查你们的课后阅读情况，最后再考试的。我真的没想到，大家的基础常识这么薄弱。"

掌声戛然而止，段友莲呆呆地问："课外作业？背诵课文？还要阅读课外书？"

"课文不一定要背诵，课外作业一定要写，课外的阅读也不能落下，最起码对于社会常识、基础的法律知识要有所了解。法律并不是限制大家的条例，而是你们保护自己的手段，更是为人处世的基本准则。"我痛心疾首地说，"老师今天就为同学们讲第三课，如何树立正确的世界观的第二点——法律是最后底线。"

我叹了一口气，又道："当然，并不是说不在法律不允许范围内的事情我们就可以做，在法律底线之外，还有一条道德底线。生而为人，必须树立正确的世界观，我们首先要认识这个世界，开蒙启智，而后明理立德，最后就是了解法律法规。在这个基础上，我们才能建立一个较为全面的世界观。"

授课完成后，我将整理好的社会常识和法律小知识的打印资料一一分发给大家，告诉他们这是课后作业，需要大家好好阅读、学习、思考，下节课要考。

我并不是让他们把那些常识完全背下来，或者抄写多少遍，而是让他们阅读并有所了解，以后他们遇到类似情况知道该怎么做，就可以了。

下课后，小宁约我去他住的酒店好好聊一聊，但今天我有别的安排，便拒绝了他的邀请。

"我有话要对刘老师说。"我对小宁说道，"今天得回宿舍。"

"你……你要干什么？"刘老师惊恐地看着我。

"我要与你促膝长谈。"

"我也去。"宁天策道，"我可以去你的宿舍吗？我也想试乘一下你说的那辆校车，还想认识你口中那位有趣的司机大哥。"

"可以啊。"我热烈欢迎小宁，"你的车怎么办？"

"明天再来取吧。"宁天策说道。

我们三人上了校车，司机看到宁天策就皱紧了眉头："怎么又有外人上车？上次那个夏津……唉，算了，反正倒霉的也不是夏津。"

还提上次，上次倒霉的人是我好吗？

之前我已和宁天策说过夏津在校车上梦游，还性格大变的事，此刻他也没有多问。

"他就是顺道搭个车而已！"我见司机大哥有不高兴的意思，还是连忙解释，"那天太晚了，我跟夏津又受了惊吓，尤其是夏津，他状态不好，张校长派校车来接我，我就建议他跟我一起搭车回家。"

宁天策看看空无一人的车厢说："倒也没什么，车里很干净。"

的确是很干净，司机大哥总是将车擦得连灰尘都见不到。

"这一天天拉的客越来越少，现在连死敌都上车了，我以后还怎么做生意？"司机大哥嘟囔两句，发动校车上路了。

抵达宿舍后，我让小宁先去洗漱，自己将刘老师拉到客厅，严肃地道："刘老师，你是真的不知道那道法律常识题该怎么答吗？"

"这个……"刘老师想了想说，"唉，我受这里的记忆影响太深了，思维已经完全偏了，虽然我意识到我错了，但实际上还是心有怨气，在考试时不知不觉就答出了心里话。那道题的答案是不是应该——"

"应该是报警！"我斩钉截铁地说道，"协助警方提供相关证据，通过法律来为乙讨回公道和相应的补偿金，不管是什么仇怨，违法犯罪都是不可取的！"

"是……是的。"刘老师忽然叹了口气，"要不你那两本关于法律的书也借我看看吧，我好好学习一下。你说像我这样的，还有回头的可能吗？"

"当然，我可以借书给你。你才四十岁，还年轻呢，既然意识到了自己的问题，只要用心，就一定能改正。"说着，我直接将书塞到刘老师的手中，他拿着书回房休息了。

刘老师走后，宁天策在门口探头："你们聊完了？"

"嗯。"我无力地点点头，瘫在沙发上一动不动，学生们不懂也就算了，没想到刘老师竟然……

等等！我猛地坐起，对小宁说道："你的卷子给我看一下，我见你也答题了。"

宁天策将揣进怀中的卷子递给我，我大致看了看，社会常识的题目基本上都答对了，不过大部分法律常识的问题，小宁都答错了。

我将卷子还给他道："要不，明天我也送你一本关于法律常识的书吧？"

"好的。"宁天策接着说，"多学习一些知识总是有帮助的。"

正聊着天，小宁的手机忽然响了，他看过后脸色微微一变，对我说："我师傅来了。"

他将手机界面给我看，一个微信名字叫作"清异组大家长"的人发来了消息：我已抵达酒店，你不在，是在何处工作？情况如何？是否需要协助？

小宁回复道：我与沈老师在一起。沈老师是一位很特别的老师，最近我的任务有了大幅度的进展，都是因为沈老师，沈老师是一位"高人"。

小宁真是的，什么高人不高人的？说得我都不好意思了。小宁身高一米八三，我还比他矮一点呢。

清异组大家长：他在何处？为师这就上门拜访！

"我师傅想见你，立刻，他现在就想来这里，方便将你的住址告诉他吗？"宁天策有些不好意思地说道。

这么晚了，看小宁家里人的措辞，这位师傅的年纪怕是不小，不好让他过来找我吧？

左右想跟刘老师谈的事情其实已经说得差不多了，我想了想说道："应该是我去拜访你家长辈才对，我们这就去酒店吧。"

宁天策似乎很高兴，迅速定了网约汽车。我们赶到小宁住的酒店，这一来一回，又折腾了两个小时，到酒店时已经是凌晨四点了。

我们一进门，就见穿着一身青色汉服、戴眼镜的长须长发中年男人端坐在沙发上。他看见我们后道："这位就是沈先生吧？天策，来扶我一把，我坐了三十多个小时的硬座，腰有些痛，起不来，实在是失礼了。"

他端端正正地坐着，看起来神采奕奕。我还想着不愧是小宁的长辈，气质卓越，端坐如钟，谁知他竟是因为腰疼，站不起来了。

我就不明白了，小宁他们的组织能在 H 市知名的五星级酒店常年租住这么一个大套间，肯定不缺钱，那他们出行为什么不坐飞机？他们对火车硬座究竟有什么执念？

"不必起来！"我连忙跑到沙发上坐下，这下，这位长辈就不用起来了。

宁天策坐在这位中年男人的身边，手伸到他背后帮他揉腰，同时向我介绍："这位是我师傅宁弈，也是清异组的组长和负责人。师傅，这就是沈建国沈老师。"

"宁组长您好。"我向宁组长伸手。

宁组长虽然腰疼，手脚倒是挺利索，一把抓住我的手。但他没握手，而是将我的手翻过来看了看道："男左女右，沈先生请将左手伸出来。"

哪有握手用左手的？我无奈地将左手伸出。

宁组长摸着我的掌心，摸一下就点一下头，他说道："沈先生这经历……竟是少时父母双亡、家道贫寒、半生漂泊无依、老年无子的命相，虽不是天煞孤星，也差不远矣，不过这样的命格却不愤世嫉俗，心性还能如此坚定积极，看来是遇到了好人啊……"

宁组长说得还挺对的。我父母的遗产只够我上大学；毕业后，我一直很穷，在 H 市买不起房子，算是在漂泊。而且，我这么些年遇到的人确实都是好人。至于老年无子……这个应该是瞎扯淡。

"沈先生的生辰是何时啊？"宁组长又问道。

我说了生辰，他在我的手上按了几下，摇摇头道："奇怪了，你虽是在国运最盛一日出生，但这一天出生的人不知凡几，如你这般的人，我至今未曾见过……难道是精神力有什么特殊之处？你让我看看你的精神力。"

"精神力……这咋看？"我被宁组长的古怪操作弄得有些晕，有许多话要说，但碍于他是宁天策的长辈，年纪也挺大了，实在是不好说出口。

然而，这个精神力看不见摸不着，我是真的没办法给他看啊。

我有点无措地看向小宁，用眼神暗示他，赶紧让你师傅睡觉去吧，我都听见他的腰发出咯嘣咯嘣的声音了。

宁天策却没理解我的苦心，安慰地拍拍我的肩膀说："放心，就是师傅运用他的精神力，看一看你。"

我只觉得莫名其妙。

只见宁组长舔了一下自己的右手食指和中指，双指并拢，将方才的唾沫抹在眼皮上，然后猛地瞪大双眼，一眨不眨地盯着我。这架势吓我一跳，再一看，他眼睛中布满红血丝。他坐了三十多个小时硬座啊，现在已经凌晨四点，再不去睡觉，他怕是要晕倒了。

宁组长突然脸色大变，指着我说："你……你竟然……"

他话还没说完，就仰头倒下去，瘫在沙发上不动了。

"这……他这……"我试探着轻轻将手指放在宁组长的鼻子下，还没碰到他，就听见如雷一般的鼾声。

宁天策不好意思地说道："组长应该是一路过来太累了，这会儿睡着了。三个月前，他带我出国，在 K2 线整整坐了七天七夜，始终维持着打坐的姿势都未见腰疼，现在……唉……尽快将他送回床上休息吧。"

他不敢碰宁组长的腰，动作小心翼翼的，最后还是我帮忙托着宁组长的腰，两人一同将宁组长抬到了主卧的床上。

安置好宁组长我也困得不行了，没有精力洗澡，一头倒在床上睡着了。

迷糊中，我依稀感觉到小宁在帮我脱鞋，我挣扎两下想自己脱，却最终未能战胜睡魔，一下子睡沉了。

第九章

疑问

最近这段日子一直昼夜颠倒，我已经有些适应了，尽管昨夜是凌晨四点多睡的，早晨还是七点便精神抖擞地醒了。

　　我见自己在陌生的地方醒来，还蒙了一下，偏头一看，小宁睡在我身边。

　　咦？我昨天直接睡着了？

　　我伸手，轻拍了两下宁天策的肩膀。

　　小宁哼了两声，睁开迷离的睡眼，迷迷糊糊地说："是沈老师啊，怎么不多睡会儿？才七点，赖会儿床再起。"

　　我一本正经地说："你组长……你不去看看他现在怎么样吗？"

　　"暂时不用。"小宁摇摇头，"这些年他的身体大不如前，起码睡到中午才会醒，不必打扰他。"

　　可是，他要是腰椎间盘突出，疼起来会很难受的……

　　我大学有个导师，上课的时候腰椎间盘突出犯了。当时他是坐着上课的，课间休息时他要起身去上厕所，结果起身没站起来，直接倒在了地上，爬都爬不起来。

　　我立刻背着老师去了校医院，校医说得理疗。我又背着老师去就近的医院，在医生那里我才了解到腰椎间盘突出是多难受的一种疾病，无法治愈不说，还会压迫腿部神经，走路都疼，很痛苦。

　　后来，老师接受理疗一段时间后病情大为缓解，他十分感谢我，我读研究生时就被他收入门下……咦？难道我通过研究生面试也有这个原因吗？

　　算了，这不重要，重要的是宁组长也不知如何了。

　　宁组长的卧室门虚掩着，我在敲门之前下意识地透过门缝看了一眼，就见趴着的宁组长正努力摆动四肢，似乎是想让自己爬起来。奈何他动弹两下就不得不用手扶着腰。

　　他面色痛苦，却不发出任何声音，真是死要面子活受罪。

　　我轻轻敲门："宁组长，醒了吗？"

　　"请进。"室内传来宁组长沉稳威严的声音。

　　我走进去，见宁组长已经换了姿势——他趴在床上，双腿并拢，双手抱拳，双目紧闭，口中念念有词。

　　见我进来，他松开手道："是沈先生啊，这是我们组织晨起前修炼的姿势，让您见笑了。我得做足半个小时的功课，能否请您在门外稍等片刻？"

　　给你半个小时让你爬起来吗？腰都这么疼了还这么瞎折腾，腰伤变得更严重怎么办？！

　　于是，我强硬地走进宁组长的房间，将他从床上背了起来。

　　宁组长十分不配合，朗声道："沈先生，你要做什么？修炼时我不能随意移动，请放我下来！"

都什么时候了，他还用播音腔说话？我才不管他！

我背着宁组长，对睡觉的小宁喊了一声："小宁，宁组长这腰伤必须得去医院，我这就打车背他去医院，你一会儿睡醒给我打电话啊。"

"沈先生，您……唉，为何强人所难啊？"宁组长无力地趴在我的肩膀上，"我真的是在修炼。"

"行行行，你就在我后背上修炼吧。"我也不揭穿宁组长，顺着他的话道，"去医院的路上，你也可以继续修炼。"

我一路将宁组长扛到医院排上队，拍好片子已经是中午了。医生看了片子就训我："腰椎间盘突出已经这么严重了，怎么还让长辈如此劳累？他需要休息和调养，知道吗？"

"是是是。"我连连点头。

宁组长闭目不语，一副出尘"高人"的模样。

"去理疗吧，今天做完理疗应该就能坐起来，但记得不要让他坐太久了。"医生开了理疗单子后嘱咐道。

我一看时间都中午了，一会儿去理疗室也不知道得排多久的队，就问宁组长："您需要上厕所吗？我扶您去。"

"不需要！"宁组长猛地瞪圆双眼道，"我自己可以。"

说罢，他扶着墙壁、撑着腰就要起身。

我叹了口气，说："宁组长，还是由我把您背过去吧。"

宁组长又往前挪动了几步，最终长叹一声，微微点头，算是应下了。

解决过人生三急后，我带着宁组长去洗手。宁组长叹道："不服老也不行啊，想当年我年轻时，火车上打坐三天三夜都没事……"

"三天三夜？"我问道，"小宁可是说您打坐了七天七夜。"

"那我不得趁他睡着后起来活动活动吗？"宁组长瞪我，

"正常人谁能七天七夜不上厕所？"

这会儿，他在我面前也不保持"高人"风范了，反正我都背着他上过厕所，他还有什么可好面子的？

"您说清异组也不缺钱，对火车硬座究竟有什么执念？"我不由得问道。

"唉，还不是因为近些年人心浮动，我们组织的人日渐骄奢，身为组长，我不得不以身作则，守得住清苦，耐得住寂寞，这样才能磨炼意志、锻炼身体。我们这些人，时时刻刻都有可能遇到危险，唯有坚定信念、坚守本心，才不会年纪轻轻就丢了性命，白发人送黑发人。"

这话我听着耳熟，看来他们组织的理念也很跟得上时代的嘛。

我怀疑小宁根本没听到我早晨喊的那句话，中午十二点多，他给我打电话问我与宁组长去哪儿了。宁组长一脸哀求地望着我，我只能帮他隐瞒，说我和组长出门……买书，让他自己解决午饭。

说这话时，我和组长一人捧着一盒盒饭，坐在理疗室门前排队，这场景，要多心酸就有多心酸。

吃完饭，终于轮到我们。宁组长做过理疗后终于能站起来慢慢走路了。

其实他的腰还是挺疼的，但他坚持要在小宁面前维持一副"高人"的样子。

回去之前，为了圆谎，我真的带着宁组长去买了几本书，什么关于领导如何讲话，如何保持优良传统，还有各种与法律相关的书，最后我们拎了一兜子书回酒店。

"组长怎么想着与沈老师一起去买书？"宁天策不解地问道。

"活到老，学到老，为师也要多多学习才行。"宁组长端坐在沙发上，手中拿着一本书，造型……十分别致啊。

我都替他心疼，这么坐着腰得多疼？

"宁组长要不回去休息吧？昨夜没怎么睡觉，还要陪着我去买书。"我连忙打圆场。

"也好。"宁组长微微点头。

我伸出手，打算扶他。

这时，小宁问道："组长，昨夜你究竟看到了什么？"

刚抬起屁股的宁组长露出一个含蓄的微笑，尽管我怀疑他是在用这副表情忍痛，却也不得不佩服宁组长的毅力。

"沈先生，实乃千年难得一遇的正人君子。"宁组长继续说道，"沈先生一身正气，精神力饱满而雄劲，闪耀着金色的光芒，宛若一条金色的长龙盘桓在沈先生周身，难得……难得啊……"

"那上次能量符号突然变异的事情……"宁天策对此还是十分不解。

"这个我懂。"我帮着宁组长编道，"根据能量守恒定律，能量都是可以转换的、守恒的。以用特殊颜料绘制而成的符号做载体，将我的正气吸收了并转化，使得普通的驱异能量符号变为强力的驱异能量符号，是不是，宁组长？"

宁组长微微颔首："正是如此。"

"那……到底是为何？"宁天策有些想不通。

"如沈老师这般，在古书上也有记载。"宁组长道，"唐王李世民因战伐过多，夜间饱受噩梦侵扰，总是惊醒。后将秦琼、尉迟恭两位大将的画像贴在门上，从此异体不敢入门。两位大将并非专业人士，他们二人的画像也不是我们这种特殊的驱异能量符号，能够挡住异体自然是因为其身的正气与百战之气。沈先生与两位大将有相似之处，他生性良善，满腔正义，坚韧不拔，自然不惧魑魅魍魉。"

说着，宁组长一阵龇牙咧嘴，显然腰痛得不得了。

此时，酒店服务生拿来了小宁送洗的衣物，他起身去开门。

"您这是何苦呢？"我趁这时连忙上前，一边扶着宁组长，按着他躺下来，一边摇头道，"死要面子活受罪，还骗小宁。还有，我才不是你说的那样，再说了，我不相信这世界上有异体。"

"你……你……"宁组长用颤抖的手指直直地指着我，"你已经送走了这么多异体，竟然不认为世间有异体？"

"啊？"我跳起来道，"宁组长，咱们俩都有这层关系了，就不用搞那套异体的说辞了吧？"

"我……我们什么关系？"宁组长翻脸不认人，"难道我们不是昨夜才相识吗？"

"是帮您隐瞒小宁的关系！"我说道，"您身体不好，不想给晚辈添麻烦，这是大部分长辈的心理，我理解。而且腰椎间盘突出也不是要命的病，理疗结束后自己多注意，别老强撑着坐硬座就行，所以我愿意帮您瞒着小宁。可您非要说世界上有异体，这就不对了。"

他像看什么稀奇物品一般盯着我："你……明明抢了天策的任务，帮天策做了这么多事情，竟然不知道自己遇到了什么？"

"我抢了小宁的任务，怎么回事？"我一头雾水地看了看刚回到客厅的小宁。

"唉……"宁组长长叹一口气，"事到如今，也不能再隐瞒了，小宁你扶我起来，我们好好说道说道。"

宁天策与我一同坐在椅子上，宁组长在红木沙发上盘膝而坐，一副仙风道骨的样子。我觉得他可能忍痛忍得厉害，红木沙发是挺上档次的，但坐起来很硬，不及布艺沙发舒服。

于是我顺手给宁组长塞了个靠垫，让他的腰有个支撑，以减轻疼痛。

小宁无奈地看着我，低声道："组长向来崇尚清苦，不喜欢这些烦琐的事物。"

"那就请宁组长自己拽出来扔掉吧。"我说道。

宁组长淡笑："我怎么能枉费沈先生一番心意呢？多谢。"

我就知道他肯定不会把抱枕抽出来的。

"天策，经过刚刚与沈先生的一番交谈，我意识到了问题所在。"宁组长道，"首先，天策来 H 市是为了一项任务，他要在午夜十二点给一个网站投递简历，以老师的身份去接渡二十六名学生，消除他们的执念。而任务的发布人，就是张校长。"

张校长？不过，我的班级里只有二十四名学生，并非二十六名学生。

"我与张校长一见，就知道她跟记载在我们组织典籍中的那些人一样。他们是志士，如果没有他们，我们的世界不会如此平静。"

说到这儿，宁组长感叹了一声。

"哪有什么岁月静好？不过是有人替你负重前行。我们与他们，目的虽然不同，但终究是殊途同归。

"半年前，我收到一条信息，张校长声称自己找到办法编写了一份特殊的班级花名册，并将一批异体束缚在了一所学校里，令异体不再被集体潜意识群影响，污染程度不再加剧。然而，以张校长的精神力受损程度，她恐怕支撑不了多久，所以她希望我们组织能派人帮助她。但我们数次寻找张校长和那所学校，却都未曾找到。

"不久，被组织派去国外交流研习的天策回来了，而张校长也找到了让我们进入学校的办法，我便让天策来 H 市。"

"可我没能将简历投递出去。"宁天策说，"那日午夜我输入了组长说的网址，找了很久，没有看到招聘信息，自然也无法递出简历。"

"这就要问沈先生了。"宁组长问我，"请问你是在什么时候，又是在哪个网站上找的工作？"

其实我记不太清楚了，毕竟那段日子我逮住一个招聘信息就发简历，也不知道投递出去多少份简历了。

不过只要投递了简历信息，邮件里就会存一份档，我用手机登录邮箱后，找到那条我发送出去的简历，这才确定了日期和网址。宁天策幽怨地看着我："那正是我要找的招聘信息。"

"咦？"我大惊，"我抢了你的工作？那之前张校长给我的奖金和预支的工资岂不是……"

但我这一个多月已经花了不少，我要怎么还给小宁？

"沈先生莫急，这件事还有后续。"宁组长继续道，"当晚天策没找到招聘信息后第一时间联系我，让我寻找张校长，张校长在几个小时后回复了我。不过她并未提及之前的安排，而是给了我们一个地址。天策赶过去，发现了他的任务目标肖同学，并送走了他。"

他们口中的肖同学，不就是我来面试时，举着锯子吓唬我的那个自称姓"锯"的先生吗？我记得张校长说他是被送去疗养院治疗了……

而且那天，确实是我第一次见到小宁。

"那是我任务做得最顺利的一次。"小宁回忆道，"对方一点也不像张校长说的那样顽劣和执念深重，他走得迫不及待，走得特别快。我敢肯定，要不是需要我给他打开接渡通道，恐怕他早就走了。"

宁组长接过话道："天策告诉我之后，我便联系张校长询问详情，不过张校长也不清楚。如此，我便让天策多多留心。我怀疑张校长那边出了问题，让异体混了进去。天策也认同这点，因为你保护了异体。"

宁组长与宁天策两人齐刷刷地看向我，两双眼睛像四只探照灯，看得我发毛。我忍不住摸摸胳膊，心想酒店这中央空调温度开得也太低了。

"那段日子，每到深夜十二点我就守在彼岸小区外面。"宁天策凝视着我，"有一天午夜十二点前，沈老师出门了，我一路跟着沈老师到了仁爱中学。当那辆公交车停在校门口，沈老师走下车的时候，我看到仁爱中学四楼的教室忽然亮起了灯。更可怕的是，那辆公交车并不是普通的公交车，司机亦是异体。"

"这说……说的是我吗？"我被他看得发毛，往后缩了缩。

小宁认真地说："那天晚上将穆怀彤挡在身后，不让我用武器对付她的人不是你吗？你知道那晚我看到了什么吗？只要你一回头看向穆怀彤，她就变成温柔漂亮的女孩子，但你一转身，她顿时面目狰狞，她的手一直放在你的后背上方，几次想要对你出手，却在你身前一厘米处停下，不知是被你的正气挡住还是她自己不愿伤你。"

小宁确实多次提醒我，只是我始终不信。我也记得他半夜下车狂奔一夜跑回 H 市，第二天上午风尘仆仆赶来见我的样子。

"让我一瞬间颠覆我的世界观，这不可能。"我摇摇头，"我还是要向张校长确认一下的，不能你们说我那些可爱的学生是什么异体，我就一下子相信他们是！"

说罢，我便给张校长打电话，十分尴尬的是，她的电话依旧不在服务区。

"大概晚上就有信号了。"我想起自己与张校长几次联络都是在夜间，于是给她发了一条微信留言，"她在国外，信号一向不好。"

"国外？"宁组长皱紧眉头，"其实我们组织也觉得奇怪，张校长将我们数百年都未完成的任务完成了一半，她自称力有不逮，需要其他人完成剩下的任务，本人还始终不曾出现。我们曾对此讨论过，怀疑张校长本人可能已经被污染同化成了异体……"

"不可能！"我站起来激动地打断宁组长的话，"我有证据！"

我翻出张校长几次给我打款的转账记录："告诉我，异体能给我发工资吗？"

宁组长反复翻看转账记录："这个……好像是没有先例。若这是异体做的，那这世界只怕要黑白颠倒了。"

"就是！"我满意地说道，"我现在持保留态度，等晚上联系到张校长后再说。"说着，我"啪啦啪啦"地给张校长发了一条微信。

"也只能如此了。"宁组长道，"我回房打坐静思，晚上我们再联络。"

说完，宁组长还对我使眼色，我明白他是要我扶他，便装模作样走过去握住宁组长的手说："正好我也去厕所。"

宁组长一进门就龇牙咧嘴地躺在床上，我帮他找了个舒服的姿势后才回到客厅。

这一天天又是熬夜又是去医院排队的，我此时才想起自己昨晚才睡了三个小时，实在是困得不得了，一头倒在沙发上就要陷入昏睡。

小宁拍了拍我："沈老师，沙发太硬，回房间睡去吧？"

我迷迷糊糊地说："困……起不来了……沙发有磁性，我是铁……"

小宁的笑声在我耳边响起："沈老师的确是有钢铁般的意志。"

我实在太困了，一下子就睡了过去，隐约感觉有人托起我的头，将枕头塞在我的脖子下。我在梦里还想着是谁呀，真是个好人。

大概到了半夜，我被手机提示音吵醒，打开手机一看是张校长的信息，但她并没有回答我的问题，而是告诉我一个消息：**因不愿考试，段友莲逃学了。**

"什么？"我猛地坐起，这一动才发现自己腿上还压了个人，用手机手电筒一照，竟是小宁。

小宁的腿还维持着端坐的姿势，上半身却倒在我的腿上，睡得还挺香，被光照到才迷迷糊糊地睁眼。

我从沙发上起来开灯，对小宁说："你怎么在这儿睡着了？为什么不回房间？"

"本来坐在沙发上想事情，不知不觉睡过去了。"小宁说道，"你方才说什么？"

"大事不好了，段友莲逃学了！"我把手机拿到他面前给他看，"这孩子本来就是刚找回来上课的，现在又逃学了，她这样可不好……"

主卧中的宁组长也听到了我的声音，大喝一声："此子竟能脱困，天策你一人恐怕难以对付，我也去！"

我走进宁组长的房间对他说："您就休息吧，好好养着腰，我和小宁去就行。"

"不行！"宁组长激动得胡子都吹飞了。

小宁也进门说："组长，段友莲曾在一辆公交车上与沈老师相遇，试图攻击沈老师，但她的指甲全部被沈老师用指甲刀剪掉了。"

宁组长："……"

剪指甲是什么了不得的事吗？我疑惑了一下，不过立刻收回思绪，"这些不重要，重要的是不能让小段继续流浪了，我们必须找到她！"

我刚才问了张校长段友莲可能去的地方，张校长回复了我，给了我三个地址：段友莲的原住址，仁爱中学每个角落以及 H 市城外河边。

张校长还发信息说：**希望你能在今晚找到她，否则后果不堪设想。**

我想了想，给张校长发送了一条信息：**上次你找来安置肖同学的专业人士宁天策说，小段是异体，这是真的吗？**

张校长：**等你把她找回来后，你来见我。**

她没有告诉我去哪里见她，不过我相信等小段回来后，她会说的。

"组长，我与沈老师一同去。"小宁说道，"我将'复制'上次发生变异的强力驱异能量符号的纸全带上，还有其他仪器和武器装备，不会有事的。"

"你们……唉！"宁组长叹气道，"你们一定要小心。若是发现不敌，就立刻撤离，并传讯回来，我会安排更多的人赶来。"

嘱咐小宁几句后，宁组长终于放他出门。宁天策的车在白天已经让代驾从仁爱中学开回来了，小宁开车带我去段友莲的原住址。没想到，张校长发来的地址竟是彼岸小区 4 号楼 4 单元 404 室，我现在的宿舍。

"这……这不是我家吗？"我望着地址发呆，"小段过去住过这里？"

"在收到这个地址后我就查了一下这间房子，第一个出事的户主姓段。"小宁抿着唇，表情十分严肃，"他出车祸死后家人将房子卖了，之后段家人搬去了哪里我就没有查到了。"

没想到404室竟是小段曾经的家，那她会不会回家了呢？

车很快抵达彼岸小区，但4号楼4单元404室空无一人，连刘老师都不在。

"她来过，带走了刘老师。"小宁指着刘老师房间的地面。

我看过去，那里有一摊水，好像有个浑身湿淋淋的人在那里站了很久。

小宁一脸凝重地说："段友莲只怕已经失去了理智，连刘老师都被她带走了。看来，接下来有一场硬仗要打。"说着，他将剑递给我，"这柄剑给你护身，情况危急时可咬破舌尖，朝她喷一口血，能够保命。"

他又从小挎包里掏出一大堆物品塞给我："这些虽然用处不大，但也能够护你一阵。你一定要拿好了，万万要把自己的安全摆在第一位。"

说完了，他一边念念有词，一边陆续从挎包里拿出了一面面小旗子。我数了一下，他一共拿了八八六十四面旗子，也不知道是什么用途的特殊物品，但看小宁这架势，想来不是什么普通的旗子。

我有点无奈："只是学生逃课啊……逃课虽然不对，但是并不严重啊，谁读书的时候没有犯过错呢？我大一的时候就逃过课，老师当天就点名了，给我期末考试扣了十分，后来我吸取教训，再也没敢逃课。"

"放心。"小宁郑重地说道，"纵使我拼上性命，也不会让你受到半点伤害的。"

我真是不理解,为什么找一个逃课的学生,他们要摆出这么大的阵仗?

小宁说依照段友莲目前的情况,她最有可能去的地方,是 H 市城外的河边。

H 市临河而建,过去是城外有河,现在这条河已经完全被纳入 H 市范围了。河边盖了一圈高档别墅,进都不让进。我们找了好半天才离开别墅范围。河边还有护栏,立着"水深危险,游泳罚款五百元"的牌子。

"段友莲可能就在河里。"小宁眯眼道,"想找到她,可能要潜入水中才行。"

说完,他就要脱衣服跳河,被我一把拉住:"别别别,你没看见牌子吗?在这里游泳要罚款的。而且这河边五年前施工时就有监控,基本已经实现全覆盖,我觉得要不我们报警查监控吧?"见宁天策并不愿意,我又说,"或者你把指南针……仪器拿出来找找吧。"

这几年 H 市为了打造环境优美的别墅小区,加强污水治理,每天都会派人打捞河中的垃圾,说实话,段友莲在河边的可能性比在河中的可能性更高……

因为发生过游泳的人不慎淹死在河中的事情,这一带的管理也十分严格,不仅处处是监控摄像头,保安更是时不时地在河边巡逻。如今,游野泳的人基本上绝迹了,毕竟去游泳馆办一张夏日体验卡也不过一两千元,还可以随时畅游。

小宁总算是被我劝住了,他拿出仪器四下寻找。我怕他只顾着看仪器失足落水,便用手扶着他的胳膊,我们就这样吹着徐徐凉风,在河边慢慢搜寻着。

大约走了半个小时,几个保安走到我们面前:"你们两个,我们在监控里观察你们半天了，要干吗？这里不许游泳！"

"散散步而已。"我理直气壮地说道，"不允许我们在河边散步吗？"

"一男一女大半夜散步我见得多，两个男的……"保安队长看向我们俩，视线中充满怀疑。

"怎么，朋友心情不好，我陪他不行吗？"我昂首挺胸，又重复道，"不行吗？"

保安眼中写满了"怀疑"两个字，可我和小宁看起来确实什么也没做，就一直在河边散步，这里可是公共区域。

我就这样固执地与他对视，这时小宁忽然开口："你不能无缘无故地怀疑我们，事实上我们什么也没干，否则我们也不能好好地站在你面前了。"

保安被小宁说得哑口无言："你们……注意点，散步可以，可别在这里干坏事，监控录着呢。"

说完，他们就走开了。我望着他们的背影，拍拍小宁的胳膊说："干得漂亮！"

小宁长长吸了一口气："沈老师，你到底……"

"到底什么？"我等了半天没见他继续往下说，在河边的路灯下抬眼看他。

小宁看我一会儿，拿起仪器道："你说得对，这里十分干净，近几年城市污水治理得很好，是我想岔了，我们去仁爱中学吧。"

他转移了话题，我也不好再问下去。

我跟着他上车，一路上我们都沉默着，车内气氛压抑。

夜间车少，我们很快就来到了仁爱中学。

这次后门是关着的，我们只好爬墙。好在小宁身手好，他一下子就跳上墙头，又将我拉了进去。

我这时才发现小宁腿比我长，手也比我大，不过，力气好像还是我的更大。

"一个学生逃学逃到自己学校，这还能定义为逃学吗？"我一边在校园中寻找，一边问道。

"我也不知道。"小宁举着指针飞快旋转的仪器道，"你跟紧我，不要走开。"

我有件事十分不解："你和宁组长不是说我正气护体，不惧异体吗？就算段友莲真的如你所言是异体，我之前能剪她的指甲，现在就能再剪一次吧？"

"你现在信念产生了动摇。"小宁抿着唇说道，"之前你无所畏惧，是因为坚定地相信他们都是人，是一群不听话的学生，所以你不会对他们产生恐惧之心。可现在你已经开始动摇了，有了怀疑就不再无懈可击了。"

我跟着小宁的仪器将整栋教学楼逛了一遍，都没找到段友莲。倒是三年级四班教室里的温度很低，小宁说我的学生们可能都住在这里，但我进去后什么也没见到。

"异体一般不会在人前现形，除非他们想害人，不过你的学生们都是好的，至于沈老师你看不到……"宁天策解释道，"应该是他们不愿让你看到。"

"为什么？"我对着三年级四班的空气说，"你们不喜欢老师吗？"

讲桌上的粉笔竟然自己飞了起来，在黑板上写下"不喜欢"三个字。

我很受伤，都顾不得惊讶粉笔无风自动的事情，继续对着空气喊："为什么不喜欢？老师对你们不好吗？"

黑板上又出现"考试"两个字。

好吧，我上学的时候也不喜欢考试。

"段友莲在哪儿呢？"我又问道。

粉笔在黑板上写下"旧宿舍楼"。

"乖。"我对空气说，"都是认真的好学生，我这就去把小段带回来，大家还是要一起上课的。"

我对小宁说："他们告诉我小段在旧宿舍楼，我们去看看？"

小宁盯着我问："你不怕吗？你亲眼见到粉笔自己写字，已经有八九成相信我说的话了吧？可是为什么你一点害怕的意思都没有呢？"

我也不知道，大概是因为学生们很乖，我无法将他们视作异类。

我与小宁一起跑到旧宿舍。仁爱中学是鼓励学生住宿的，段友莲居住的是女生宿舍楼，小宁说这里能量场很怪异，要我小心一些，我们背靠背向前走。

到了宿舍楼四楼，我们听到了幽幽的哭声。

我们循着哭声而去，404号宿舍的门虚掩着，一个女生蹲在地上低声哭着。

她旁边飘着一个笔记本，小宁在我的眼睛和耳朵上各点一下，我眼中的笔记本就变成了坐在床板上文质彬彬的刘老师。

见我一脸惊讶，小宁解释说，像刘老师这种存在时间很久，精神力强大的特殊异体，是可以附身在跟自身联系紧密的物品上的。

"唉，别哭了，你说你一路从学校哭到彼岸小区，让我帮你偷考卷，见偷不到后又一路哭回来，眼泪把我房间的地板都弄湿了。"刘老师苦口婆心地劝道。

"我不管，没有试卷我就不考试，呜呜呜……"段友莲哭道，"为什么还要学习还要考试？"

　　"不是我不帮你，沈老师那电脑……我就跟你说吧，上次小王同学藏在邮件里想吓唬沈老师，结果沈老师直接上手抠电池啊，小王双手死死抓着电池不放，还是被他将电池抠掉了。小王的惨样你也看到了，现在都没痊愈。都这样了，小王还坚持答卷呢。你让我去偷沈老师电脑里的试卷，我……我真的……"刘老师说着，也暗自抹抹眼泪，看起来特别心酸，"我还怕你想不开，我附在一个笔记本上飘出来跟你走容易吗？你都不带我一下。"

　　听着他们的对话，小宁默默将手里的六十四面旗子塞回小挎包中，我也将剑还给了他。

　　到这个时候，身为老师，我不得不出面了。

　　我在宿舍门上敲了几下后进门，对段友莲说："小段，老师之前不知道你们的情况，布置作业时欠缺了考虑，实在是不对，老师错了，我以后不会这么做了。"

　　小段见我进来先是一脸惊讶，听到我的话后激动地站起身，惊喜地笑道："老师，你真好！"

　　"但是学习还是要学的，张校长给我的任务就是要教会你们，让你们顺利地融入正常的社会。虽然我也不知道你们正常的社会是怎么样的。小宁，你们组织知不知道？"

　　"嗯。"小宁点头，"我们组织典藏的古籍上有记载。"

　　"很好，你们等老师回去研究一下古籍，咱们更新课程，等学完了咱们再考试。"

　　听了我的话后，小段直挺挺地向后倒去。

第十章 张校长

"小段，小段？"我连忙跑进寝室，伸手要扶起段友莲。

刘老师却拉住我说道："她现在情绪不稳定，你还是别刺激她了……唉，要不你还是赶紧走吧，我怕她哭。"

说完，还是刘老师将虚弱的小段扶起来，让她坐在床板上。

也不知刘老师做了什么，小段很快就清醒过来，她疯狂摇着头说："我不背题、不考试、不剪指甲，我要回家！"

晃头间，她看见小宁，顿时一脸哀求地道："宁队长，我想通了，我要离开，你快送我回家。"

这是我第二次见宁天策舞剑，动作韵律十足。

我忍不住想给他鼓掌。

室内凭空掀起一阵狂风，我听到了"吱呀"一声。

这时，小宁停了下来，问："看到通道了吗？"

我、段友莲和刘老师一起摇头。

小宁一脸为难："你虽然想回去，但显然执念未消，不然不会看不到回去的路，我也无能为力。"

"确实，滞留在此处的大家都是因为执念。"刘老师叹气道，"例如我。不过现在我能够感觉到她的执念确实在渐渐消失。我想在沈老师的帮助下，小段迟早有一天会看到回家的门的。小段如果着急，不如先想想你的执念是什么。"

我安慰小段："小段，这样，你的课外作业我暂时给你免了，你好好想想，争取早日回家。"

听到我的话，段友莲的情绪慢慢稳定了，她想了半天，眼神逐渐迷茫："我……我没什么遗憾，害我的人我早就报复过了，我为什么还留在这里？"

刘老师突然道："小宁，你刚刚问沈老师'看到通道了吗'，沈老师应该看得见通道吗？"

我有点茫然地看向宁天策，只见宁天策点了点头。

"原来是自己人……不对，分明是自己人，为什么沈老师这么厉害？沈老师这么厉害的人物，我以前怎么不知道？"刘老师说道，"沈老师是新入队的？是跟小宁一起进来的吧？好在我们之前进来的这批队员，执念没有那么重，不然就算是我，也无法将他们完全困住。而这些学生里，唯有小段，居然还能逃学，真是令我不解。"

"学生们都是被你困住的？"刘老师前面说的，我听了，但没听懂，后面这句我倒是听懂了，我完全没想到斯斯文文的刘老师竟然这么厉害。

"也不完全是我。"刘老师得意地整理了一下中山装的扣子，解释道，"我与其他人不同，在这里经历过几次人生，最后一次才附身于这个本子。我能借助异体的执念实现愿望，也由此变得越来越强大，当然也因此越陷越深。当时我一见张校长就与她打了一架，被她唤醒了现实世界里的部分记忆。原来我们都曾是救援队的人，只是受到负面情绪影响，被困在了这个世界里，成了异体。后来，利用张校长的特殊能力加上我的力量，我们才能将学生们限制住，不让他们扩散精神污染。"

"原来如此。"宁天策恍然大悟道，"难怪我觉得你与其他异体不同，原来是你已经想起了现实世界里的记忆。我的记忆没有被影响太多，但在此世界里需要按这里的身份行事，遵循世界逻辑，所以没有显露太多现实世界的信息。难道……肖同学和李媛媛，也是我们在现实世界的同事？"

"是的。"刘老师不好意思地挠挠头，"李媛媛在现实世界里应该是我的队员，肖同学是张队长，不，张校长的学生。李媛媛和我，都被张校长意外唤醒了现实记忆，但张校长自己记忆不全，现在还不清楚她的具体身份和任务，因此我们一直无法离开这里。后面小宁来了，我才知道原来执念未消是无法离开的。还是沈老师厉害，第一次见面就送走了肖同学，后来更不费吹灰之力就送走了李媛媛。倒是我，一开始不清楚沈老师的身份也不了解沈老师的能力，还想警告沈老师不要多管闲事……唉……"

"我什么身份？不懂你在说什么……算了，这不重要，如果小段自己也不清楚她的执念是什么，那张校长会不会知道？"

我现在脑子很乱，我总感觉刘老师和宁天策话里的信息量太大了。感觉跟宁组长说的又完全不一样，身边的两个人还摆出一副"我早就知道"的样子。想要彻底了解所有真相，短时间内是非常困难的。与其在废弃学校的旧宿舍楼女寝中为这种事情纠结，还不如专注解决一件事情比较好。

不管学生们到底是怎么一回事，同事们又隐藏了什么秘密，身为老师，学生逃课、拒绝考试还要退学才是大事，必须找到知情人士，了解小段背后的故事。

坚定想法后，我不再理会越聊越惺惺相惜的刘老师与小宁，掏出手机给张校长发信息：校长，我们找到段友莲了，现在遇到了一点困难，需要你的帮助。你说过找到小段后就可以见你，这代表你离我们并不远，请问你在哪里？

张校长很快回复信息：找到段友莲同学就好，我在 H 市第四医院住院部神经内科 902 室，现在是深夜，不方便探视。但是我相信刘老师和段同学会有办法的，你们过来吧，校车已经在学校外等你们了。

张校长说的第四医院应该是新建的第四医院，我将短信给小宁和刘老师看。

"坐校车好。"刘老师搓搓手道，"我不太习惯坐人的车，小段也是，她浑身都是水，要坐其他车很不方便。"

我听了他们的话，不由得问道："那小段是怎么从学校跑到彼岸小区的？"

小段不能坐车，难道小段是裹紧雨衣，一路狂奔到我家的吗？那回到学校的时候，刘老师说他是担心小段才自己跟上来的，难道是变成一个笔记本疯狂翻滚追逐雨衣少女？

"叫了车的。"刘老师道，"刚好齐师傅比较闲，我便叫了他开校车来接送我们。"

"所以齐师傅也跟你们一样？你们除了坐车，还能用别的方式出行吗？"我抱着学术探究的态度询问道。

"齐师傅跟我们不一样，他是跟张校长签了合约的。"刘老师说道。

小宁则补充道："有附身物的异体一般会控制人类帮助自己移动，没有附身物的异体就只能使用精神力控制着自己慢慢地飘了。"

"时速呢？要跨越半个地球的话，需要多少时间？"

小宁微微一愣："这……我倒是没研究过，从这个世界的衍化逻辑来说，异体的诞生很大程度是因为瞬间爆发的剧烈负面情感，他们基本上会被困在诞生地，就算能移动，也不会走那么远。"

于是我又问刘老师。

刘老师也挺为难的："我认识的异体好像都是盘踞在某个特定地点的，一般能随意在外面飘来飘去的，心态也比困在一处的异体要好，因此很快就会消散。也有能够通过附身乘坐交通工具的异体，但要乘坐飞机，也必须是夜航的飞机，否则遇到阳光基本上就完了。"

"所以，没法乘坐远距离的跨国飞机了？毕竟远距离跨国可能会有很大的时差，上飞机的时候这一边是晚上，飞着飞着时间就到中午了，然后直接就完了？"

"我……我也不知道啊……"刘老师脸都憋青了，"我这几百年就没出过国啊！"

几百年了都没能出国看看世界，还真是够封闭的。我这样的穷学生，研究生时期还曾跟着老师出国参加过一个学术会议呢。

我对段友莲说："小段，你听到了吗？这样下去是没有前途的，就算像刘老师这样又能如何呢？还不是要受到很多约束？仔细想想，其实还是做人更自由一点，你还是尽快消除执念，回归现实世界吧。"

小段一脸若有所思的样子，似乎很心动。

另一边刘老师却十分伤心，他翻来覆去地将我的话念叨了半天，擦擦眼角的泪水，对小宁说："小宁，你能尽快找到办法让我回家吗？听了沈老师一席话之后我才发现，这几百年来我一直被困在这里，我想念星网，想念星际旅行，想念现实中的一切。这里有什么好啊？我现在这副样子，若被人知道了也不知道会有多少人笑话我！"

小宁没有回答刘老师的话，而是看着我笑。

他走到我面前，认真地说："先前我隐瞒了两件事，第一件事就是关于异体的真相。之前我说过，异体是充满特殊能量的生物，仅在这个世界里存在。在这个世界的衍化逻辑里，异体的诞生有两种方式，一种方式是人的精神体受到许多激烈的负面情绪影响然后变异成异体，另外一种方式是自人类的死亡中诞生。所以，一般情况下异体都无法与人类和平共处，只要存在就对人类有害。我一直担心你知晓真相后动摇决心，失去坚定的信念，会被异体侵害，现在看来是我狭隘了，沈老师就是沈老师，不会因为任何事情而改变自己的信念。"

"不不不，改变还是有的。"他夸得太厉害，我连忙摆摆手，"以前我只当学生们是特殊群体，以让他们融入社会为目标授课，以后不能这么教了。"

听了我的话，段友莲面色一喜。

我继续说："我还要多多学习，多多取经，制订出符合他们实际情况的教学方法，首要目标是给异体扫盲，更重要的是，要争取让他们学会好好做异体，做一个对社会有用的异体，做一个能推动社会发展的异体。"

段友莲的笑容还没展开又变成哭脸，她捂着脸对刘老师说："我的命怎么这么苦啊？"

说话间，校车抵达校门前，我们四个人上了车。

"你们今晚的事真多，我跑了好几趟。"司机齐大哥不悦地说道。

我现在知道司机大哥也是异体了，也隐约明白他以往为什么不让我坐其他椅子了，心中清楚他是个好异体，便坐在司机旁边的小座位上问道："齐大哥，你这车最远能开到哪儿？"

"上天入地，无所不能。"齐大哥的声音依旧那么酷，说话也是简洁有力，不过我现在已经不觉得他冷漠了，他只是不太擅长与人交流罢了。

"也就是说，如果我想去国外，也可以坐你的车去吗？这样岂不是能省下很多钱？"如果司机大哥不害人，又愿意继续做司机，我应该同他搞好关系，过日子总要精打细算的。

齐大哥用不可思议的表情瞄向我："我这车只能在 H 市范围内移动，唯一的长处就是可以抄近路！"

"哦。"我有点失望，"既然我这个人能坐车，就代表校车是有实体的吧？那你的车白天停在哪儿？刘老师白天不能晒太阳，你的车呢？"

我一连串的问题让司机大哥有点发蒙，他回头对乘客们喊道："你们谁告诉他我不是人的？"

刘老师和段友莲齐齐看向小宁，小宁微笑着说："我师傅，清异组组长。"

"哦，组长啊。"齐大哥脸色一下子变好，对小宁客气地笑笑，扭头瞪我："停在废车场总行了吧？车是真的，不怕晒。怕晒的是我，我只要躲在车里，避开阳光就没事。"

"废车……齐大哥你是在危险驾驶啊！"我挺害怕的，"这车不会漏油吧？是充电还是加油？你充电或者加油时需要给钱吗？"

齐大哥将手从方向盘上放下，用力握拳，咬着牙说："你觉得我这个车需要加油吗？"

"那它不需要油也不需要充电，是怎么启动的呢？耗费的是什么能量？"我特别不理解，真的很好奇。

司机大哥也说不上来，愣了半天才道："我也不清楚，反正它白天动不了，晚上就能动。"

　　"那你也应该好好学习，看来异体的扫盲任务艰巨呀！我观察过了，这辆车的速度大概是每小时 64～128 公里，行驶一个晚上不停，最终的里程也不过五六百公里，确实去不了国外。"我叹道，"可惜我参加完物理会考后就不再学习物理。要不我给你们找个物理老师，好深入研究研究？这种能量应该是一种新能量，还挺环保的，如果能应用在现实生活中，想必十分不错。"

　　司机大哥没说话，反倒是刘老师将我从座位上拽了过来，低声道："别说了，他一生气万一乱开车，我和段友莲没事，你和小宁就不好办了！"

　　我一想也是，便坐在小宁身边低声问他："有人给司机大哥发工资吗？他这一整晚地开车。"

　　"应该会有好处的吧。"小宁想想道，"不然司机大哥一晚上一晚上地跑，图个啥？"

　　我点点头："也是。那司机大哥的行驶路线固定吗？固定路线那可以叫公交车，不固定路线，那应该叫出租车。他有五险一金吗？要缴税吗？"

　　小宁大概也没思考过这种问题，一下子被我问住了。

　　我问段友莲："你有驾照吗，能开大型车的？"

　　段友莲木然地摇头。

　　"那你也没法开车赚钱……司机大哥，你们有市集吗？有人开店吗？卖什么呢？"司机大哥完全不想理我，我又跟段友莲说道："学校不能光扫盲，不能把社会常识和法律常识学习得差不多就毕业。我得制订一个计划，先了解一下异体这个群体的社会属性，确定他们的一个发展现状，好定下我的学生们未来的就业方向，该考的证也不能落下。"

当个老师真的不容易，要考虑这么多事情，我的专业水平还是不够啊。

一路上我都在思考未来的教学该怎么办，直到校车抵达第四医院，我还在想，想得头疼。

小宁拉着我下车，我们四个在刘老师的帮助下顺利瞒过门卫，进入住院部。

神经内科 902 号房是单人间，一进门，我就看到一个五十多岁的女人闭眼躺在床上，她还戴着氧气罩。

打开门刘老师就消失不见了，而女人的手上则出现了一个笔记本。段友莲呆呆地坐在地上，怎么叫都没回应。

"张校长还是有威信的，在她面前，异体无法作怪。"小宁解释道。

我走到张校长身边，看看床头的仪器，她心跳很慢，但她还活着。

可是现在的张校长应该已经是昏迷状态，又是怎样一直同我联络并给我转账的呢？

这时，我的手机亮了一下。

张校长：沈老师好，第一次见面还没办法打招呼，真是不好意思。

能交流！

我用手机发信息：张校长，你是怎么发消息的？

张校长：沈老师，求你帮个忙，我的手机在柜子里，只剩下百分之一的电量，麻烦你帮我充一下电，这样我就可以继续同你交流了，请的护工总是忘记帮我给手机充电。

我按照指示从柜子中掏出手机和充电器，给手机插上电源后，戴着氧气罩的张校长本人嘴角微微弯起一个弧度。

我眼睁睁看着那无人控制的手机屏幕突然亮了起来，给我打字：沈老师有什么问题可以尽管问了！

我有很多问题想问她，但此时又不知从哪儿问起了。

与刘老师他们不同，张校长还没有变成异体，但状态并不好。

宁天策上前检查了一下张校长的情况，说道："张校长情况不太好，头顶的火灭了。"

"什么火？"

刘老师解释道："在异体的眼中，人的头顶与双肩处共有三盏火，若是火灭了，异体就可以趁机侵入人的身体，可以控制人的心神。所以，异体在对人恶作剧的时候，一般会先想办法灭掉这三盏火。穆怀彤第一次见你时藏在楼梯拐角处，就是想吓灭你肩膀上的火。"

"那我的火灭了吗？"我左右侧头，还拿着手机给自己头顶拍了张照片，想看看头上有没有三盏火。

"你的……"刘老师顿了顿道，"若普通人的火是油灯之火，吹口气就能灭掉；你的大概是山林起火吧，风越吹，火越旺。"

"那……"我望着张校长憔悴的面容，"能借个火，把张校长头顶的火盏点燃吗？"

"不能。"小宁说道，"她是心神耗尽导致的油尽灯枯，你有什么话快问吧。我想尽快送张校长离开。"

我迅速给张校长发信息：校长，小段的执念是什么？

躺在病床上的张校长没动，那台手机却仿佛被一只无形的手控制着，飞快地自动打着字：那时我还是仁爱中学的校长，段友莲是我的学生，学校要求学生们住宿。她父亲遭遇车祸后，我家访时问过她的母亲，是否要孩子搬出宿舍走读。她母亲向我询问住宿和走读的优缺点。我告诉她母亲，走读可以陪伴家人；住宿的话，学校环境比较简单，也可以避免睹物思人，孩子更容易走出亲人离开的悲伤。她母亲说，那就选对孩子好的方式，让段友莲继续住宿。可是我没想到，有些孩子的恶，常人根本无法想象。

我将张校长的信息读出来之后，雨衣少女段友莲幽幽地说："宿管老师以为我每晚都乖乖住在宿舍里，其实是舍友在假装我，她们将我赶出了宿舍。我不敢回家让我妈担心，就在外面游荡，不想却被坏人盯上，遭遇袭击后被扔进了河里。后来我从河里爬上来，就变成现在这个样子了。"

我听了她的经历后心里特别难受，但还是敏感地抓住了关键："你被赶离宿舍遇到坏人袭击，而后变成这副样子。之后你回学校了吗？你现在在警局的状态该不会是'失踪'吧？你什么时候离开学校的？"

"我不记得，变成这样之后对数字不敏感。"段友莲摇摇头。

我给张校长发信息：您是哪年成为校长的？段友莲又是什么时候失踪的？

张校长：我记得很清楚，2011年年初我成为仁爱中学的校长，年底段友莲失踪。

"小段该不会根本就没变成异体吧？"我读了短信后不由得说。

"不可能。"宁天策摇头，"她现在确实是异体，我十分确定。"

刘老师也附和道："小宁说得对，我活了这么多年，还不至于分不清人和异体。"

段友莲也坚持自己不是人，而是异体。

我痛心疾首地看着这三个法盲，捶着胸口解释道："2011年距离现在足有八年，根据法律规定，公民下落不明四年或者因意外事故消失两年以上，利害关系人可以向人民法院申请宣告他死亡。也就是说，如果段友莲的母亲不申请宣告死亡，小段在法律上还是活着的。"

张校长也发来消息：段友莲的母亲林建英应该没有申请宣告死亡，我陷入昏迷前曾打探过她的消息，这些年，她一直没有放弃寻找女儿。

段友莲一下子哭了出来，她蹲在地上，对我说道："沈老师，我想见我妈……"

我没来得及说"没问题"，小宁就立刻道："不行！你现在这种情况，与你妈妈见面之后，你妈妈怕是要大病一场。"

这可怎么办？我对这方面并不了解，只能眼巴巴地望着小宁。

"除非小段愿意贴上这张'复制'了强力驱异能量符号的纸，这种特殊物品在我的精神力操控下会压制住你的气息，让其不外溢。"小宁从背包里拿出那张纸，"不过，贴上去之后，你会很痛苦。"

小宁见段友莲想伸手把纸抓过去，不由得强调道："十分痛苦，非常非常痛苦，或许要比你从人变成异体的过程还要痛苦。"

段友莲摇摇头："我难受没关系，只要能见到我妈。"

"我们这就去找她。"我举起手机，张校长刚好将小段母亲如今的住址发送过来。

虽然我还有话要问张校长，但小段的事情比较要紧。最好今晚，这对母女就能见面。我们又偷偷离开了第四医院，走之前，我拔掉充电线，将张校长的手机重新放进柜子里。

等在医院外的司机大哥一脸不悦地将我们送到小区门前："已经晚上四点了，我五点收工。你们要是四点半之前不出来，就自己想办法回去吧。"

我和小宁没关系，但刘老师和小段就有点难办了。

我挺发愁的："我可以将刘老师揣进怀里带回家，但小段……"

刘老师连忙道："使不得、使不得。沈老师，你胸口烫得很，待在那里与被太阳晒没什么差别，我……还是把我放进小宁的背包里吧。"

"你确定？"小宁打开背包，里面是六十四面旗子以及一大堆"复制"了强力驱异能量符号的纸。

刘老师："……"

"这样吧，我把上衣脱下包住你。"小宁想了想后说。

"真是多谢小宁了！"刘老师感激地说。

"不客气，这感觉挺新奇的。"小宁明明是在对刘老师说话，眼睛却看着我，还带着笑意。

他们客客气气的，我却很着急，看着单元门道："这门都锁着，我们怎么进去？这个时间点按门铃，会不会把邻居们都吵醒？不按门铃我们能进去吗？进楼后要怎么悄无声息地进入小段妈妈的家中？刘老师你有什么办法吗？"

刘老师一脸为难："我能暂时脱离笔记本穿墙，可没办法带小段进去，小段的力气倒是可以踹开门，但是……"

段友莲肯定是不愿意将母亲的房门踹坏的，修门还要不少钱，更何况这也不合法，动静也不会小，怕是会有热心的邻居打电话报警。

"唉，你说你们有什么前途？"我长长叹气，对小段说，"只能按门铃了，说不定阿姨在屏幕上看到你的脸，就给你开门了。"

但我想林阿姨开门的希望不大，可我们没时间了。我们商定好，如果林阿姨不开门，我们就尽快坐车走人，白天我和小宁再想办法约见林阿姨，让她晚上给小段留门。

　　"好，宁大师，给我贴上那张纸吧。"小段静静地看向宁天策。

　　"你不要喊出声音来。"宁天策一边说一边将画着强力驱异能量符号的纸贴在段友莲的后背，"万一吵醒小区其他人就难办了。"

　　那张纸贴在段友莲身上后，她全身颤抖，我眼睁睁地看着她的指甲不受控制地长长了，她疼得龇牙咧嘴，但没发出半点叫声。

　　忍着痛，小段一下又一下地按着林阿姨家的门铃。

　　"小区物业这么好，我们偷偷进来，不会被监控拍到吧？"我跟着小宁躲在小区花园里的树丛中，担心地问道。

　　"没事，有段友莲和刘老师在，监控没法工作。这是强大异体的能力之一。"小宁说道，"不过现在段友莲离开了，刘老师也不在，小区的监控应该会拍到现在的我们。"

　　"所以监控会拍到我们突然出现，然后藏在树丛中？万一被人发现，那我们该怎么解释？"这可太愁人了，我能感觉到我的头发都愁掉了。

　　"就跟我们在河边散步一样。"小宁说道，"监控只会拍到我们钻进了树丛，但拍不到我们在做什么，我们只是蹲在这里，又没有做什么见不得人的事，被抓到了也没什么。"

　　就是不知道会传出什么流言来。

　　我感觉自己更容易秃头了。

　　这时，单元门突然打开，段友莲的母亲竟然真的只是看到显示屏中的画面，就大半夜的跑下楼。

“小莲……”一个中年女人颤抖地对段友莲伸出手道，“你……”

段友莲后退两步，别过脸说：“不能碰我。”

接着，她与林阿姨走进楼中，这个距离，我们既看不到她们，也听不到她们说话的内容。

我紧张地握着拳头，心情十分复杂：“小宁，你说小段会怎么对阿姨说她的事情？阿姨能接受吗？”

“沈老师。”宁天策的声音中透着一丝异样，“先前我跟你说我隐瞒了你两件事，我只说了一件事，还有一件事……”

这时，有只蚊子不停地在我耳边“嗡嗡”叫，我循声辨位，伸手“啪”的一下打在小宁脸上。

小宁捂着自己被打的半边脸望着我，满眼都是震惊。

我向他摊开手：“你看这蚊子，弄我一手血，这是吸你多少血了？”

小宁木然地将视线从我脸上移动到手上，看见那只染血的蚊子。

我心疼地摸摸小宁被咬到的脸，小宁的皮肤可白了，明天脸上长个包得多难看。

“一会儿去药店买点药膏。”我说道，“有种药膏很好用，我就挺招蚊子的，经常用。”

正说着呢，源源不断的蚊子就来袭击我。我跟蚊子打交道也有二十几年了，经验丰富，看都不用看就知道它们会攻击我身上的哪几个位置，只听“啪啪啪”数声，我掌下便出现了好几只蚊子的尸体。

看着掌心的蚊子，我摇摇头叹道：“还是被咬了，蚊子太多，双拳难敌四手。”

目测一下，有两三只蚊子吸了我的血。

小宁一言不发，沉着脸扭头望向单元门："段友莲出来了。"

一个穿着雨衣的身影慢慢地从楼里走出来，慢慢抬起头看了一眼林建英居住的房间窗子，便不再回头，站在我们藏身的树丛前道："走吧。"

我拍掉掌心的蚊子，从树丛钻出来，一看时间才过了十分钟："这么快？"

我以为她多年没见到母亲，会多留一段时间。

"人与异体本就不该在一处，十分钟已经够长了。"小宁爬出来，撕掉段友莲身上的纸，"你想通了吗？"

段友莲道："想通了，见她一面就够了。"

现在已经是凌晨四点二十分了，时间紧迫，我们快速走出小区，坐上校车。

一上校车刘老师就显现身形，拍拍胸口说道："方才真是吓死我了，好害怕沈老师用笔记本打蚊子。那蚊子可是吸了沈老师血，若是让我碰上……后果不堪设想啊！"

看来我之前用本子打虫子这事在刘老师这里是过不去了，我也挺无奈的，毕竟用书和笔记本打虫子不是很正常的事情吗？

"蚊子你也怕？"我转移话题道。

"那是自然，没吸血的蚊虫不怕，但若是吃饱了的蚊子，我们还是怕的。"刘老师后怕地说道。

我又问段友莲："你怕吗？"

"方才沈老师从树林里出来时，幸好先拍掉了手上的蚊子，否则我怕是会受重创。"段友莲也是一脸惧怕。

我感慨道："异体的生存环境也太恶劣了吧？怕阳光，还怕蚊子。对了，小段你的执念解决了吗？"

这件事，小宁最有话语权："是的，晚上我回去给她打开通道，她就可以回家了。"

脑子里一道灵光闪过，我不由得问："之前我就想问了，却总被别的事情吸引了注意力，你说的打开通道回家是什么意思？我记得，当时李媛媛也是回家了。不过肖同学和穆怀彤是去国外了，这个回家和去国外，有什么不一样吗？"

"先前我就想跟你说了，不过被你打断了。"宁天策有些无奈，"现在有些不方便说了，等私底下我再跟你详细说。"

我点了点头，不再问了。我也没问小段与她母亲说了什么，这是她的隐私，见她此时一脸平静，不再愤世嫉俗，这样就足够了。

司机大哥趁着凌晨车少，一路将车开得飞快，先将刘老师送回彼岸小区，又将我和小宁、小段带到酒店，全程不到半个小时，离五点还差十分钟。他要找个背阴的地方停车。

车门打开时，司机大哥用手推了推帽子，对我冷笑一声："呵呵，我最高时速只有 128 公里？笑话！"

将我们扔下后，司机大哥就狂踩油门飞驰而去。我脸色苍白地扶着小宁道："司机大哥，真汉子！"

小宁面不改色道："他开的不是一般的车，不会撞上其他的车，就算撞上也只会从其他的车上穿过去，没事的。"

小宁真厉害，这种速度下都能保持镇定，实在是高……

在我感叹之际，小宁狂奔到酒店外的垃圾箱处，吐了。

最后，还是我扶着明显晕了的小宁走上电梯，进了房间后我扶着他在沙发上坐好，给他倒了杯温水递过去："漱漱口吧。唉，你既然晕车，刚才还逞能干啥？少说话多休息啊。"

小宁默默地看着我，眼中好像藏了很多话。

他最近总用这种眼神瞧我，我都习惯了。

我去准备了一条热毛巾，坐在沙发上，让小宁把头靠在我的腿上。我用热毛巾为他擦脸："闭上眼睛，安静地躺一会儿，睡着就好了。"

擦过脸后,我又仔细观察了一番小宁脸上被蚊子叮的位置，没有长包，但有些红。

我便着重将热毛巾敷在那个位置，争取活血化瘀，让小宁不长蚊子包。

小宁不太听话，一直没有闭眼地看着我。

就在我专心地帮他敷脸时，小宁抓住我的手道："沈老师……"

我吓了一跳，毛巾掉了下去。

尽管没有与小宁对视，但我的耳朵一直在工作，静静地等待他即将说的话。

"砰砰砰"——突然，巨大的敲门声从门外传来，我顿时吓了一跳，一时竟条件反射似的起身去开门。

"扑通"一声，小宁从沙发上掉了下来。啊！忘了他刚才头是枕在我腿上的，我一站起来他就……

敲门声很急很大，本在主卧睡觉的宁组长一边扶着腰，一边打着哈欠走出来："你们都在，怎么不开门？"

宁组长说罢就去开门，我总觉得有什么事情忘了，到底是什么事呢？

房门被打开，宁组长大喝一声："什么异体竟然如此大胆，敲我下榻客房的门？天策，拿剑来，看我灭了这异体！"

啊，我光顾着照顾晕车的小宁，把小段忘了……

第十一章

最后一课

场面一度十分混乱，宁组长等不到小宁送剑，便自己掐了个手势，要与小段决一死战。现在已经过了早上五点，夏天天亮得早，我们住的楼层又高，伴随着清晨第一缕阳光自酒店走廊窗户照射进来，小段惨叫一声，要往屋子里冲，却被组长拦住。

　　小宁完全没想到我竟然直接从沙发上站起来，整个人大头朝下地摔下沙发，加上之前晕车的感觉还没过去，此时正躺在地上，处在混乱的状态中。

　　在这种情况下，我当机立断，暂时丢下躺在地上的小宁——反正他都已经摔地上了，我几时扶起他都差不多。

　　现在最关键的还是小段，她昨夜元气大伤，又因执念消除力量大减，根本承受不了一丝阳光，更不要说宁组长此时还在施法，要是真被两面夹击，她怕是直接就消散了。

作为一个老师，天大地大学生最大，我冲上去抱住宁组长的腰，将他从门口移开，对小段喊道："快进来！"

小段"嗖"地窜进来，房间里拉着窗帘，她关上灯躲在角落，一副受惊过度的样子。

"宁组长，你稍等片刻，小段是我的学生，她是自愿来接受接渡的，是我把她忘在楼下她才会自己上楼敲门，是我的错！"我一边关门，一边向宁组长解释。

小段配合地向宁组长疯狂点头："宁组长你好，我心愿已经达成了，完全不想继续待在这里了，请你尽快把我送走，我真的不想再上沈老师的课了！"

宁组长稍稍冷静下来，问道："天策，是不是真的？短短一夜，你们就化解了她的执念？"

小宁狠狠瞪我一眼，自己从地上爬起来，冷着脸说："正是，昨夜我们找到段友莲时，她其实已经想离开了，只是之前的执念还影响着她。沈老师联系张校长了解到她身上发生的事，我们助她见了家人最后一面，如今可以送走她了。"

宁组长这才松了一口气，内敛地夸赞道："做得好，我这就准备准备，你一会儿就将她送走吧。"

宁组长说罢，小宁便不知从哪个柜子里取出一些画满能量符号的纸，又换上之前穿过的那件汉服。宁组长也拿出一些刻着能量符号的工具，口中念念有词。很快，那些能量符号逐一亮起，产生了一种神秘莫测的力量，一条泛着金色光芒的通道也在此刻被打开了。

小段冲我们挥挥手，便微笑着走进了那条发光的通道。当白光熄灭时，通道与小段都不见了。

再见了，小段。我松了一口气。

"此事已了。"宁组也长长吐出一口气，"在接受张校长的委托时，我万万没想到事情会如此凶险，若是早知道，我绝对不会让你只身犯险。"

"也没什么大事。"小宁一脸云淡风轻、宠辱不惊地说道，"毕竟有沈老师在。"

我不好意思地挠挠头说："没有没有，我只是做了一个老师应该做的事情。"

送走段友莲之后就到六点了。我们三人叫了早餐，准备大吃一顿。我吃得最多，实在是饿坏了。

吃过饭，宁天策对我说："我知道若是现在与沈老师谈话，一定说着说着你就睡着了。我们忙了一整夜，已经累到极致，先去休息，等醒来后我有话与沈老师说，届时就算是拆迁队来砸门，沈老师也必须先让我说完！"

他说得咬牙切齿，我莫名心虚，将脖子缩成鹌鹑状，乖乖点头。

小宁终于露出了一丝笑容，摸着自己的后脑勺说："险些摔成脑震荡。"

我灰溜溜地走进客房睡觉。早晨八点手机闹钟准时响起，我偷偷摸摸走出房间，见小宁还在睡觉，便带着宁组长去理疗。

理疗结束后，回到酒店时已经是上午十一点，我实在困得受不了，一脑袋扎进枕头中便昏睡过去。自从上班后，我大部分时间好像都在补觉，怎么睡都睡不够。唉，熬夜真是在熬心血。

一觉睡得天昏地暗，酒店的窗帘遮光性还好，我睁眼后一时不知道现在几点，迷迷糊糊地到处摸手机，却意外摸到一只手。

我按下床头灯的开关，这才看见小宁坐在我床边。

"沈老师在找什么？"昏暗的灯下，小宁歪着头问我。

"找手机，看看几点了。"我不由自主地回答道。

"晚上八点。"小宁说道，"要吃饭吗？"

我摸摸肚子，点头："要。"

小宁打电话订餐，我跑到卫生间洗脸刷牙，回想起小宁方才的样子，总觉得心里毛毛的。

饭前我小心翼翼地问道："小宁，你要说什么话？"

"先吃饭。"小宁淡淡地道，"我怕话说到一半你噎到，我又说不下去了。"

快速吃过饭，做好一切准备工作后，小宁说："在你睡着时，组长已经回去了，现在房间里只剩我们两个。时间是晚上九点，张校长和你的学生们也不会在这个时候出现，所有可能发生的意外我都清除了，现在给我五分钟时间，这五分钟之内，就算是有狗咬我，你也别动手行吗？"

我被小宁的气势压得说话声音都变小了，细声细语地说："哪有狗？行，你说你说，我绝对不会让任何人打扰到我们的！"

我直接将手机调成静音，专注地望着小宁的眼睛。

"首先我不是在说胡话，其次你相信我吗？"宁天策问。

我直接点头。

结果，我接收到了一堆的信息——

"什么？这里不是真实的世界？回家是回现实世界了？而异体说的'出国'是真的去了星网主脑安排的异体专属服务空间站？在哪里？"

"所以我的学生们，一部分是现实中被卷入这个星网虚拟世界的人，一部分是本地衍生的异体？那边的异体专属服务空间站发展得怎么样？对了，我的学生们的未来规划，我必须再做得细致一点才行……那边要怎么去？是临时居留，还是去了就能成为永久居留者？有什么要求吗？"

"张校长和刘老师他们都是现实世界中的人，来这里是救人的？你也是？我也是？"

"我是在全息舱里上网时，意外被电子信息风暴卷入这个虚拟世界的？"

"因为我的误打误撞，所以你们救援队救人的速度加快了……异体们受到的污染也没有那么严重了？"

"张校长的记忆并未完全恢复，也并未意识到自己的现实身份，她仅靠本能就能做到这种地步，实在是让人敬佩……"

"有任何我能做到的，直接告诉我，我肯定全力以赴。"

我在午夜十二点的时候给张校长发信息：校长，你的手机今天充好电了吗？

张校长：充满了！

看来，手机电量充足让张校长心情不错呀，这还是我第一次见她发叹号呢。

我将小段的事情简单讲了一下，张校长回复：我也收到了宁组长的短信，真是替小段感到开心。

见她真心为小段感到开心，我不由得想起宁天策的话，忍不住道：张校长，我觉得你是个好人，也是个负责任的老师，我真的非常佩服你。

张校长沉默片刻后回复：我不值得你这样敬佩，我是一个失职的老师。在这个世界里，我二十三岁大学毕业就成为一名人民教师，始终以教书育人为己任，一直认为自己认真负责，对得起每个学生。直到有一天，我受邀去参加李媛媛的葬礼。她是我三十多岁时教的学生，那时的我才发现，原来平静的表面之下藏了那么多的波澜。

　　李媛媛，特别救援队三队的精英队员。进入这个虚拟世界之后，如其他的队员一般，她从小婴儿开始按部就班地长大，进入学校后遭遇校园霸凌。

　　张校长：其实，李媛媛曾经向我求救，但那时候的我只当是小孩子之间的玩闹，稍加训斥调解后就让她们自己解决了。之后，李媛媛被一些人变本加厉地折磨。如果我能多用点心，多点耐心，说不定悲剧就不会发生。

　　张校长：那之后，我发现了这个世界的另一面。他们都是好孩子，不应该遭遇这些，更不应该深陷仇怨之中无法解脱。经过多方的调查打听，我联系上了清异组，知道了原来他们也可以帮助我的学生获得解脱。只是获得解脱，是有条件的。

　　张校长：我还没帮他们达成条件呢，就有人出事了。就在这时，刘老师说他可以帮我，至少可以帮我约束好他们，让他们有机会获得新生。不过，这需要我付出代价。不管是什么代价，我都愿意。

　　张校长：然而，我只能做到将他们困住，无法让他们得到真正的解脱。于是我向清异组发出求助。只是我没想到，我特意留出来的后门阴错阳差地被你——一位刚毕业的老师看到了。

　　接下来就是我遇到的所有事件，张校长在我帮忙消除肖同学的执念，令他主动接受接渡之后，决定将错就错，看看我这位新入职的老师能够做到什么程度。

　　张校长：刘老师告诉我，学生们经过这段时间的学习都想通了，愿意放下执念。明天我再安排一节课，你与宁专家一同上课，应该就可以结束这一切了，我会将原本准备好的报酬按时转给你的。我还能够撑三四天，就拜托你了。

　　我看完张校长发来的信息后，心一揪，重重地叹了口气。

　　小宁坐起来，问道："你不开心吗？"

我点点头，垂头丧气地说道："我要失业了。"

我将手机递给小宁，让他看张校长给我发来的信息。

说真的，我对于小宁说的"这里不是真实的世界"一点也无法产生同感。我在这里出生长大，记忆没有出现一点断层，还有许多鲜活的朋友。

这些怎么可能是假的呢？

不过，若小宁所言是真的，大家还是要尽快回去。我的这些学生如果能消除自己在这个世界的执念，回归现实世界，或是到他们在星网上的专属服务空间站也好。再说了，若小宁说的是真的，张校长就可以不用死了，这也是好事一桩。

只是，我也不清楚自己是因失业而悲伤，还是因为别的而难过，反正我现在心里堵得慌、闷得很。

"放心吧，张校长的身体还好好的，我们早一点将她的心愿了结，她就能早一点回去。"小宁说道。

"她是个好老师，也是个好校长。"我闷闷地说道，"我没什么信心，能做到一次性帮助所有人，让他们接受接渡。"

"你一定能做到的，打起精神来。"小宁鼓励我，"况且，你不是一个人在战斗，你还有很多的伙伴。明天我们给学生们上好最后一节课，争取让所有学生毕业回家！我相信沈老师你一定能做到的！"

得到认可的我顿时用力地拍胸口："没问题，包在我身上，明天白天我专心备课，一定会想出一个最完美的方法，让大家获得完美的结局！"

早晨。

我照例醒得比小宁早，回想起昨夜自己的承诺，愁得头发掉了一把。

我想起小宁脸上的蚊子包，先下楼去药店买了药膏和创可贴。小宁睡得很沉，我给他的蚊子包都涂了药后，在肿包上面贴上创可贴，免得小宁无意识中将脸挠破。

做好这一切后，我决定回宿舍一趟。

刘老师经验丰富，应该会有办法吧。

小宁的车还停在彼岸小区的停车位中呢，我还得将车开回来。

回到宿舍后，我背上笔记本和过去写的教案，将它们与承载了刘老师的笔记本放在一个包里，又将房间打扫了一下，有些不舍地离开了。

如果今晚我成功了，学校就黄了，我也就失业了，免费宿舍也没有了。

回想起找工作的经历，我拍拍自己的脸，告诉自己，无论生活再怎么艰难，我也要勇敢面对。

我还是第一次开小宁的车，手都不知该往哪儿放。我的驾照是上大学期间考的，虽然有五年驾龄，但实际上并没摸过几次车，一路上开得战战兢兢，生怕会碰到哪里把车碰坏了。

等我回到酒店小宁已经醒了，他搬出一大摞书堆在客厅中，盘膝坐在地上，一本一本地翻。

"你这是在干什么？"我进门被摆得比我还高的书吓了一跳。

"一些复印版的古籍，早前我联系上组织里的人之后，让他们给我邮寄过来的。"小宁解释道，"我现在翻出来看看有没有什么可以参照学习的办法。喏，那一堆你也可以看看，我们一起讨论讨论。"

我随手拿过一本古文书，看了一会儿便昏昏欲睡，速度比我背课文时还快……

等等，背？

"我想到办法了！"我拿着古文书开心地拍小宁的肩膀，"今天干脆就让大家背书好啦，这本书的内容也不长，我在前面朗读，学生们拿着复印版在下面跟着读，读着读着，说不定就能回家了吧？"

"我第一次听说还能这样的……不过，应该可行吧，毕竟沈老师让他们念，他们不敢不念的。"小宁还挺赞成我的想法。

这本古文的内容真的很短，快速朗读的话大概五分钟就能读完。

不过，小宁告诉我，要想达到我们的目的，应该需要反复吟诵。若是有执念过重的，说不定会害得他直接消散。

"其实换成教学，道理也一样啊。"听了他的话，我若有所思地道，"学生如果自己不想学习，老师教学水平再高、讲课内容再生动、重复再多次，学生还是学不会；可学生要是发自内心地对某种事物产生了强烈的兴趣，想要为之而努力，那就算没有人教他们也会主动学习的。所以我认为，学生们自己朗诵古文，应该不至于让他们消散。"

"我觉得你说得有道理，可以一试。"小宁点点头，拿着这本书出去复印了，预备晚上上课时给每位同学发一份。

我则是拿起自己之前的教案，回想起过去讲的课，如何树立正确世界观的三点中，还有一点没讲完。

做人要善始善终，说不定这真的是我为他们上的最后一节课了，我还是有始有终地将这堂课讲完吧。

于是，我翻书查资料。写完教案后我看了一眼时间，才下午四点。

我打开刘老师的笔记本，见上面还有我第一次写的教案，想了想，觉得刘老师可能也需要重新树立世界观，毕竟他一直都想回去。

我将其他几堂课的教案在笔记本上也抄了一遍，也算是对刘老师有了交代。接着，我又将自己在过去生活中遇见的一些美好的事情写在笔记本上。

一个人的经历构成了他现在的世界观，而当下的世界观决定他在未来的道路上会如何选择。我的过去塑造了现在我这个人，希望这些经历能够给刘老师留下一些美好的印象，让他更加热爱这个世界，愿意再世为人，重新投入世界的怀抱。

一直写到晚上十一点，没想到我的人生中竟有这么多美好的经历，我真幸福。

小宁在一旁看我写字，十分安静，完全不会打扰我。

不知不觉我几乎要将本子写满了，只剩下两三页空白，我见还有时间，决定将这篇古文抄上去。

才写了一个字，笔记本就自己合上，从书桌滚落到地面，在我眼前变成了刘老师。

刘老师似乎与昨天有些不一样，他微笑着说道："剩下的文字，等上课时我自己来写吧。"

小宁愣住了，我则是惊喜地说："刘老师，你放下了？"

刘老师含笑点头："你都把笔记本写满了，我若是还放不下，岂不是愧对沈老师一番心意？"

"我也没写什么吧，就是一些普通人常见的事情。"我挠挠头，不好意思地说道。

"的确是常见的事，却也美好。而美好不是因为事件本身，而是它们在你眼中是美好的。"刘老师说道，"怨天尤人者，纵是见到蓝天白云也会觉得是在嘲笑自己，对于沈老师而言，狂风骤雨皆是在帮助你磨炼意志。我一直活在痛苦中，看什么都是乌云满布，而沈老师把引导人走上正途的教案以及自己对世界的看法写在笔记本上，记在我心中，刻在我灵魂里，我还能有什么仇、什么怨？都过去这么多年了，再纠结于以前那点小事，我是有多看不开？"

我递给刘老师一份古文的复印件，他接过后看看道："走吧，我们去上这最后一节课，我会在课堂上陪着学生们一起写这古文，一起朗读念诵的。"

我们三个下了楼，司机大哥准时等在酒店附近的巴士站旁。

小宁迈着坚定的步伐，第一个上了车。

司机大哥似乎也知道这是最后一节课，他哼了一声说："希望这是我最后一次载人了，你以后可别上车了，我都一个多月没开张了！"

"是是是。"我连忙赔笑，"保证是最后一次，所以齐大哥你慢点开，上次速度太快真的太吓人了！"

司机大哥得意一笑："能让沈老师你害怕，我也算是独一份了，看以后谁还敢坐霸王车，不付钱。"

他今天心情很好，话挺多的，还对刘老师说："我不是异体的时候你就经常坐我的车，我变成异体几十年你依旧坐我的车，希望以后不用再载你了。"

刘老师说："我也希望如此，祝你早日解脱。"

我们四个相视一笑，此时此刻，似乎我们之间也没有什么区别。

我的学生们似乎有自己的消息网，他们早就知道我已经发现了真相，这节课大家的装扮格外嚣张，一个个蓬头垢面，完全没有曾经乖巧的样子。

三年级四班的灯光大亮，二十个奇装异服的学生带来的冲击力还是很强的，我进门后退出去又看了一眼门牌，才确定自己确实没走错教室。这一下，我差点以为自己误入某电影的拍摄现场。

穆怀彤与段友莲先后毕业离开，如今前面空了两个位子。

"喀喀。"我有点紧张，清清嗓了才朗声道，"同学们好，说来很惭愧，我们相识也有一段日子了，老师竟然不久前才知道大家的真实身份，的确有些不尽职。现在我们重新互相认识一下，我叫沈建国，一个刚刚毕业走上工作岗位的新老师。第一次带班，我是相当紧张的，不管大家是什么身份，对于我而言，你们都是我带的第一批学生，也是我最难忘的记忆，下面，我开始点名。"

将二十个学生挨个点名后，我将"如何树立正确的世界观"几个字写在黑板上："大家也知道，这是我们的最后一节课了，我的重要任务还是帮助大家毕业，离开这里。不过，我觉得做事还是要善始善终，树立世界观这堂课还有一些内容没有讲完，我现在给大家继续讲。树立正确的世界观，必须要有明辨是非的能力。我们如何明辨是非呢？"

这并不是一个很好讲的课题，历史上，无数哲学家用一生来探讨善与恶，都未能找到一个有力的、足以说服所有人的答案，我自然也讲不出什么明确的东西。

我能够告诉大家的，只有时刻保持一颗正直的心，永远不要愧对于心，就足够了。

余下的内容，我讲了一个多小时。暂停了一下，我对学生们说道："你们或许会想，我现在已经知道大家的真实身份了，为什么还要继续讲世界观？对你们说世界观，符合你们的现实生活实际吗？人是社会性的动物，异体亦然。我认为做一个善良正直的好异体，做一个对社会有积极推动作用的好异体，积极热情地去拥抱新的生活，这才是我想教会你们的。也许你们到达了那边，我现在讲的内容有可能用不上，可我相信，只要心中坚定，认清自我，你们的未来一定是灿烂的、光明的。"

说了结束语后，我拿出一沓毕业意向调查表，发给每位学生。

"这张表上给大家几个选择，分别是继续留下听课和选择离开，请选择离开的同学拿起课桌上的古文，在语文老师刘思顺的带领下大声朗诵，念到成功离开为止；选择继续留下来听课的同学，我会接下张校长的重任，继续给大家安排课程。"

话音刚落，所有学生齐刷刷地拿起古文复印件，口中念念有词。

"看来，大家想要毕业离开的心十分坚定，那就有请刘老师上讲台领读。"

我说完走下讲台，刘老师整理了一下灰色的中山装，又不知从哪儿弄出一把梳子梳了一下头发，这才拿着刚写好的笔记本走上讲台。

我坐在小宁身旁，听大家念古文，没一会儿就开始打瞌睡。我只要一低头，小宁就会将我拍醒，这是我们事先说好的，最后一节课我绝对不能睡觉。

一直念到深夜两点，大部分学生都穿过了一条闪着金色光芒的通道——是的，我看到了小宁说的通道了——然后他们都消失在了通道里。

还余下几位同学，张校长说已经通知司机大哥了，司机大哥会将他们带去其他地方。

我领着学生们走到校门口，司机大哥已经到了。

刘老师也没走，他要送学生们最后一程。

刘老师与学生们端正地坐在校车的座位上，透过窗子静静地看着我。

司机大哥说道："这趟车下一站通往异体所在的专属服务空间站，人类不能上车。"

我与小宁站在车外，看着刘老师带领学生们向我们轻轻挥手。

"一个多月没生意，终于又开张了。"司机大哥像赶苍蝇一般向我挥挥手，"以后你可离我远点吧。"

车门关上，迷雾升起，车牌尾号为"444"的公交车渐渐在迷雾中消失，留下我与小宁望着车远去的方向发呆。

手机提示音响起，张校长发来信息：**工资和奖金已经转入你的账户，从此解除雇佣关系。**

我盯着入账四十二万五千元的信息，竟不觉得开心。

张校长又发来一条信息：**谢谢，还有，记得过两天来参加我的葬礼。**

小宁说："我们赶紧去见张校长，把张校长送出这个世界吧。也不知道张校长在现实里醒过来想起她这句话会是什么表情。"

"好。"我有些发愁地说，"我回去之后还得继续找工作，也不知道能不能找到……"

"放心吧，你很快就会入职了。"小宁说道。

我没明白他的意思，听小宁这话音似乎是要解决我工作的事情，于是我眼巴巴地望着他。

小宁严肃地说："我作为星际救援队王牌队伍的队长，一直苦恼于不知如何武装队员们的思想。星际时代的年轻人心性浮躁，处处以精神力为先，对个人的素质、品德修养多有忽略。出个任务畏首畏尾，看见异体叫得比苦主的声音还大，我带出去都有些丢人。我迫切需要一位理论知识过硬、教学技术优秀的思想老师来教导他们，培养他们自信、坚定、不畏、负责任、善奉献的精神。"

咦？小宁说的条件怎么好像……我完全符合呀！

"月薪多少？"我立刻问道。

"放心，我们有编制，福利好，底薪一万元，包食宿，按出徒人数算提成。如何？"

"我是不是需要先考编？"

"就凭你本次优秀的救援履历，我相信你会被破格录取的。"小宁面带笑意地看着我，"现在似乎只差最后一步了。"

"走走走，我们赶紧去找张校长。将事情做个收尾，我们立刻就离开！"我掏出手机打开叫车软件，"现实世界是什么样的？我真的是一点记忆都没有。你得跟我说说，万一闹出什么洋相，给人第一印象就不好，那可不行。"

想着接下来我就要脱离这个虚拟世界，回归数千年后的星际时代，还将有正式的编制内的工作，我不禁喜笑颜开。

我真的要走上人生的巅峰了！

（正文完）

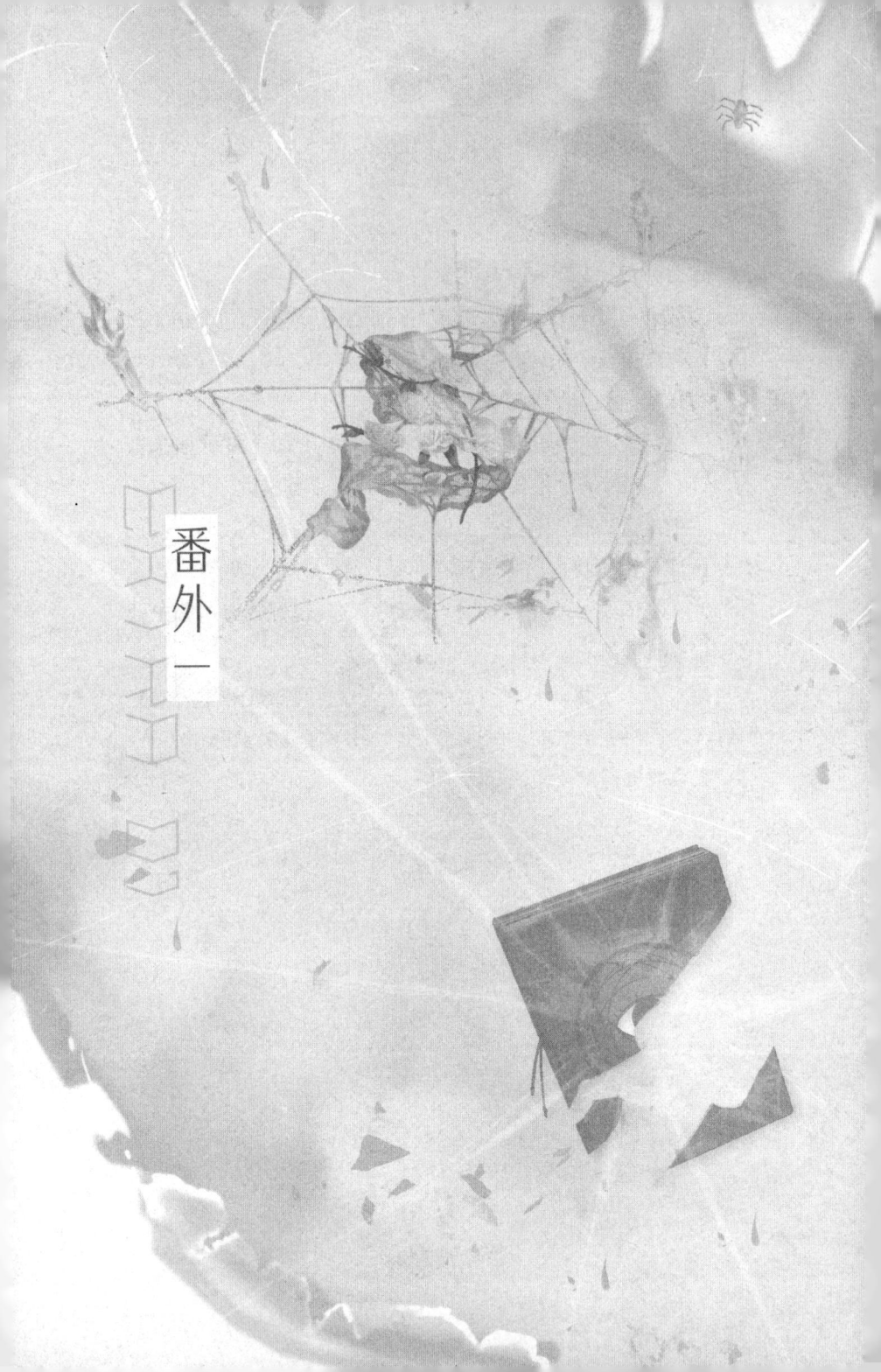

番外一

1.星网——虚拟世界

宁天策在网吧待到凌晨一点多，始终没有找到师傅说的招聘信息，他又气又急，离开了烟雾弥漫的网吧，在大街上迷茫地散步。

组织里的前辈很重视这次任务，临行前叮嘱宁天策若是异体太强，就一定要及时联络组织。

星网之外，他是紧急救援处王牌队伍的队长；但在这段数据流内，他的身份多了一层伪装——他是一个以消除异体、守护群众为己任的组织——清异组的首席队员。

这是因为本次进入的星网虚拟世界有着自己的逻辑衍变体系，所以当救援队员进入虚拟世界后，不仅会有部分记忆受到影响，也会获得一个符合该世界逻辑衍变的身份，并且要尽可能地按照这个世界里的身份行事。

在这个世界里，宁天策身为清异组的首席队员，心中是充满傲气的。他可是能够单枪匹马地对付一个异体的人，而其余队员，只有多人协同才能成功困住异体，更厉害的是，他已经能够驾驭清异组最厉害的特殊装备了。

一身傲气的宁天策没想到自己这次出师不利，竟然在最初接任务的环节上出了差错。

一点也不凉的风吹在脸上，H 市不比山门，环境嘈杂，人心浮动，连夜风都透着一丝浮躁。

散步到凌晨四点，师傅发来信息：天策，委托我们的张女士说，一个附在人身上的异体已经被困住，接下来只要接渡它就好。徒儿做得不错，为师很是欣慰。

宁天策诚实地回答道：师傅，并不是我做的，我至今还未接到任务。

师傅：咦？这是怎么回事？有人抢在我们前面困住了异体？既然有这等高人，为何不顺便将异体接渡了呢？

宁组长百思不得其解，末了只能道：你且去彼岸小区 4 号楼 4 单元 404 室看看，那个地方地势有问题，又因其楼层结构设计，导致大量异体的能量场集中在那儿，若不是意志坚定、精神力强大之人，住在那里都会精神崩溃。这些年那里不知聚集了多少异体，为师将资料发给你，你一定要小心。

师傅都如此慎重，宁天策自然不敢小觑，他先是找了个公厕换上汉服，这才打车去彼岸小区。

4 号楼 404 室能量场的异常之处在楼外肉眼可见，宁天策深吸一口气，将剑上的能量符号点亮，这才冲了进去。

一到四楼他就看见一个被五花大绑的人推开 404 室的房门，正挣扎着要往外跑。

宁天策看出这人已被异体附身，制伏他的高人不知为何竟只是用绳子将其绑起来，并未留下任何法力。

他用剑指着那人的鼻子道："速速从这身体中出来，我还能接渡你，否则便立马将你消灭！"

"啊！"附身的异体见到刻画着能量符号的剑，吓得像粽子一般往后退，抖着身体靠着墙角可怜巴巴地看着宁天策，"你帮帮我吧，我不要再做坏事了，呜呜呜……"

说着说着他竟哭了起来。那位制伏他的高人究竟是如何折磨异体的，竟然将一个异体折磨成这般模样？

这异体已经有脱离此世界之念，还如此配合，宁天策便直接将他接渡了。

异体被接渡的同时，宁天策察觉到主卧中有一道怪异的能量场气息也消失了。他轻轻推开虚掩的房门，见一男子躺在床上张着嘴睡得正酣，床边放着一把电锯。

宁天策将电锯拿走主卧中的人也没醒，他把电锯塞进被附身的人手中。那人还未清醒，迷迷糊糊的，宁天策问什么他说什么。

他说自己是个木匠，电锯是他的工具。宁天策让他自己回家，醒来后就会忘记今晚的事情，那人便昏昏沉沉地离开404室回家了。

被附身者离开后，宁天策身处404室，只觉得这房间阴森得令人生寒。

三室一厅的格局，主卧中睡着一个幸运的傻子，次卧里一股怪异的能量场气息几乎凝成实体。幸好已经过了早晨五点，一缕阳光进入房间中，那股气息略有收敛。

还有卫生间、厨房等地到处藏着异体，主卧中那傻子竟然在这样的房间睡了一整晚？

404室中的异体，宁天策自认一个人是无法战胜的，还需要找组织求助，他一直等到天亮，那没戒备心的傻子才醒来。

　　那人可真能睡，一觉睡到早晨八点多。宁天策一整晚没睡，困得靠着墙打瞌睡。只听一声"我的电锯呢？"的惨叫，宁天策瞬间清醒并负手站在客厅中间，摆出一副高深莫测的样子。

　　紧接着那人便从主卧冲出来，光着上身，一脸迷茫地看着宁天策："呃……您是？"

　　"你倒是心大。"宁天策见那人东张西望，冷哼道，"不用找了，我已经将他送走了。这房间你也敢睡一晚，胆子够大的。赶紧走吧，你再在这房子里待下去，怎么死的都不知道。"

　　嘱咐过后，宁天策便保持着高傲，风一般地离开了404室，连那人的长相都没看仔细，只记住了那张傻乎乎的睡脸。

　　若他不立刻搬出404，三日不到便会七窍流血、精神崩溃而死。

　　回到住处宁天策困得不得了，打算睡一觉后回组织。任务已经被别人抢了，他留在H市也没什么用，况且还要回组织搬救兵除掉404室中那个起码有百年功力的异体。

　　谁知醒来后，师傅告诉他暂且不要离开这里，要他观察一所叫作"仁爱中学"的废弃学校，他们对那位接了任务的人十分好奇。

　　宁组长嘱咐宁天策一定要小心，夜间绝不能进入仁爱中学，那里封印着二十多个异体，宁天策一人恐怕应付不来。

　　宁天策对那位很厉害的人也很好奇，不知他是如何对付喜欢锯腿的异体的，竟然能叫异体吓成那副模样。他守在仁爱中学外面，为那几乎要变成实体的怪异能量场惊心，究竟是何人才能将这么多异体封存在这所学校中？

　　第三天晚上十二点，一辆接渡车停在校门前。宁天策知道这车是接渡异体的，可仁爱中学的异体不像是有想离开的，接渡车为什么会停在这里？

让宁天策万万没想到的是，一个人类从接渡车上下来，下车后还对司机打招呼。

这人从后门走进学校，一进门就被那怪异的能量场包裹住，四楼一间教室忽然亮灯，似乎在欢迎这个傻乎乎进入异体大本营的人类。

不行，这人有危险！

身为清异组的队员，宁天策向来以守正辟邪为己任，就算明知不敌，也不能眼睁睁看着一个普通人被害。

宁天策拿起剑、鼓起勇气冲进学校，这一去他可能就无法再回到现实世界了，但就是拼掉一条命，他也要救那人出来。

宁天策一路飞奔，赶到三楼半时见到一红衣异体正抓着那人，便一拍胸口，护体金玉飞出，浮在空中散发出耀眼的光芒。这金玉是清异组的高级装备，多年来已经与他的性命融为一体，玉碎则命散，不到最凶险的时候，宁天策断然不会祭出金玉。

而现在，正是最凶险的时刻！

宁天策一剑刺向红衣异体的胸口，不料那人竟然将异体护在身后，帮她避开了这一剑。

"你让开！"宁天策知道他是被异体所惑，以为异体是个可怜的女孩子，却不知他身后的异体指甲抠在他的后心处，只要自己稍有疏忽，异体就会挖去他的心脏。

此时宁天策定睛一瞧，才发现这人便是住在404室的傻子，留着寸发，生得倒是不错，一副好人相——走在大街上会被人问路的那种好人相。

就是这人有点傻，竟然为了保护异体与他厮打，害得他白白祭出护体金玉，叫那异体跑了。不仅是红衣异体跑了，教室中的异体也全部不见了。

宁天策生气的同时也暗暗有一丝庆幸，若不是那红衣异体之前便不知被谁打伤，以自己的功力恐怕逼不退她。

是何人伤了那异体？难道是张女士另外请的人？

那叫沈建国的男子还絮絮叨叨地对宁天策说什么他是学校的老师，要树立科学世界观之类的，全然不知他逃过一劫。

他个子不算矮，只不过宁天策从小进行体能锻炼，身量更高一些。

宁天策垂目望着那人毛茸茸的寸头，心想：什么学校老师，教异体的吗？

没想到他竟真是个教异体的老师！

不过两日宁天策便又遇到了沈建国，这次是在一家商场，沈建国在电梯中被异体困住了。

这种附身在某物上的异体是更难对付的，尤其是它能够操控电梯，如果没在电梯下坠之前将其制伏，光是电梯下坠的力量就足够将人害死！

当时宁天策不在场，只能发微信建议沈建国用尿液吓退异体，只要能拖延到他赶到就好。

谁知……

唉，后面的事情宁天策一回想起来就觉得心中难以平静。他苦练多年，竟不及沈建国随手一挥。自己与异体斗了许久，精神力都快耗尽了，还以为自己与沈建国快要交代在电梯中时，沈建国抢走他的剑，他便眼睁睁看着电梯内的异体才冒头就被打散。

想要使用那把剑需要极高深的精神力，宁天策自小锻炼，苦修十几年，到十八岁时方能使用这把剑。谁知沈建国……

宁天策茫然地走到墓地里静坐一晚，第二日便坐火车离开。世上能人太多，他还只是个未出师的组员，能力低微，需要回组织闭关修炼十年才能出师。

沮丧地坐在乱哄哄的火车上，闻着周围方便面散发出的味道，宁天策难以入睡。

他还没有达到师傅那种连坐七天一动不动的境界，稍坐一会儿便腿麻了，需要起身活动活动，顺便刷刷手机。

这一刷手机还真看到了沈建国的信息。沈建国说自己今天给学生上课，还要陪一个背着床板的学生在太平间睡一晚。

他是觉得自己的福运太盛，不知道怎么折腾才好吧？

宁天策火急火燎地在最近的一站下车，拼命给沈建国打电话，结果对方一直不在服务区，急得宁天策在道路上狂奔，一直到天明才在附近城市雇到车。

其实宁天策心里清楚，一整晚都过去了，沈建国定然命不久矣。可他既然知道这件事就还是要回去的。相识一场，哪怕赶不及，他也要替沈建国处理后事。

谁知到了医院，沈建国正傻乎乎地在晒床板，在阳光下看到宁天策，还兴致勃勃地向他挥手。

2.星网–第四医院——虚拟世界

宁天策第一时间运用精神力查看，他想看看沈老师此人究竟有什么特殊之处，竟能在异体环伺的太平间中挨过一宿。

天眼一开，便见一少年异体在床板下方瑟瑟发抖，可怜巴巴地躲着阳光。

而此时，沈建国宛若魔鬼一般将床板翻了个面，那少年异体便被暴晒在将近正午的阳光之下。

宁天策还是第一次见到这么强的异体，在阳光下竟也能苟延残喘片刻，当然也是第一次见到异体如此凄惨的样子。

他们组织消除异体，就算是将异体打得灰飞烟灭，也必是经历一番苦战，画能量符号，耗尽精神力，异体则是狰狞、嘶吼、每时每刻都在试图害人，稍有不慎他们就会被异体的攻击所伤。

然而现在这个异体……竟然让宁天策想到了烤肉，一面烤煳之后，翻过来烤另一面。

沈老师一脸欣喜地邀请宁天策一起坐在床板上，宁天策默默望着那少年异体，心中生出一丝同情。

他总觉得身为异体，就算死也应该死得有尊严，纵是被他们齐心协力消灭，也比被人当成肉来烤的强。

更令宁天策吃惊的是，沈建国又从书包里拿出一个皮制笔记本，那笔记本里的能量好生熟悉，与404室次卧中的磁场如出一辙。

当然这个笔记本现在也快被晒干了。

而且笔记本比床板更难以抵挡阳光，宁天策用天眼看到一中山装男子蜷缩着蹲在笔记本下方，用那可怜的阴影挡住自己的身躯，他暴露在阳光下的手臂渐渐透明，与此同时笔记本散发出被阳光照射后的"清新"味道。

这起码有百年功力的异体竟然可怜至此，宁天策甚至不知道此时该同情谁。同情在太平间中与异体相伴一晚的沈老师吗？同情因为担心他而在国道上从凌晨两点多狂奔到早晨六点多的自己吗？抑或是同情此时在阳光下可怜巴巴望着自己的异体们？

他好奇之下问了沈老师昨夜授课的经历，越听越胆战心惊。那养虫的异体体内养的虫子在组织古籍中有记载，唤作"血虫"，寻常人被咬上一口就会中血毒，一个小时内身亡。

哦，沈老师说他用笔记本将血虫拍死了……

看着笔记本下一身血污的中山装异体，宁天策竟替他心酸。这是何等强悍的异体？这异体以身躯之力便能杀灭血虫，却沦落到如此下场，又是被当屁股垫又是被晒太阳的……

还有，班级里的学生竟不怕血虫，想必实力与那田博文不相上下。被这样的二十多个异体围绕也毫发无损，沈建国究竟是何方神圣？

怀着这样的疑问，当沈老师邀请宁天策回404室歇息时，宁天策没有拒绝。尽管那是一个能量场异常之地，宁天策却不怕。

也不知出于什么心理，宁天策劝沈老师不要将笔记本和床板放在阳光下晒，算是顺手救了这两个异体一命，那中山装异体还拱手向宁天策致谢，一脸滑稽可笑的样子。

身为清异组的一员，他与异体应该是势不两立的，这些害人之物，应当见之必除之。但宁天策觉得，这些与他纠缠多年的异体若是就这么没有尊严地被消灭，实在是对不起他们这些辛勤修炼的组织队员。

宁天策在404室逗留了片刻，发现房间中的诡异气息以肉眼可见的速度在消散，异体也少了两个，只剩下皮制笔记本还在沈老师手中被翻来翻去。此时此刻，宁天策彻底意识到，那抢了自己毕业任务的"高人"，就是眼前这位留着圆寸头、一脸正气又不失俊朗的沈老师。

他并不是修道之人，更不相信世间有异体，他全心全意地为自己的学生们考虑，还想帮背床板的异体寻个心理医生。

他纯善又正直，令人哭笑不得的同时还有些令人钦佩。

离开404室后，宁天策联络了曾经打过交道的夏经理，想要探听一下沈老师的经历。

本以为沈老师只是意外遇到了张校长的招聘信息才会展现出如此强悍的实力，听了夏津的描述后，宁天策才发现在上学时期，沈建国就已经不知逼得多少异体自行离开，而他自己却一无所知了。

躺在床上的宁天策久久不能入睡，明明昨夜公路狂奔后应该十分疲倦，可他就是睡不着。

于是，宁天策兴致十足地与沈老师约定第二日一起去买生活用品，他也想看看，令组织先辈头疼的血虫沈老师会如何应付。

约定好时间后宁天策雀跃不已，这才发现自己终究也只是个二十刚出头的青年，对于一些超出自己认知的事情很是期待。

与沈老师相处是件很轻松的事情。沈老师虽固执，却不会诋毁他人的观念，口中说着不相信有异体，但从不曾洗脑般地对宁天策说他所在的组织是骗子。

宁天策见到杀虫剂时，猛地回想起那日拿锯子的异体对血的恐惧，便将沈老师的血滴进杀虫剂中，这样才是既能驱异体，又可以杀虫的强效杀虫剂。

夜间与沈老师一同去上课时宁天策是忐忑的，这是他人生中做得最大胆的一件事，单枪匹马闯入凶猛的异体群中，也不知有没有命逃出来。

接渡车上下来的不只有沈老师，还有两个异体。

笔记本异体自称刘老师，见到宁天策十分热情，先是感谢了前几日的出手相助，又用眼神暗示宁天策不必担忧，有他在，那些异体翻不起什么浪。

宁天策万万没想到自己有朝一日竟是要靠着异体保护才能全身而退，心中略有挫败感。当见到那全身滴着水的异体段友莲时，宁天策心中一紧。

沈老师在沾了水后居然也变得嘴唇发白，一副很冷的样子。

当时宁天策便想一拍胸口用护体金玉攻击，谁知那段友莲好像更可怜，指甲光秃秃的。沈老师拿出自己那生锈的指甲刀说，他帮段友莲剪了指甲。

宁天策摸了摸带着沈老师体温的指甲刀，不知该说沈老师粗心大意，还是该佩服他够勇敢。

几人进了教学楼，田博文等在门厅中。宁天策第一次见到传说中的血虫，心中无比紧张，知道今天要有一场恶战了。不料沈老师一马当先，从包中掏出杀虫剂对着虫子们狠狠一喷，血虫当场死亡，田博文元气大伤。

那一刻，宁天策竟觉得沈老师若是一直不知道世间有异体也挺好的，这样他就可以一直勇往直前地保护学生们，不会有任何顾虑。

见沈老师一副着急上课的样子，宁天策接过杀虫剂，叫他们去上课，自己留下对付出博文。

这大概是宁天策消除异体最顺利的一次。杀虫剂威力无敌，一瓶喷下来田博文跪地求饶，宁天策轻松将其降服。

拿着杀虫剂，宁天策忽然觉得自己此举完全是狐假虎威，靠着沈老师的无敌正气在异体间横行霸道呢。

宁天策心情大好，走进教室，看见一屋子怒气冲天的异体竟然丝毫不畏惧了。

教室中的气氛有些诡异，红衣异体穆怀彤不怀好意地看着段友莲，这两个异体的精神力相差无几，看来是要争第一了。只是穆怀彤的头发怎么编成辫子了？

常年与异体打交道的宁天策心中清楚，女异体最难对付的两处便是指甲与头发。指甲中带毒，威力不比血虫差；头发可长可短，披散下来，用精神力操控之后，攻击范围相当可怖，强大的异体往往只用头发便能击退十几名组织队员。

可现在穆怀彤的头发被编成辫子，段友莲指甲秃了，想必都是沈老师的杰作。

沈老师不知什么时候沾了一身的可乐，硬硬的圆寸头都趴了下去。宁天策见不得沈建国如此狼狈的样子，在他心中，沈老师应该是西装革履、眼神灼热、一副热心老师的样子，不该满身可乐，黏糊糊地站在讲台前。

摸了把沈老师的头发，宁天策是想带他回去清洗的，与一群异体有什么课可讲的？纵然沈老师说得再好，也不过是对牛弹琴。

但沈老师很重视自己的课，他只是简略地擦一擦就急匆匆地跑去讲课，宁天策也只能坐在教室角落里听课。

意外地，沈老师的课很吸引人。如何树立正确的世界观——宁天策发现自己从未系统思考过这方面的事情，他以守正辟邪为己任，是人就要救，是异体就要除，此时被沈老师的课带动，他对世界也有了一个模糊的认识。

认真记下沈老师推荐的书籍，看着异体们一副想解脱的表情，宁天策暗笑着邀请沈老师回自己住的酒店。

他还担心沈老师沾染上异体的气息，想要帮他驱除。

实际上，沈老师竟没受半点影响。

如果没发生那件事，当晚他与沈老师说不定会有一场更加深层次的对话，对彼此的了解加深，友谊也会顺其自然地发展下去。

可沈老师将他驱除异体气息的普通能量符号全变成了强力驱异能量符号了！

这件事让宁天策心神不定，他立刻给组长写了信，这等大事不是他一个人能做主的。

宁天策发现，认识沈老师后，他自我怀疑的频率变高了。

过去宁天策认为自己是清异组的首席队员、内定的组长、驱异体高手、同辈里的个中翘楚，冷静、勇敢、自律，笑谈生死，愿为人间正道奉献终身。

与沈老师相识后，宁天策觉得自己的人设碎得大概只剩下清异组的首席队员这一项了。

他真的很好奇，沈老师是如何凭借一腔热血做到这一切的。他开始关注沈老师，一段时间内，宁天策做梦都会梦到沈老师的圆寸头，摸起来手感不错。

沈建国是他一成不变的生命中最令他感到意外的人。

沈老师生活拮据却怡然自得，耿直认真却愿意为学生妥协，感情热烈却总是搞不清状况，让人又气又想笑。

宁天策发现自己变得总是喜欢翻手机，看看沈老师有没有来信息，想知道他在工作中是不是又遇到了一些常人难以碰到的事情。

可惜自那晚夜宿酒店后，沈老师便找了新工作，每天变得十分忙碌，很少给宁天策发信息。偶尔空闲时来的消息，也大都是在说卢经理是个不错的上司，今晚又跟着卢经理加班了，学习到不少新知识。

后来接到卢经理的电话，宁天策被邀请去商场消除异体。

他在商场远远看到沈老师，悄悄靠近，还未来得及打招呼就见沈老师滑倒。他眼疾手快地扶住沈老师，那一刻才发现沈老师虽然撸起袖子可以拳打异体、脚踩血虫，但实际上很瘦。

接下来发生的事让宁天策更加难以坚定信念，卢经理遇到的怪事带有明显的人为痕迹，看似有人暗算，可实打实的异体气息是骗不了人的，昨夜确实出现了异体。

令宁天策震惊的不是这件事中的人为痕迹，而是为何会有人愿意与异体合作害人。

若真是如此，人与异体究竟有何分别？

这时跑到垃圾场挖受害者遗体的沈老师用自己的行动给了宁天策答案，区分人与异体的，从来不是外在，而是内心。

心甘情愿地陪着沈老师挖得全身臭烘烘的，望着不再怨恨世间的穆怀彤，宁天策竟隐隐有一种感觉——这份感情留在穆怀彤心中，就算失去这里的记忆，离开这里，当她再一次遇到沈老师也会生出熟悉感，也会被他所吸引。

后来，当听到沈老师要给学生们考试，宁天策险些笑出声来。

纵然他是清异组队员也是要接受教育的。年幼时的宁天策精神力一般，异体们知道他是清异组队员后便偷偷改他的试卷，让宁天策考试总是不及格，很是给组长丢面子，这件事一直是宁天策心中的阴影。

而现在，沈老师竟是要考学生们法律常识，宁天策忽然觉得，若是异体能循规蹈矩，做一个遵纪守法的好异体，那也是件好事。

宁天策特别想举双手双脚赞成，考虑到自己在沈老师心目中的形象，最终还是矜持地点头同意，并且表示自己一定要去听课。

沈老师的教学工作进展得如火如荼，新兼职却不太顺利，因举报同事被开除，只拿到了一个月的实习期底薪。

沈老师十分伤心，口中念叨着没钱了。宁天策从不知自己有多少钱，但曾跟着师傅清算过组织的资产，也知道目前市面上消除异体的行价，再对比一下沈老师目前的月薪，觉得资助一个沈老师并不是件难事。

若是沈老师能来他们组织做老师，教导新人，加强新人们的道德素质和法律修养，也是一件美事。

宁天策想，师傅已经在火车上了，等他来之后自己一定要记得提一下，以沈老师的能力师傅断然不会拒绝，若组织再多几个沈老师这样的人，实力也会大大增强。

　　宁天策幸灾乐祸地围观沈老师考异体后，师傅也抵达了 H 市，他便邀请沈老师去酒店休息，也可以见一见师傅。

　　正如宁天策所料，师傅对沈老师的印象特别好，一见面便又是问他经历又是问他生辰，两人相处得十分和谐。

　　后来，他们帮助段友莲消除了执念。而沈老师剩下的学生都比较乖，也十分识时务，一节课的工夫便毕业了，由同样身心受创的笔记本异体刘老师带上接渡车，自此各有归处，宁天策出师的任务也算是圆满完成。

　　沈老师也答应了宁天策的邀请，去星网紧急救援处任职。这样，无论是星网内还是星网外，两人都有了共同的事业追求……

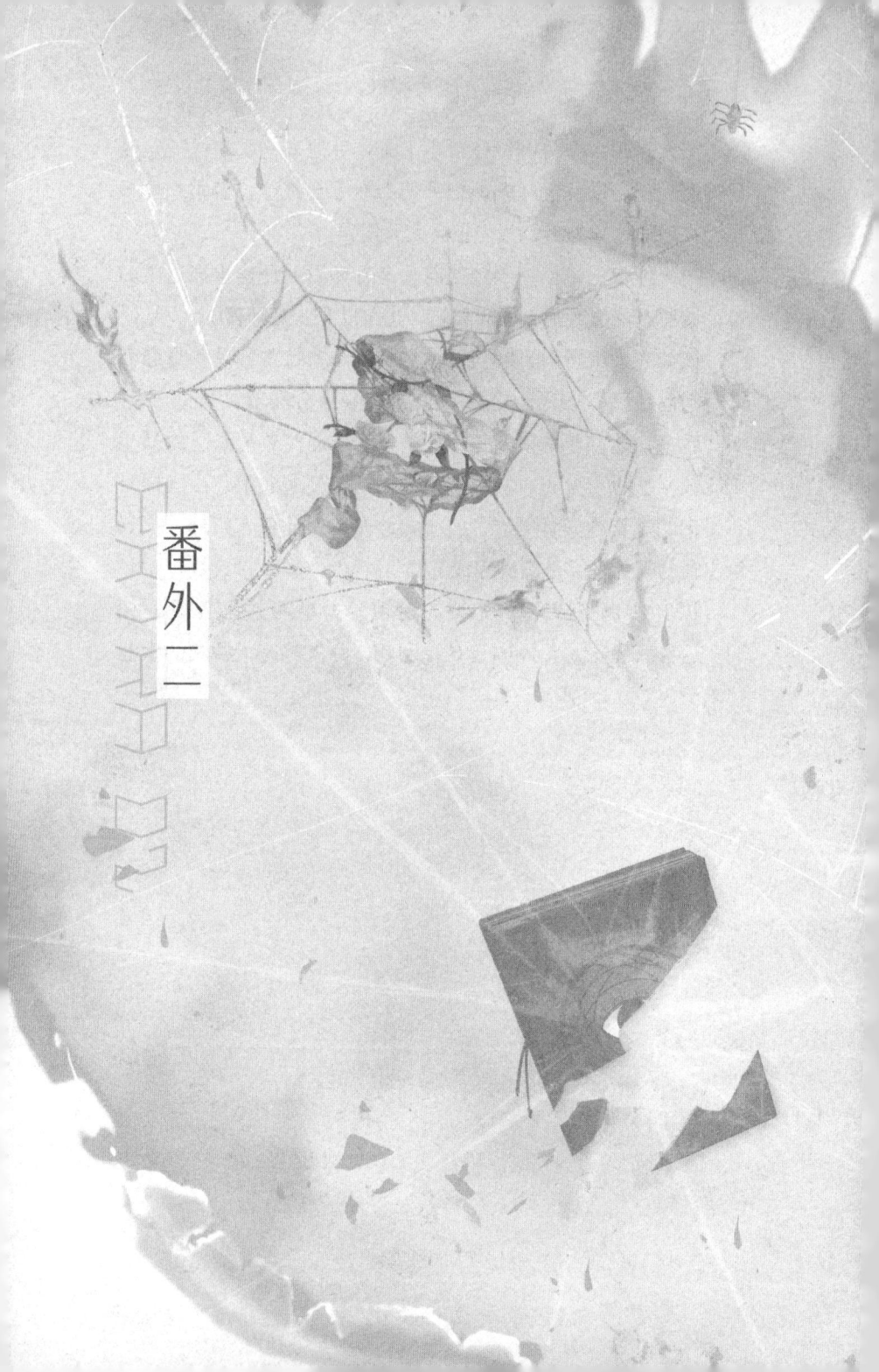

番外二

星网世界里他叫齐大壮，是个老实本分的司机，因有一技之长被安排开接渡车，只希望通过努力能够让老婆孩子以后的日子好过一些。

星网主脑给接渡车司机们分配的工作地点都是远离他们之前的活动区域的，齐大壮从很偏远的城市来到 H 市，安分守己地每夜开着车。

日复一日、年复一年枯燥地开着车，有时遇到性格特别恶劣的异体还有可能被抢车，好在他是临时工，有自保的手段，还能紧急呼叫公务员，不会害怕这些异体。

但是这几日接到上级通知，H 市有一批被禁锢的异体即将逃出来，上司让他一定要保护好自己。他这种有点精神力的临时工是最受异体喜欢的，吞噬他能够增长不少力量。上司还说要注意彼岸小区、仁爱中学、第四医院旧址和师大旧校区这几个地方，这里上车的乘客绝大多数是异体，切记小心谨慎，发现不对，尽可能在异体出手之前呼救，否则可能救援人员还没抵达他就会被吞噬。

不过齐大壮车上有信号接收器，只要异体心念一动他就能接到信息。

齐大壮刚接到通知就收到呼叫，说有个人要搭车去彼岸小区。经常有刚成形的异体分不清自己是人还是异体，呼叫的人说错了也是正常的。

彼岸小区……

齐大壮捏紧了手上的呼叫器，带着一车异体去了某大学接新异体。

万万没想到，上车的竟然真是个人？！

这个人是怎么发送信号的？为什么要搭接渡车？他就不能自己打车吗？

尽管内心十分震惊，但作为临时工，为了维持生计，齐大壮还是维持着威严的神情，用极为淡漠的眼神看向上车的人。

对方是知道内情即将赴死的人，还是主脑派来协助他克制异体的"高人"？

然而对方两者都不是。眼见这人像瞎了一样要坐在坐满异体的座位上，齐大壮连忙提醒一句："不能坐。椅子刚刷过漆，嘿嘿嘿。"

最后三个"嘿"真的不是齐大壮故意发出的，太久没说话了，他只是清清嗓子。

上来的是个很乖的人，听说不能坐椅子就听话地站在车中间，车里的乘客对他很好奇，有个调皮的还吹他的后颈。

人类与这么多异体近距离接触不好，会损害健康的。齐大壮便提醒了一下乘客们，让它们不要骚扰不同类型的乘客。身为星网虚拟世界的临时工，齐大壮的话还是很管用的，乘客们迅速退开，安分地坐在自己的位子上，用眼神不断瞄着那个人类乘客。

下车时，他见那个人类乘客傻兮兮地走向阴森森的小区，不由得嘱咐了一句："希望明天我还能看见你。"

说得怎么不太好听？唉，他真是太久没跟人说话了，不太习惯。

彼岸小区太吓人了，乘客一下车，齐大壮还没等他说完话就一脚油门跑了，心中暗暗为那名乘客祈祷，希望下次能看到他，哪怕是变成异体的他也行呢，可千万别被异体吞噬了。

齐大壮怀着这样的担忧，在几天后接到了第二次通知——上一次那位人类乘客在彼岸小区活下来了，他要去仁爱中学！

这难道真是一位深藏不露的高手？齐大壮怀着疑问帮他清理出一个座位，为防止有其他异体坐，他还特意贴上"沈老师专座"的字条。

本以为彼岸小区的异体气息已经够吓人了，没想到仁爱中学的更可怕。这里面究竟封印了多少异体？齐大壮这样的临时工远远看着学校都觉得瑟瑟发抖，而沈老师居然要进去。

齐大壮职责所在，没办法，只能嘱咐他半夜两点一定要出来，希望沈老师能够撑到半夜两点吧。

然而那天晚上沈老师没有出现，齐大壮收到不用接他的通知后，将一车异体送到接渡处便收工了。

找了个废车场停车，齐大壮在黎明中深思。仁爱中学的异体气息这么重，若是异体一起上车他大概真的会被吞噬，希望这样殉职能够给妻儿换来更好的待遇吧……

齐大壮一边悲壮地想，一边在车上找了个避开阳光的位置睡了。万万没想到，沈老师依旧生龙活虎地出现了！他活蹦乱跳地在一个商场前上车，还带了第二个人类！据说是他的大学同学，遇到异体蹭个车。

可不是遇到异体吗？他们身边就跟着个短发异体，诡异得让齐大壮瑟瑟发抖，连话都不敢说。

只是一瞬间的犹豫，夏津就一屁股坐在一个女异体身上。齐大壮目瞪口呆，但只能保持沉默。

反正车上的异体都是要脱离这个世界的安分异体，非要跟下车的话，太阳一出来就魂飞魄散了，他们不敢的。

谁知这个女异体真的敢，她竟然控制了夏津，并用他的身体去捉弄沈老师，企图吞噬沈老师的精神力，两份精神力吸收后，这女异体可就能变成更厉害的异体了。

这样下去可不行，过重的异体气息会伤到那个叫夏津的男人。

齐大壮本想停车用临时工的装备制伏女异体，谁知沈老师一拳将精神力打入夏津体内，那女异体被挤出来，在空中飘了一会儿便消散了！

乘客们尖叫着抱团取暖，生怕被沈老师碰到，后座的短发异体一脸平静，好像已经见怪不怪了。

触碰过异体的沈老师依旧精神抖擞，扶着夏津好让他继续安睡。

齐大壮心情复杂地看着两人活蹦乱跳地提前下车，车里的短发异体对他说："不回彼岸小区了，我直接去接渡处。"

"你要离开这里？"齐大壮还是第一次看到异体自己主动要求接渡呢。

"嗯。"短发异体点点头，"希望下辈子能够遇到沈老师这么好的人吧。"

她浅浅地笑了一下，剪下自己的一截头发，那截头发飞进彼岸小区，大概是在给谁送信吧。

到了接渡处，齐大壮才知道她是 H 市麻烦的异体之一，她要是想出手，几个齐大壮都不够她打，但最后她却这么平静地自己选择被接渡。

齐大壮暗自庆幸自己的运气，但听说 H 市还有二十多个麻烦的异体，同事们都用同情的目光看着他，默默地为他打气。

怀揣着沉重心情的齐大壮一连几天都没生意，H 市的异体都不敢坐车了。异体之间消息传得很快，大家都知道有个一拳打散附身异体的人类晚上会坐车，在他买车之前，大家还是做一段时间游荡的异体比较安全。

齐大壮每天看着空荡荡的接渡车，心情十分复杂。

好在没过几天沈老师就又来蹭车了，还去了第四医院的旧址。这一次齐大壮已经不担心他了，沈老师怎么会有事呢？

果然，第二天一个少年异体上车了，他全身满是晒伤，背着床板哭着说自己实在受不了了，再继续跟沈老师一起住，早晚会魂飞魄散的，还不如趁早被接渡。

齐大壮竟然不觉得意外，一脸平静地带他去了接渡处。

沈老师真是个奇妙的人。

又过了几日，沈老师带着一个经历过特殊年代的异体来乘车了，称他为"刘老师"。

齐大壮见到刘老师不由得打了个哆嗦，他们这些和平年代的异体，就算是公务员也比不上那个年代的异体厉害！对方修炼那么多年的精神力，几个自己都不够对方吞的。

齐大壮十分忐忑，谁知刘老师说话特别客气，坐在沈老师身边也是一副讨好的样子，哪有半点异体的气势？后来上来一个……唉，啥也不说了，太惨了。

齐大壮看着那女异体在车里惨叫着被沈老师剪指甲的样子，

不由得默默移开视线，继续做一个安分守己的司机。

当晚齐大壮又拉着一个满身是伤的男异体去接渡处，他抱着自己的胳膊全身发抖，说着什么虫子没了，他的力量消失了之类的傻话，一看就知道是沈老师的学生。齐大壮露出了一个会心的微笑。

后来，他还载过一个叫穆怀彤的红衣女孩，她与一个白衣女孩手牵着手来乘车去接渡处，说心愿已了，多亏了沈老师。

穆怀彤手里还抱着两本考试用书，咬牙切齿地说——沈建国，注孤生（注定孤独一生）！

齐大壮越来越熟练，在沈老师面前也变得自然起来，还敢在街道上飙车吓唬沈老师呢。附近游荡的异体纷纷称赞他是条汉子，竟然能让沈老师害怕，真是异体界的强者！

那个存在了很久的异体刘老师，带着 H 市仁爱中学的最后几个异体上车，沈老师和一位能力完全不及他的"高手"在车下挥手送别，一副泪眼汪汪的样子。沈老师这样的人，是怎么安抚和接渡得了这么多异体的呢？

齐大壮在路上问出了这个问题，刘老师沉默片刻后，将自己附身的皮制笔记本交给齐大壮。

"我心愿已了，这笔记本之后对我也无用，不如送给你学习一下。笔记本上记载着沈老师这几堂课的教案，希望你能够帮助步入迷途的异体消除执念，告诉他们，此间有沈老师，还是接受接渡去他处比较好。"

齐大壮翻了翻笔记本，突然觉得自己心中充满了正气，以后开车再也不怕有异体坐霸王车了！

异体们离开后，沈老师离开 H 市，接渡车恢复正常。

如果有人夜间不小心上了空无一人的接渡车，请不要害怕，因为车上有一个看着沈老师教案毕业的司机，他是个心肠特别好的司机，会将你安全送到家的。

说不定你第二天一早醒来后，还会发现自己脑子里有一些从未背诵过的教育原理呢。

番外三

1.星网紧急救援处——现实世界

紧急救援处有了一位教育专业的老师。

其实这并不是件稀奇事，现在很多大型企业和机构都十分重视思想道德方面的教育，星网紧急救援处作为维护星网安全运营和民众安全的重要机构，让工作人员时不时接受一下思想道德教育稀松平常。

但是紧急救援处的队员和实习生们，就是那种每天学习《精神力锻炼》《异体知识大全》《古今能量符号大全》一类课程的传统人士，突然加了一门思想教育课，还得每天学习、背诵相关的理论知识，但凡有什么大会必加课、必写心得体会的思想教育课，是不是有哪里不对？

大家对这门课抗议了很多次，甚至联名上报高层，却均被驳回。

这门课的老师沈建国是个严肃认真、一丝不苟的人，三天一小考，五天一大考。

星网紧急救援处的人与普通人不同，是亲眼见识到星网虚拟世界里有异体的队员，是在暗中为了守护星网、守护民众而奋斗的一群人，他们的想法是——我们都已经这么伟大了，为什么还要学习思想道德教育？真的不想再背那些理论知识了！

几十上百个被迫上课的学生凑在一起合计，要如何给沈老师一个教训。这门课的成绩又不影响他们出师，他们不怕沈老师给大家打低分！

有人打探到消息，沈老师之所以在星网紧急救援处权力这么大，主要是因为他与宁天策——紧急救援处王牌队伍的队长、首席精英，有着深厚的友谊。听说宁天策是救援处千年难得一遇的天才，为了挽留他，宁弈宁总队忍痛同意了他以权谋私，让沈老师在救援处工作。

商议完毕后，这些"熊学生"便在课堂上发难了。

"这……你们整个班级的人一起请假？"沈老师望着假条发愣。

"沈老师，我们是有重要任务要做。"带头的班长娄泰初说，"前些日子G省星网区域发生电子信息风暴，异体泛滥成灾，特别委托我们这批救援处的队员出马。所以我决定带同学们一起去，需要请假一个月。"

"一个月啊……这你们的课业会落下很多的。"沈老师一脸愁容，"要不，节假日——"

"不用不用不用！"娄泰初立刻说道，"其实我们只是准备时间比较长，沈老师可以与我们一起去，还能加深一下我们的师生情谊呢。"

"这样啊……你们等我考虑考虑。"

沈老师的考虑结果是带上宁天策一起去。这点学生们也料到了，到时候他们可以拖住宁首席，带着沈老师去异体比较多的地方吓吓他。

宁首席没有拒绝，几十个学生包了一节硬座车厢，大家乐呵呵地去目的地。只有沈老师扶着腰抱怨组织对硬座的执着，说有包下车厢的钱为什么不买卧铺，他腰疼。

2. 星网 –G 省区域——虚拟世界

进入星网内，到了目的地后，由一名学生拖住宁首席，其余人让沈老师带他们去目标地点，还许诺写心得体会，这才将两人分开。

宁首席见大家的去向是一处乱葬岗，似乎想说什么，但被那位同学打岔，最终还是保持了沉默。

大家想好了，一到闹异体的位置就散开，留下沈老师一个人，等他被异体吓哭再出场救他。这样沈老师就会明白他们未来是要拯救世间不被异体侵扰的人，不能再背思想教育题了！

娄泰初等人分散后，在事先定好的树林集合，侧耳倾听沈老师是否发出尖叫声。

"娄师兄，为什么越来越冷了？感觉……这里的异体气息好浓啊……"一位林姓同学搓着胳膊说，"师兄，我觉得后背好沉啊，谁压着我呢？我支持不住了。"

众人隐约觉得不对，定睛看去，林同学后背上竟多出了一个脑袋，正咧嘴对他们笑。

不只是林同学，一半的学生背上都多出了一具残缺的身躯，有的没了头，有的没有手脚，最恶心的是有的肠子拖在外面，沾了一身血。

学生们知道这些血只是假象，没被附身的学生立刻联合行动，不料乱葬岗年深日久，这些异体能量场极强，以他们的实力根本无法匹敌。

"快！快去请宁首席！"娄泰初急忙喊道。

但他们的手机信号被屏蔽了，又遇到了迷魂阵，根本出不去！这些异体附在人身上，待到天亮就会彻底与人互换，人变成残躯的异体，而这些异体则会用大家的身份活下去。

"娄师兄，怎么办啊？"林同学年纪最小，才刚成年，那异体的头颅已经一半没入他的身躯，他动弹不得，吓得哭了出来。

娄泰初也没有办法，是他们托大，将最有实力的宁首席支开，现在遇到困境，没一个能出去。

他们这些接受过精神力强化训练的学生尚且如此，普通人沈老师现在落了单，只怕已经遇害。

"我们只是想吓唬吓唬沈老师，怎知此地的异体如此凶猛，根本不是我们这些学生能对付得了的。是我们的错，现在大家都逃不出去了。"娄泰初跪地忏悔，可忏悔又有何用？这些异体根本不会同情他们的。

"知道错就好了。"一个熟悉的声音由远及近，"怎么能因为题不好背就想着欺负老师呢？身为新时代的年轻人，应该有迎着困难积极向上的精神，法律条文算什么、社会发展规律算什么、思想教育理论知识算什么，只要有决心，是一定能背下来的！"

"沈老师？"娄泰初见沈老师向这边快步走来，连忙大声喊道，"沈老师你快跑！"

"跑什么跑？我的学生遇到问题了，当老师的怎么可能第一个逃跑？"沈老师飞快地跑进树林，直接进入异体的包围圈说道，"你们这些居心叵测的狂徒，识相的快点放了我的学生们！"

"嗬嗬——"林同学大半个身子被异体侵占，此时发出声音，"又来了一个，这个身体也不错，谁想要？"

"沈老师！我耗尽精神力，能够发挥出最大的力量，破开这些异体的攻势，你闯出去叫宁首席来。是我出的主意，害同学们落得如此地步，也要由我来收拾这个烂摊子！"娄泰初一脸决绝地说道。

"嗯，很好，知错能改，还明白承担责任的重要性，是个好学生，老师原谅你们了。"沈老师拍拍娄泰初的肩膀，"但是不能轻生。你不要怕，老师练过跆拳道，身手可好了，这么一、二、三……才十九个异体，打不过老师的。"

说罢他直接走到林同学身边，伸手抓住异体露出来的半截脑袋，用力一拽，便将异体拽了出来。

林同学全身无力地倒下，沈老师拎起那半残的异体在地上摔了几下，那异体便没了威风的样子，趴在地上一副可怜兮兮的样子。

沈老师双手交错着按了按，发出"咔吧咔吧"的关节脆响，一脚踩在半残异体的脑袋上说："你们不是我的学生，也不是我的同事，对你们我是不会客气的。给你们三秒钟时间离开我学生的身体，说不定还能换个被接渡的机会，否则后果自负。"

异体们怎么可能因为他一句话就退缩？余下十八个异体带着附身的身躯，将沈老师包围起来。

接下来发生的事情，娄泰初一生也不会忘记。只见沈老师一拳一个，将异体从人的身体中全部揍了出来。沈老师顺手扯下旁边的一根枝条，用精神力"加工"一番后，便开始用树枝抽打异体。

这些异体被他抽得跪地求饶，一个个哭得十分可怜，哪儿还有敢附身的？

宁首席此时走上来，冷冷地说道："给你们一个被接渡的机会，接渡古文我发给你们，自己念。"

这些异体忙不迭地将古文抢过来，但有些异体不识字，还是沈老师领着他们朗读的。

只见异体们争先恐后地念古文自行接渡，不到一个小时，此地的异体便消失得干干净净，不留一丝痕迹。

宁首席将沈老师的手拽过来，为沈老师处理了伤口后才说道："你们以为自己那点小心思前辈们猜不透吗？之所以敢放你们这些没出师的后辈出山，就是因为有沈老师跟着！竟然还妄图欺负沈老师，哼！"

沈老师倒是好脾气："别生气啦，都是还没长大的孩子嘛，知错能改就好啦，回去把我布置的作业抄十遍就好。"

"你就会宽纵学生！"宁首席瞪他一眼，"难道忘了我也是你的学生吗？"

沈老师拍了一下他的肩膀："好啦好啦，知道了！回去请你吃夜宵。"

后来，这批捣蛋的学生回到救援处问各自的师兄师姐，才知道沈老师曾一次性"摆平"了整个 H 市异体的故事。整个组织里，最厉害的根本不是组长和首席，而是深藏不露的沈老师！

如果问沈老师——你为什么会这么强？

沈老师会歪头想想，随后丢过来两本思想道德教育课本，说全背下来就懂了。

娄泰初背了半辈子，直到年迈才明白，思想道德教育只是协助人走上正路的手段，真正令沈老师强大的是——

心有正气，不惧邪异。

（全文完）